湖南省文艺创作扶助基金会资助出版

曲艺老兵六十年
——周安礼作品自选集

周安礼 著

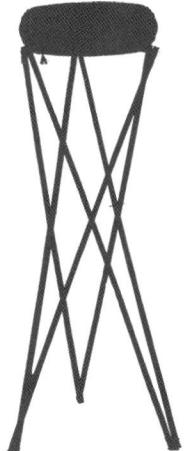

中国戏剧出版社

图书在版编目（CIP）数据

曲艺老兵六十年——周安礼作品自选集 / 周安礼著.
——北京：中国戏剧出版社，2018.7（重印2019.8）
ISBN 978-7-104-04674-5

Ⅰ．①曲… Ⅱ．①周… Ⅲ．①曲艺－作品综合集－中国－当代 Ⅳ．①I239

中国版本图书馆CIP数据核字(2018)第114196号

曲艺老兵六十年——周安礼作品自选集

特邀编辑：许晓梅
责任编辑：黄艳华
责任印制：冯志强

出版发行：	中国戏剧出版社
出 版 人：	樊国宾
社　　址：	北京市西城区天宁寺前街2号国家音乐产业基地L座
邮　　编：	100055
网　　址：	www.theatrebook.cn
电　　话：	010-63385980（总编室）
传　　真：	010-63383910（发行部）

读者服务：010-63381560
邮购地址：北京市西城区天宁寺前街2号国家音乐产业基地L座（100055）

印　刷：	涞水建良印刷有限公司
开　本：	787mm×1092mm　1/16
印　张：	18
字　数：	324千
版　次：	2019年8月　北京第1版第2次印刷
书　号：	ISBN 978-7-104-04674-5
定　价：	68.00元

版权专有，违者必究；如有质量问题，请与出版社联系调换。

前左一为夏雨田，前右二为作者　　　　左为夏雨田

左二为作者，左三为马季，右一为郭新

三十余年忘年交,友情何惧路途遥
作者与奇志合影

老兵已年迈,大兵正年轻,都有一颗曲艺心
作者与大兵合影

前右二为刘望宁（《奇缘记》编曲、演唱一等奖获得者），前左二为杨学仁，后右一为邓和平（作者的入党介绍人），后右二为李迪辉（作者的挚友与长期合作者）

作者与好友、长沙相声界"三杰"：（右起）邹园智、傅辰生、刘长生

作者与战士演出队在朝鲜的战地演出场景

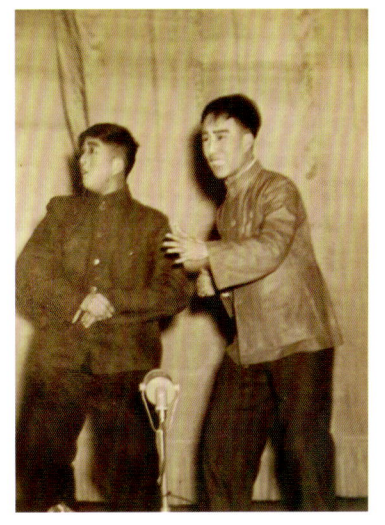

一九五五年,作者在湖南省第一届全省职工业余会演中表演相声《找对象》获表演一等奖

作者与刘景林(省广电艺术团演员)演出照

作者与郭新(三十多年的老同事、老搭档、老伙伴)演出照

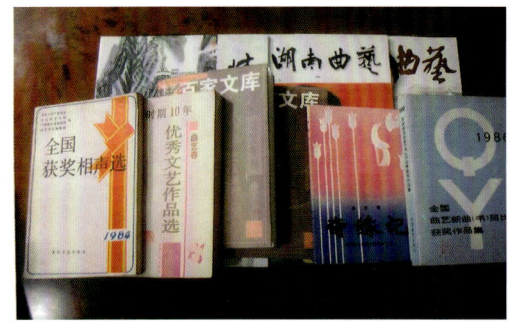 

部分刊登作者作品的书刊　　　　　　部分获奖证书

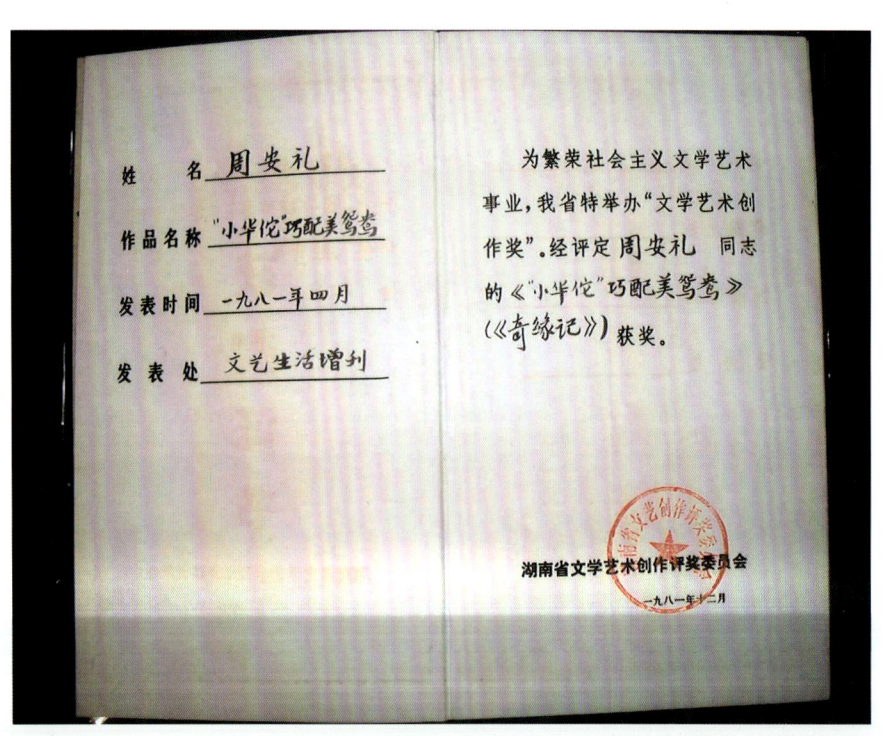

一九八一年，《"小华佗"巧配美鸳鸯》（又名《奇缘记》）获奖

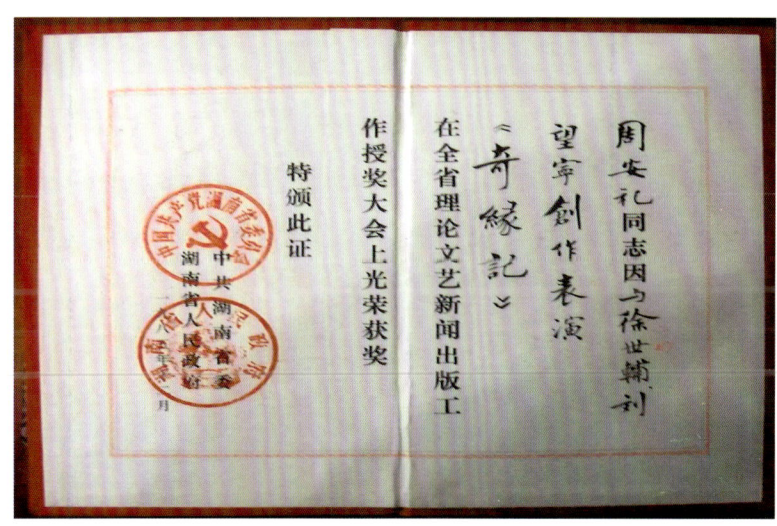

　　一九八二年，文化部主办了全国首届曲艺大赛，由于参赛的曲艺团体多、节目多，特分为南北两片举行，评出全国曲艺大奖。长沙弹词代表湖南参赛，荣获作品、编曲、表演三个一等奖。剧照被收入《中国大百科全书·戏曲·曲艺卷》中，后又在湖南省委、省政府对全省文艺、新闻、出版界的表彰大会上，由省委书记毛致用颁奖

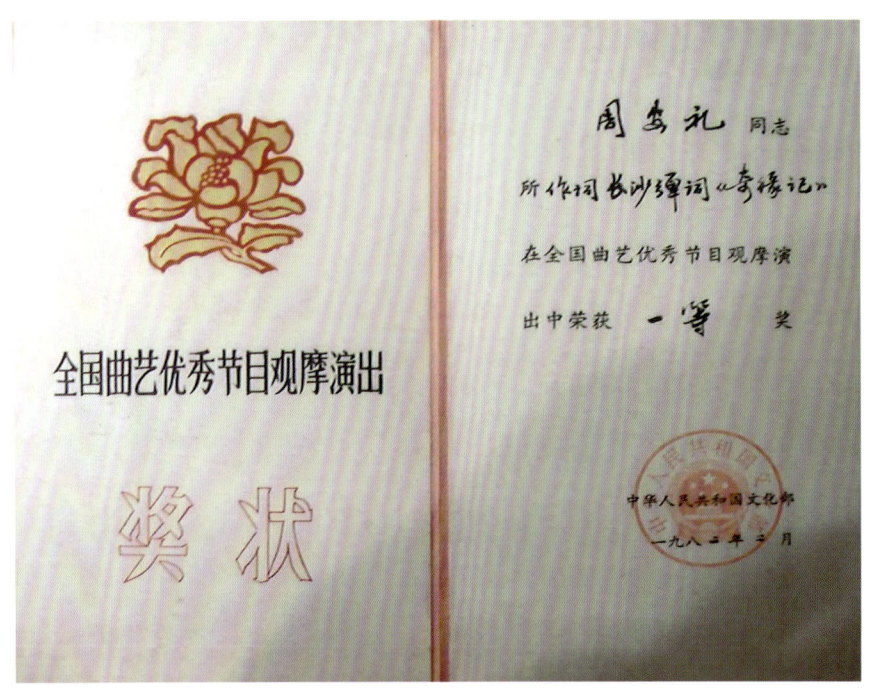

一九八二年,《奇缘记》在文化部主办的全国曲艺大赛中荣获一等奖

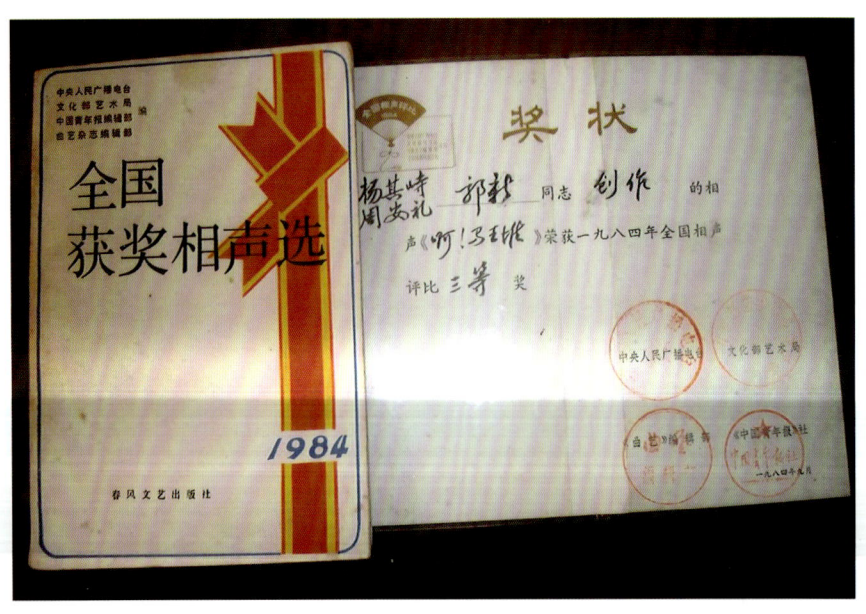

一九八四年,《啊!马王堆》荣获全国相声评比三等奖

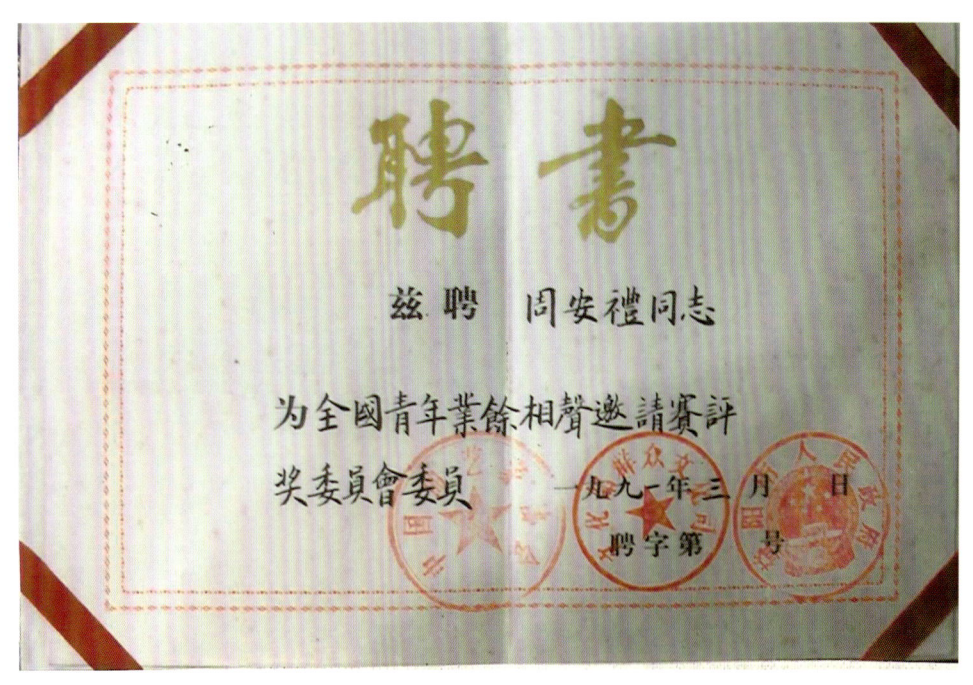

一九九一年,周安礼为全国青年业余相声邀请赛评奖委员会委员

一九八六年,李迪辉在全国新曲(书)比赛中获表演、编曲、伴奏三个三等奖。作者获创作三等奖

二〇〇四年，评书《郑爷爷，您听我说》
获"侯宝林奖"中华青少年曲艺大赛作品奖

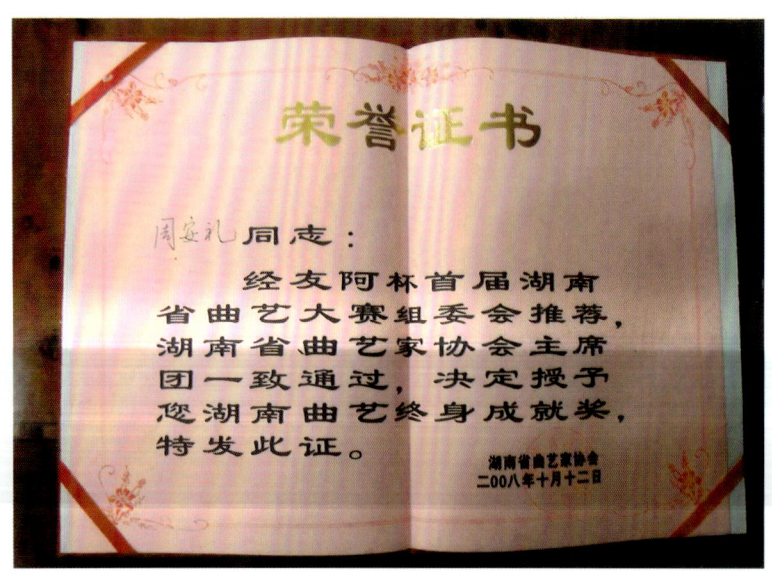

二〇〇八年，荣获湖南曲艺终身成就奖

一个家庭的曲艺情缘

和数十年如一日理解支持我从事曲艺创作的妻子合影

三个子女中,儿子是最热爱曲艺的

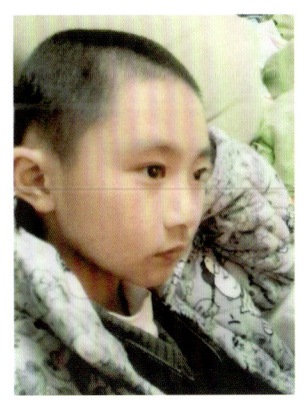

小孙子也将进行曲艺培训

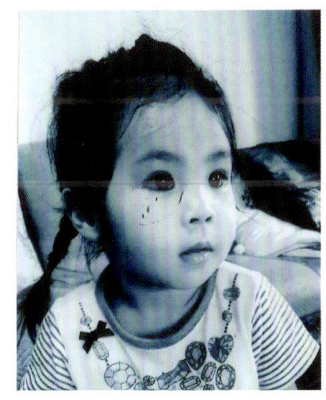

重孙女儿是个美国籍的女孩,但她也不能忘了中国文化的根,要进行基础语言训练

儿子周佳（参军前师从武汉市说唱团相声名家董铁良学习快板） 　　周佳在汉口火车站前广场演出照片

左一为二孙女（曾在曲艺班学习，并在省少儿曲艺比赛中获得金奖）

六十余年一瞬间,家族的两个掌门人都老了!

这个家族的成员都是曲艺的爱好者和热心的观众

作者自述

那场战争的经历决定了我终生从事的事业

1951年元月参军后,最初的两年间,我做过宣传队员、侦查股测绘员及文化教员。在湖南省军区独一团三连,我把文化教员的工作做得有声有色。指导员命我把十几名文艺爱好者集中起来排练节目(包括曲艺歌舞),不定期演出以活跃连队文化生活。由于我是团支部副书记,做起来名正言顺,得心应手,平日里除了教战士们学文化,便常常教战士们唱新歌,唱得热情高涨,唱得斗志昂扬。有一次在军区大礼堂拉歌,我连所向披靡,不但歌唱得最多,唱得最整齐,而且能唱二部和声和轮唱,得到了首长和战士们的赞赏。

1953年初,连队入朝参战。那时朝鲜战争激战正酣。为了减轻前线的压力,敌人对我交通线残酷地实行"绞杀战"——夜以继日地狂轰滥炸!入朝不久我便调兵站政治处工作,首长命我在原三连的基础上组建一支小部队,成立"战士演出队"执行防空哨任务。哨所设在一条通往前线的公路旁边。那条公路现在看来和普通乡间公路差不多,沙石路面,坑坑洼洼,弯急坡陡,山崖下经常可见被炸毁的汽车残骸。这是一条炸了又修,垮了又补的道路,由于路基坍塌,许多路段仅可通行一辆卡车。我们的任务是在敌机来袭时,及时对我军民鸣枪示警,指挥他们隐蔽疏散,并随时警惕敌特破坏。我用一块大木板画上一个美国兵的半身像,钉在一棵大树上,听到敌机声即命哨兵朝那"美国兵"开枪。我们经常看到我军米格15与美军F86在空中追逐,拣了不少飞机扔下的副油箱。除了值勤的战士,我就组织其他人员来排练节目。当时我编写了许多小快板、唱词和小活报剧,内容是歌颂战友的英雄事迹,揭露和抨击美帝国及其帮凶的丑恶嘴脸,歌颂中朝友谊。节目排好了,便临时拦下军车或朝鲜的车辆,到沿线部队巡回演出。那是一个光荣的时代,那是些热血沸腾的日子。这是我正式从事曲艺创作演出的开始。每个节目都和当时的战斗任务密不可分。曲艺成了团结人民、鼓舞士气、战胜敌人的工具。几个月后，我那个可爱的连队，就因出色地完成了战斗任务调到志愿军后勤总部，成了洪学智司令员的警卫连。

我在部队只待了短短的四年半时间，但作为一名军人，我无愧无悔，先后立功四次，评模范一次。它是我人生观和世界观的奠基礼，也是我终生从事曲艺事业的良好开端。

五十几年漫漫曲艺长路，和许多人不期而遇

那些难忘的人、难忘的故事

首先邂逅的就是那个扎着两条小辫子、穿背带裙的姑娘，她叫周明琦。

周明琦是我的老伴，我认识她已有60多年了，她成为我的妻子也已六十二年。我和她相识相知似乎是命中注定，又纯属偶然，颇有点浪漫色彩。1948年我念初中时，学校里排了一部反封建、反军阀的进步话剧《春雷》。女同学周仲容和我饰演姐弟，一来二去就熟悉了，她便把家庭地址告诉了我，说欢迎我到她家去玩。在一个百无聊赖的炎热的星期天，我敲开了她家的大门。开门的是一个扎着小辫子、穿背带裙的小姑娘。她那深邃的大眼睛令我一眼难忘。她惊讶地问："你找谁呀？"我想，她可能就是周仲容的小妹妹了！见我没有回答，她便恍然大悟："哦！你就是我姐姐的那个弟弟吧？"我笑着说："我是她弟弟还不是你的哥哥呀！"几句简短的对话，拉近了双方的距离，此后，我便情不自禁地隔三岔五就到她家去玩，还去蹭饭吃。后来，她随母亲搬到乡下去了，我有好几年都没有了她的消息。1952年夏天，部队驻扎在长沙回龙山（现贺龙体育场附近）。有一天，一位战友在喊："周教员，你妹妹来看你了。"我想：我家只有五兄弟，哪儿来的妹妹呀？我走近一看，差点没认出她来。哎呀，几年不见，周明琦已出落成一个美丽的少女了！果真是"天上掉下个林妹妹"呀！在我入朝后，我们便经常通信。可那时一封信要辗转二十几天才能寄到。收信时那信封往往已经破损不堪了。在那一封封书信中，藏着的是那远隔万里之遥的两个人的情感与牵挂。直到有一天，从那破损的信封里钻出来一根细细的柔软的她的发辫。我才恍然明白，我和她的关系大概是大局已定了！

我妻子这位从台湾回来的姑娘并不喜欢曲艺，她说这些东西难登大雅之

堂，特别是上了大学后，她觉得一个知识分子去搞这些是不务正业，让她颜面无光。直到有一天，读了相声《这里面有辩证法》后，她才大加赞赏，认为我的作品达到了很高的水平。好的曲艺不但不低俗，还可以有很高的艺术品位。从那以后，她便一反常态，不仅支持我从事曲艺节目创作，而且做了我作品的一个读者，久而久之，她甚至可以提出一些中肯的意见来。我可以这样说：如果没有妻子的支持和理解，我根本就无法在曲艺的道路上一直坚持走下去。她是我事业的精神支柱。

没想到同学中会出现夏雨田这样杰出的人物

1955年，我参加了湖南省首届职工业余会演，因演出相声《找对象》而获表演一等奖。随后，我便考取了武汉华中师范学院（现华中师范大学）中文系。到校后，学院成立文艺社团，我被任命为曲艺队长。曲艺队由各系喜欢曲艺的同学组成，业余时间排练相声、快板、湖北大鼓、山东快书等节目，每个周末在中文系阶梯教室演出，很受老师同学们欢迎，总是座无虚席。第二年，和我同大班的夏雨田便从话剧团转来曲艺队。他是河北人，在北京长大，普通话好，先演快板，后说相声。频繁的演出活动，为我们后来从事曲艺事业打下了良好的基础。共同的爱好和相近的性格，使我们建立了深厚的友谊。几年后，他率先调入了武汉市说唱团，做了专业的相声演员和创作员。不久，他的曲艺才能如井喷式地爆发：《女队长》《公社鸭郎》等全国人民耳熟能详的佳作相继问世。他在曲艺界声名鹊起，成为我国大学生从事专业曲艺创作并取得极高成就的第一人。他把相声从口传心授的记问之学，提高到了文学的高度。他的一些作品甚至成了国外大学的教材。"文革"中，他把我从学校调到了武汉市说唱团，我终于成了一名专业的曲艺创作人员。昔日的曲队长便成了夏组长麾下的创作人员，从此，在他的直接指导与影响下，我从事了我所钟爱的曲艺事业。那段时间，我既写相声也写唱词，取得了一定的成绩。雨田常对我说，他只想搞业务，不想当官，可偏偏官运亨通，做了武汉市委宣传部副部长、武汉市文联主席、湖北省曲协主席和中国曲艺家协会副主席。他是我的同学，也是我的老师，他所达到成就高度，是我今生难以企及的。

马季曾要调我到他那里工作

1976年夏，我从长沙休假回到武汉。雨田告诉我："中央广播说唱团马季团长派赵连甲、李文华来说唱团商调你去北京工作的事宜。"我当时听了只是感动并不兴奋。因为我知道，以当时的政治环境，我们去那里是不可能的。（我父亲是右派，岳父在台湾）。果然，事情最终并未办成，我失去了一个改变前途与命运的绝好机会，但我也只好认命！这件事情，使我对马季老师心怀感激。后来，我去中国曲协开会和他来长沙期间，我们曾多次见面欢谈。他为未能调我去北京表示遗憾，并对我和奇志、大兵的相声《我是110》十分欣赏。马季老师小我一岁，却在几年前突然去世，令我悲痛、感念不已！

康立本老师——我的恩师

武汉市说唱团是南方的一个重要曲艺团体。我调去后，主要从事创作并兼任相声演员。团里特意安排原副团长康立本老师做我的"捧活"。在此之前，他是"伙食团团长"（下放厨房劳动），能重登舞台他自然非常高兴，对这份新工作非常热心。康立本老师是相声泰斗张寿臣的弟子，相声功底十分雄厚。他的表演类似马三立先生的风格与神韵，柔声细雨，从容不迫，侃侃而谈，极富幽默感。他为人低调，从不张扬，对我这个刚转来的新手从不居高临下、指手画脚，而是循循善诱，同我商量斟酌。他仔细给我分析每一个"包袱"，并提供几种抖响的方案，给我极大的帮助和鼓励。他对每场演出都认真对待，在候场时找个角落静思默想，以便上场时从容应对。他的敬业精神让我肃然起敬！他本是"使活"的，但在他同我合作时却尽可能烘托我抖响每一个该响的"包袱"。这种高尚的职业道德精神、甘当"绿叶"的精神，使我终生感佩！

我当时住在一间办公室内，康老师偶尔和老伴闹了别扭，就搬过来与我同住，朝夕相处，使我有了更多了解老师并向他请教的机会。他年轻时曾经大红大紫，拿手的节目很多，只要我问他，他便倾囊而出，从不保守犹豫。但他从不给我说"荤口"。他说，在旧社会为了讨生活，不得不迎合低级趣味。但在新社会应该抛弃那些糟粕，要给观众说健康的东西。在团里，他有两个徒弟：董铁良和陈尚忠。如果我拜他为师，那二位都应该是我的师兄（虽然他们年龄都比我小了许多）。有一年，我回武汉去参加夏雨田作品讨论会，康老师、铁良、尚忠和我同坐一车，康老师动情地对我们说："安礼调回湖南了，见面的机会少了，但如有机会，你们哥仨，要好好互相支持帮助。"虽然"文革"之中不可能正式拜师收徒，但我想康老师是把我当作他的徒弟之一了。

有一年，我去重庆出差，到市曲艺团拜见康老师的同门师兄叶利中，我对叶老师说我是康老师的学生。叶老师非常高兴，把他爱人叫了出来，对我介绍："这是你的师娘！"我一看这位师娘可真年轻，可能比我还小呢！但我毫不犹豫地喊了声："师娘好！"这件事让我感受到了同门一家亲的温暖。

康立本老师在艺术上领我入门，同时言传身教告诉我，如何去做一个合格的道德高尚的曲艺工作者，他是我终生景仰的恩师。

刘望宁、徐世辅和我完成了湖南曲艺界的第一件壮举

1979年我调省曲艺队任创作员。1981年准备参加全国曲艺会演。我一个人躲在桃花源一个招待所里创作长沙弹词《奇缘记》。作品取材自武汉的一个真实故事：一个青年盲人按摩师与一个瘫痪少女感天动地的传奇爱情故事。写到动情处，一连几个晚上我都是边写边哭，我真的为他们的真情而震撼并深深感动了。演员是刘望宁与徐世辅，他们都是湖南省曲艺团的优秀演员。他们的演唱声情并茂，出色地演绎了这段传奇故事，在苏州全国会演时感动了观众也感动了评委。节目被评为表演、编曲、作词三项一等奖，参加了最后一场公演，剧照被收入《中国大百科全书·戏曲·曲艺卷》，作品被多次出版、转载并收入中国文联的《新时期曲艺作品选》。

这次合作，增进了我们之间的友谊，我们成了好朋友，只可惜，由于湖南省曲艺团难产，我们再也没有合作的机会，这个作品也就成了我们合作的绝唱！《奇缘记》诞生和参加会演的过程曲折艰难，我衷心地感谢他们二位对这个作品的支持与喜爱，并排除万难完成了这次成功的壮举，特别是望宁精心谱曲，并坚定地为演好这个作品而倾尽了全力。这个过程也是极其感人的！因此我要向望宁、世辅深深鞠上一躬，以表达我真诚的感谢和敬意！

和郭新、奇志、大兵的合作经历

1983年，为了准备参加全国首届相声会演，郭新和我还有从长沙工程兵学院

借调来的杨其峙（奇志）成立了一个创作小组，创作了相声《啊！马王堆》。这个作品在会演中获得了创作的表演两个三等奖并收入了《全国获奖相声选》。

此后，我们还合作创作了相声《皮鞋进行曲》。值得一提的是写这个作品时正值盛夏，我们躲进了浏城桥附近的一所地下人防工事里，那真是一段难忘的经历。

奇志、大兵都是从部队下来的曲艺人才，他们取得了很大的成功。成为相声界的南天一柱绝非偶然，因为他们特别能吃苦，特别能钻研，特别能战斗！我和他们二位一共合作创作了三段相声，其中以《我是110》最为成功，影响也最大。这些节目都曾在"湖南经视"多次播出。《我是110》是他们的保留节目，演出场次无法统计。在公共汽车上，至今还常在播放。至于相声系列剧《非常诊所》则命运多舛，辛辛苦苦准备了好长时间，只在"湖南经视"播了几集就被叫停，个中原因，至今我仍不甚了了，我执笔的《评职称》后来被收入《一笑治百病》中。

曲艺奇才、鬼才李迪辉

迪辉是湖南曲艺团初创时期的曲艺队副队长，是我的领导，后来我们成了长期的合作者。他的一些作品，大多是由我为他量身定做的。他是一个曲艺天才、鬼才，事业心极强，意志极其坚定，他自创了一个新曲种"单人锣鼓说唱"。他那套伴奏乐器，由最初的几件，最终发展到了64件之多。演出时，他那里自敲自打自拉自唱忙得不亦乐乎，而台下的观众则看得眼花缭乱，乐不可支！

我们合作的代表作为《打狗的风波》。该作品在全国曲艺比赛中获得了作品、表演、编曲、伴奏四个三等奖（他一个人独得三奖），作品收入《全国曲艺新曲（书）目比赛获奖作品集》。

迪辉风风火火地搞曲艺事业，有滋有味地过小日子，到老了还有一位娇妻为伴，真是叫人美煞！燕娥是我的女弟子，她是个极其聪颖、贤惠的女人。她刻苦学习、努力钻研，几年时间，便成为省文化馆不可或缺的人才，也是迪辉的贤内助。

迪辉自创的这种独门绝技，不仅前无古人，估计也不会再有来者。它是中国曲艺的一朵奇葩！

我的好朋友——"长沙三杰"

在长沙我有三位终生坚持曲艺事业的好朋友，我称之为"长沙三杰"。他们是邹园智、傅辰生和刘宁生。他们在单位都是领导者，或任厂长、队长，或任书记，他们工作兢兢业业、成绩卓著。邹园智甚至是全国知名的羽绒专家，但业余时间便从事相声创作、演出。几十年如一日，他们对曲艺事业的热爱与执着，给了我极大的鼓舞和教育。他们的作品多次在全国和地区获奖，如相声《水涨情高》在中南地区曲艺会演中获二等奖，作品在《曲艺》杂志上发表。

普及曲艺知识，做一个勤勤恳恳的播种者

为了普及曲艺知识、繁荣曲艺事业，我曾先后在市工人文化宫、省市群艺馆曲艺班讲授了相声、评书、唱词创作知识，这种班后来办到了湘潭、衡阳、郴州、宁乡等地。作为专业的曲艺工作者，一个曲艺老兵，做这些工作，我总觉得是责无旁贷的，故而乐此不疲。

退休后，我和郭新主持相声研究会的工作，把工作的重点放在孩子们的身上，先后在省市少儿活动中心、少年宫、湖南大剧院办班教学。学员总数有七八百人次，通过系统培训，孩子们提高了文化与艺术素质，先后在省内各项比赛中获奖，在教育电视台"君山杯"少儿曲艺会演席卷了大部分奖项。在尔后的全国少儿曲艺大赛中获金奖、铜奖各一个。湘潭小女孩陈敬瑶一人独得新苗奖和表演一等奖。我为她创作的故事《郑爷爷，您听我说》获作品奖。另一湘潭小男孩肖湘杰表演评书《空城计》获三等奖。在少儿曲艺班中培养了孩子们对曲艺的兴趣，其中胡聪俊、黄范文、徐道湘、徐道沂先后考入天津曲艺学院学习，胡聪俊毕业后在天津曲艺界干得不错，曾在天津曲艺学院中专部任教，现在湖南省文化馆任曲艺专干。其他孩子也提高了才艺水平，提高了自身信心，考入大学后学习不同的专业，表现十分活跃，经常展示自己学到的曲艺才艺。

目 录

曲唱类/001

奇缘记（长沙弹词） /002
打狗的风波（单人锣鼓说唱） /009
"喜鹊"放哨（湖北大鼓） /014
长征路上（湖北大鼓） /018
桂秋打猪（长沙弹词） /022
一台收录机（长沙弹词） /027
三上丽秋楼（长沙弹词） /032
我们村里的年轻人（丝弦演唱） /038
品菜（单人锣鼓说唱） /042
天灾无情人有情（单人锣鼓说唱） /046
唱竞争，说生存（单人锣鼓说唱） /048
看花炮（单人锣鼓说唱） /051
喜老倌开店（单人锣鼓说唱） /053
孩子长大做什么（长沙弹词） /055

语言类/060

办点奇闻（单口相声） /061
我是110（对口相声） /066
啊！马王堆（对口相声） /073
香飘万里（对口相声） /081
肥水行（对口相声） /088

啼笑皆非（对口相声） / 097
李自成求学记（对口相声） / 105
拜书先生（对口相声） / 114
这里面有辩证法（对口相声） / 122
闯新路（对口相声） / 131
新风赞（对口相声） / 145
郑爷爷，您听我说（故事） / 155
评职称（电视剧节选） / 158

理论类/169

相声创作浅谈 / 170
中长篇评书创作谈 / 218
花儿为什么这样红
　　——谈夏雨田成功之道 / 244
给相声不景气开个药方 / 248
谈通俗文学的特点 / 251
着力于针砭时弊 / 254
笑的赞歌
　　——谈相声《农老九翻身记》的艺术成就 / 256
让美好的心灵闪光
　　——写作《奇缘记》的几点体会 / 260
由马三立先生仙逝所想到的 / 262

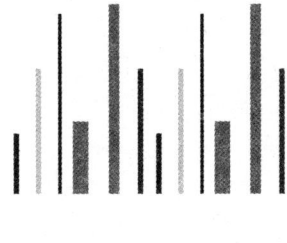

曲唱类

长沙弹词

奇 缘 记

（唱）说新闻来唱新闻,
　　　唱一唱长沙八角亭。
　　　出了一件新鲜事,
（白）么子事哪?
（唱）一男一女结了婚。
（白）有人说了：你怕是吃醉哒酒吧！结婚不是一男一女,未必还是两个男的或两个女的呀？你莫急咉,我讲的这一男一女都是与众不同之人。
（唱）妹子今年二十零,
　　　她名叫做周惠琴。
　　　蛾眉弯弯如新月,
　　　杏眼含情亮晶晶。
　　　身材苗条水色好,
　　　高矮胖瘦最适中。
　　　人人都夸电影明星美,
　　　她比那电影明星更"抖冲"！
　　　惠琴还只有十八九,
　　　门槛就踩断了两三根。
　　　提亲的一天四五起,
　　　求爱信每日六七封。
　　　姑娘横直不表态,
　　　没看上一个意中人。
　　　簸箕簸来筛子选,

最后选中了陈玉林。

玉林这人有特点，

（白）什么特点？

（唱）两眼的视力等于零。

（白）哦，讲了半天是个瞎子呀！一定又有人要说："唉，一个花一样的妹子偏要找个瞎子，可惜哒！可惜哒！这真是一朵鲜花插在——"哎哎，莫乱讲哪！那陈玉林可不是牛屎呀。他在周惠琴心目中，是一朵最美最香的花呢！这就叫作情人眼里出西施。小周为什么会爱上一个瞎子呢？那就听我讲啰！

（唱）惠琴二十岁那一年，

一场重病把身缠。

暴雨摧花花零落，

狂风撕柳柳枝残。

从此瘫痪床上卧，

生活行动都困难。

住院治疗一年整，

惠琴越住越心烦。

（白）她想：看样子我的病是好不了啦，何必再占着一张病床呢。于是她拒绝治疗，硬要出院回家。家里条件如何呢？父母双亡，只有一个七十高龄的老祖母。组织上虽然多方关怀照顾，但生活上主要还是靠老人料理。老人家每天颤颤摇摇为她喂茶喂饭、洗洗抹抹，使姑娘无限痛楚。这个时候，往日那些踩门槛、寄情书、甜言蜜语、锦上添花之辈，多数闻风止步。有两个不信，来探听消息，见惠琴病成这个样子，虽然也讲几句安慰话，却不免脸上皮笑肉不笑，表情不尴不尬。姑娘会看不出来？最后，她客客气气用一个字送客："滚！"这些角色就脚踩西瓜皮——溜之乎也，再也不进门了！这人情冷暖更增添了姑娘的痛苦。

（唱）往日里门庭若市闹纷纷，

到如今门可罗雀冷清清。

最可恨求爱提亲全是戏，

危难中哪见一个知心人！

（白）惠琴越想越没意思，真想一死了之。但转念一想：我死后，老祖母风烛残年，怎么过呢？因此，左右为难。日里对老人强装笑脸，夜间暗暗哭泣。那花一样的容颜也日渐憔悴了。她的祖母呢，更是急得垂头丧气！老人想：我是半截子埋在土里的人了，原指望孙女儿找个称心如意的人，成家立业，终身有靠，我就哈哈大笑三声，高高兴兴到阎王老子那里去报到算了。可是，如今又去不得。我死后，惠琴怎么办呢？我只要有一口气，就要对她负责呀！于是，老人四处托人打听，寻访治瘫痪病人的高手。三湘真乃藏龙卧虎之地，访来访去，果然在长沙城里找到了一个人。此人，虽不是华佗再世，扁鹊重生，却也是一个难得的人才。他是哪个？就是陈玉林！当时他只有二十五岁。哎，你莫看他年轻，还是个街道卫生院的医生，他的医术那是南岳山上吹唢呐——远远闻名（鸣）。玉林自幼双目失明，全凭顽强自学，再加名师点拨，熟知穴位经络的奥秘，掌握了按摩指法的真功，辅以药物治疗，对于各种偏瘫顽症，虽无手到病除、百分之百的疗效，但也有百分之百八九十的把握。尤其难得的是：他有求必应，不怕路远坡陡巷子深，天晴下雨八级风，说定七点半钟到，就不得到七点三十一分。故此，人送美号"小华佗"，又叫"标准钟"。

（唱）有一日，窗外桃花分外红，

老祖母引来了陈玉林。

玉林在惠琴床前坐，

轻声细语问病情。

这一个是肝红胆炽的炉中火，

那一位是意冷心凉的纸包冰。

（白）祖母好心好意请陈玉林看病，惠琴却有她自己的想法。陈玉林问她："同志，你的病好些了吗？"废话！要是好些，我会躺在床上！她懒得作声。"你的腿痛不痛？麻不麻？"哼，要是晓得麻痛，还要你诊！她还是不吭气。"你……你的胃口还好吧？"唉，胃口好有什么用？浪费粮食！她更是不搭腔。玉林还要问，她就不得不出声了。出什么声？鼾声！"呼……呼"假装睡觉了！陈玉林想：刚才我进来还听见她在叹气，怎么我问她她反而打起鼾了呢？哦，她是不相信我能治好她的病。"哎呀，同志，你到底在想什么呢？"惠琴一听，这个人真是有点呆气，鼾都打他不走，憋不住，开了口："想什么？想死！""想死？哈哈哈哈……"玉林这一笑，倒把惠琴笑糊涂了：真是个幸灾乐祸的怪人！我想死，他哈哈大笑，我要是真的死了，他岂不要开个庆功会！她生气地说："你笑什么？难道病人死得越快，你医生才越高兴吗？"陈玉林一听，糟糕，她误会了。"对不起，我的意思是你不该想到死。我过去和你一样，想到自己是个残疾人，不如死了痛快。但是，后来多亏了两个好心人的开导，我才决心活下来。""嗯？那他们肯定是你的亲人。""不，非亲非故。""那是什么人呢？""一个中国人，一个外国人。""你还有外国朋友？真有意思。你说，他们叫什么名字？"

（唱）中国人名字叫孙膑，
　　　战国时赫赫有威名。
　　　自幼学文又习武，
　　　运筹帷幄善用兵。
　　　庞涓妒能将他害，
　　　砍掉膝盖步难行。
　　　竹简条条留著作，
　　　《孙膑兵法》举世称。
　　　苏联的保尔·柯察金，
　　　全身瘫痪目失明。
　　　一息尚存要战斗，
　　　鼓舞着亿万青年人。

（白）"惠琴同志，我常常这样想：他们残废了，为什么还要顽强乐观地活下去呢？难道不是一种对祖国、对社会的责任感在鼓舞着他们么？"

（唱）玉林讲得动感情，
　　　惠琴听得入了神。
　　　心潮激荡难平静，
　　　眼望着玉林暗沉吟：
　　　他眼睛虽瞎胸怀广，
　　　道理通达世间情；
　　　眉目虽然少变化，
　　　心中却有火一盆，
　　　驱走了惠琴的消沉病，
　　　烧热了姑娘冷落的心。

（白）惠琴想：不管他医术如何，他是个好人，刚才我不该对他那样冷淡，那样粗暴，我真对不起他！想到这里，她含着歉意笑了。要是陈玉林看得见，一定会发现，姑娘的笑容那样明朗，那样真挚。一年多来，惠琴这是头一次笑哟！这一笑，给大家都带来了希望。好，莫扯远哒！惠琴对玉林笑着说："谢谢你，陈医生，你的意思我明白了。今后，我一定向那三个人学习。""哪里来的三个人呢？""还有你呀！""我？不，我算什么……"这句话搞得陈玉林蛮不好意思，一副脸通红，两只手不停地搓那根探路的铁棍。

（唱）陈玉林家住北门东岳宫，
　　　来一趟起码五里程。
　　　他穿街插巷过马路，
　　　手拿棍子探路行。
　　　踢脚绊手全不顾，
　　　每天来看周惠琴。
　　　时间约定上午八点半，
　　　果然是名不虚传的"标准钟"。
　　　天天按摩加服药，
　　　精心治疗见奇功。
　　　春去夏来秋又至，
　　　院里的枫树叶又红。
　　　惠琴她原来四肢无知觉，
　　　至如今渐知冷热渐知疼。
　　　忍痛常扶床头走，
　　　放胆又架拐杖行。
　　　玉林每天搀她到庭院，
　　　活动筋骨散散心。
　　　惠琴常给玉林读小说，
　　　海北天南道古今。
　　　秋风阵阵不觉冷，
　　　小院频频有笑声。
　　　红叶飘飞如彩蝶，

飞向这对年轻人。

（白）玉林每日看病来家，一连数月，姑娘过意不去。等到她能扶拐杖走路，就向玉林提出要求："玉林同志，从明天起，我搭车到你那里看病吧，你不方便，不要再跑了。"玉林连忙摇头："那怎么行？病情好转，需要适当活动，但切不可过分劳累。再说，你一个女同志，拄着拐杖，怎好搭车？还是我来吧。"惠琴只好依他，仍旧每天八点半钟让玉林出诊到她家。惠琴想：陈玉林虽然双目失明，相貌不怎么漂亮，但是，他心地善良，思想高尚；他自己行动不方便，却终日奔走，为解除别人的痛苦而不惜自己忍受痛苦。这样的人可是百里挑一，不，硬是千里挑一的好人啊！这样的好人，多么需要人去照料他的生活，多么需要爱情去温暖他那善良的心呀！想到这里，不禁面红心跳。这一天，正是隆冬季节，窗外北风怒吼。哎呀，好大的雪啊！再一看表，已经八点半钟了，心里着急。急什么？她晓得陈玉林办事认真，从不失信。今天这样的狂风大雪，此时此刻，他正在路上走啊！

（唱）无情的风啊狠心的风，
　　　寒风刺骨似钢针。
　　　玉林你棉衣旧又薄，
　　　步履艰难风中行！
　　　雪花扬啊雪纷飞，
　　　雪花扑面凉透心。
　　　玉林他可曾戴棉帽啊，
　　　他可曾围上了毛围巾？
　　　漫天的雪啊遍地的冰，
　　　健康人行路战兢兢，
　　　可怜玉林他看不见啊，
　　　会不会掉进路边的坑？
　　　盼亲人姑娘心急如汤煮啊，
　　　盼亲人姑娘心急似火焚。

（白）想起玉林在雪地上行走艰难，惠琴决定去接他。但一想，不行，不知道他从哪条路上来。时间到了八点半，她冒雪打开大门，他还没来。一直到八点五十九分，陈玉林像一尊雪菩萨在街头出现。惠琴欣喜若狂，迎上前去,把他引进屋来。到屋里才发现他手里捧着一束怒放的红梅,千姿百态,清香四溢。玉林直向惠琴道歉:"对不起,请原谅!惠琴同志你的病好了,我特别高兴,特意买来几枝梅花,向你表示祝贺。愿你永远像梅花一样芬芳、美好!从明天起,我就不来了。希望你坚持锻炼,祝你健康幸福!"惠琴此时百感交集,忙说:"不,不!你为什么不来了?!为什么不来了?!"她怕玉林马上会从她身边飞走,把他按在椅子上,仔细地为他拂去身上的雪花。突然,他发现陈玉林左袖上沾满泥浆,左裤腿也撕破了,隐隐现出血迹:"啊?你怎么啦?""没什么,从花店出来,过马路的时候,不小心滑了一跤……嘿嘿,那梅花该没有摔坏吧?"惠琴再也控制不住,热泪夺眶而出,喃喃地说:"花是好好的,它这样香,这样美,可是你……"她扑到玉林怀里:"玉林,我不准你走!我不准你离开这里!我爱你!"喜从天降。情况太突然了。玉林起初不敢相信,心里激动万分。这个老实忠厚的青年,哪里受得起这种强烈的冲击?!他一边流泪,一边自言自语:"什么?你?爱我?这怎么可能?我是一个盲人啊!""从今天起,我的眼睛就是你的眼睛。""我每天要行医看病。""我要做你的拐棍,陪伴你走遍万户千家。"玉林再也讲不出话来,只是流泪。

(唱)喜泪洗脸脸愈净,

喜泪浇心心更明。

人说爱情是财加貌,

他们的爱情是心斟心。

窗外雪花白且洁,

室内梅花香醉人。

一桩奇缘传佳话,

美人偏要爱盲人。

《今古奇观》无此笔,

社会主义出奇闻。

(此作品由湖南著名曲艺表演艺术家刘望宁、徐世辅演唱,1982年参加全国优秀曲艺节目观摩演出,获创作、编曲、表演三项一等奖和湖南省"文学艺术创作奖"。1985年12月作者与演员同获省委、省政府嘉奖。原载《曲艺》1982年第5期,后又在省内多次出版。1992年收入中国曲协《新时期曲艺作品选》)

单人锣鼓说唱

打狗的风波

（唱）三湘奇闻天天有，敲锣打鼓听我数。
　　　心潮激动拉起琴，今日听我唱打狗。
　　　疯狗传播狂犬病，不打不杀令人忧。
　　　莫道是狗皆可打，有的打来很棘手。
　　　打得好，清炖的狗肉能进口。
　　　打不好，招惹是非添忧愁。
　　　不信听我说从头，随我到市委大楼走一走，走一走。
（白）列位，我今天讲的这个打狗的故事就发生在市政府大楼来信来访接待室，咯气子屋里挤满了人，他们在争着、抢着传阅一张皱巴巴的信纸，看过的人，有的把眉头箍起，有的把鼻子耸起，有的把嘴巴撇起，有的把眼睛闭起，有的点头有的笑，有的争得眼睛鼓，胡子翘，颈子上青筋暴。我的天呃，那上面到底写了些什么？原来，那是一封匿名信，上写八句顺口溜，这个写顺口溜的人大概还懂得点"哆来咪"，下面还谱了几句"长沙弹词腔"：
　　　街头一条大狼狗，摇头摆尾到处走，
　　　为何此狗这大胆？它的主人是市长。
　　　当官要当带头人，切莫做那手电筒，
　　　有光只把别人照，言行不一招人笑！
（唱）咯是什么意思？原来，为了防止狂犬病危害人民，市政府三令五申，市内不准养狗，已经养了的要限期打光，如今期限已过，百分之九十九点九九九的大狗、小狗、土狗、洋狗、黑狗、黄狗都已呜呼哀哉，只有严市长家一条大狼狗还在散步，还在逛街，还在神气十足地优哉游哉，你说群众还会冇得意见？

（唱）一群人七嘴八舌众说纷纭，陈秘书推门而进喜气盈盈。

（白）"哈哈，诸位，好热闹哇！抢什么宝贝？叫我看看！"

（唱）读纸条神情陡变心绪难平，

脸上的"气候"马上是"晴转多云"。

匿名信损害了领导形象，

这件事不查清法纪不容。

（白）这信是哪个写的？——滨湖路一群众。

（唱）为什么不敢写真名实姓，显然是心虚理亏见不得人。

滨湖路留下了蛛丝马迹，我定要顺藤摸瓜捉鬼请神。

（白）市长去北京开会，我一定要把这件事处理好。嗯，要查，查到底！

（唱）陈秘书素来是办事干练，想到哪做到哪雷厉风行。

他找到滨湖路街道主任，胖主任是位妇女她叫林云。

林大姐认真倾听不敢怠慢，对笔迹碰情况发动基层。

第二天果然是水落石出，查出了胆大包天写信之人。

（白）就在街道办事处会议室，林主任把人带来，当着陈秘书的面亲自讯问——"你叫什么名字哪？""我叫石得古。"林主任一听就不高兴：什么名字不好叫，偏叫石头牯？咯是个崩硬的家伙哒，只怕难以对付！"石头牯呀，你是做什么的哪？""卖油炸臭豆腐。""一天赚得好多钱？""托您老的福，有时三十三，有时四十四，有时五十五……"——他一出口就是顺口溜。

哦，是他，林主任突然想起来了，这个年轻人是个角色，你看他长得标标致致，抻抻抖抖，穿得干干净净，朴朴素素，一不抢，二不偷，爱演戏，爱打球，爱提意见，爱编顺口溜，热心快肠，喜欢帮忙，经常给附近孤寡老人排忧解难，街道上的义务劳动，他吃得苦，舍得累，做小生意向来奉公守法——他有得一寸长的辫子把你抓哒！

不过，人无完人，金无足赤，他也有弱点。你看，他站在那里有点跛，嗯，做文章有了题目，先打打他的态度。"小石呀，你那双脚，是怎么跛的呀？""枪打跛的！""对呀，看来你参加过抢枪武斗。咯就是'打砸抢'，'打砸抢'就是'三种人'，这笔账我们还冇算的呢？"——他想给他个下马威。小石听了好笑："林主任呃，您老记错了吧？我受伤那一年才八岁呢，枪是抢过，我抢过隔壁屋里狗伢子的塑料枪，'武斗'也搞过，我们巷子里经常是五只伢妹子一起逗，我这只脚才跛得冤枉，那一天，我打烂了姑姑的热水壶，不敢落屋，站在门口哭，呜——一粒流弹飞过来，打了我的螺拐骨。"石得古滴水不漏，对答如流，气得林主任血压上升，呼吸加粗，她决定一针见血抛出王牌，让对手服服帖帖认罪低头，她把那封匿名信往桌上一丢："小石，你说，这封信是你写的吧？"石得古心直口快："是我写的，是我写的，我文化不高，措词不妙，请帮我修改，请多多指教。——碰他娘的鬼，咯号"作品"未必还准备发表的呀！林主任觉得问不出结果，在陈秘书面前丢了面子。她徒然把调门一下提高了五度——从C调提到了E调，"放严肃点，不要嬉皮笑脸，我告诉你，石头牯，你的匿名信恶毒地攻击了党的领导，攻击了人民政府，你懂不懂？"小石真的不懂："哎呀呀，好大的帽子，我的林家大娭毑呃，你讲话要凭良心啦，明明是它攻击了我，为什么偏要讲我攻击了它？"林主任用劲把桌子一拍，脸上的肉一彻："胡说，堂堂人民政府的市长，认都不认得你，怎么会攻击你？"胖主任放肆用手挥拳，小石他是一坨松软的海绵，胖主任拍桌打椅，石得古笑笑嘻嘻："主任呃，我冇讲市长攻击哒我，是讲市长屋里的大狼狗攻击了我呢！

（唱）那一天我正把臭豆腐炸，

炉火通红油锅"噼里啪啦"。

顾客们站的站来坐的坐，

喝啤酒，把我的臭豆腐一坨一坨地呷（qiá）。

那条狗不打招呼来到桌下，

把牙齿就往我脚上一搭。

撕破了裤脚，咬破了皮，

可怜我的螺拐骨二次负伤把血滴（diá）。

我一怒之下写了那封信，

贴上邮票就把它来发。

（白）哦，你冇错，未必还是我错哒！告诉你，市长的狗，它不是一般的狗，它是高级干部家里的高级狗，它是受过高级培养、训练……从来冇学会咬人的狗！

刚才这段话，陈秘书听得一清二楚，一直默默无言不好开口，眼看着林大嫂驰越扯越远，他再不讲话，可能还要出丑，他就讲了几句："小石，你错了，首先，严市长家从来冇养过狗，既算是市长家的狗咬了你，你应该向市政府反映，不该写什么匿名信，这样做影响不好，这样吧，你先写材料，把事情的来龙去脉写清楚，我们会做出妥善处理的。"

（唱）这一日风和日丽，清风悠悠，严市长乘火车急转回头，列车上遇着了市政府的干部，各种信息一齐往耳朵里收。到机关陈秘书刚要汇报，市长他连珠炮火力蛮足。

（白）"好哇。小陈啦！我到北京开会不过半月出头，你办了件'好事'使我如刺在喉，姓石的小青年给我写信，街道上就对他变相拘留。我的老天爷，你害死人呢！"陈秘书连忙解释："市长，我只是去调查过一次，叫他写过一份材料，并没有……""唉，你陈大秘书叫他写材料，下面就敢给他戴手铐！那位街道主任简直是乱弹琴，走，你跟我走！"

（唱）严市长大步流星往前行，陈秘书心事重重随后跟。
这时候下班铃声响，大门外电杆下围了好多人。

（白）陈秘书忙挤进人群一看，只见电杆上挂着一张血淋淋的狗皮，旁边贴着一张纸条，两行粗犷的毛笔字墨迹犹新。上写着："感谢父老兄弟姐妹对我严树德的监督与帮助，特杀此狗，以正风纪。"陈秘书一惊，忙从人群中挤了出来，跟上市长。"市……市长……""莫喊，莫喊，你这个角色，搞得我好难为情，唉，我前脚刚走，后脚我侄少爷从湘西老家给我带了条大狼狗，我虽事前不知，但毕竟还是我家的狗呀！……小陈哪，像小石这样的小老百姓敢于写信监督市长，这正说明党风已有好转，群众信任，寄希望于我们。退一万步讲，就是他的做法欠妥，只要出发点好，我们就应该闻过则喜嘛，怎能用极'左'的那套整人，俗话讲得好，喊破嗓子，不如做出这个样子嘛！"

（唱）严市长边走边说语重心长，
陈秘书挨批评心里亮堂。
说话间已来到市长宿舍，
门前柳屋后松一栋平房。

（白）陈秘书感到奇怪，市长把我带到他的家里来做什么？门开了，客厅里迎面走来一人，哦，有客？什么客？贵客。哪一个？小石，就是那个写匿名信的石得古。陈秘书忙问："市长，小石到这里来做什么？"市长一笑："是我特意把他请来当面赔礼道歉，请他吃狗肉，也请你和那位街道主任做陪客，大家尝尝我的手艺！"

（唱）明月一轮挂中天，
　　　清风拂柳情绵绵。
　　　市长喜摆狗肉宴，
　　　欢声笑语心相连，心相连！

（关于党风建设，获文化部评定四个三等奖）

湖北大鼓

"喜鹊"放哨

有个姑娘叫郭新娥,
刚满十岁读小学。
在学校参加宣传队,
会跳舞,会唱歌,
样板戏最爱学,
又爱笑,又爱说,
大眼睛,小酒窝,
欢蹦乱跳乐呵呵,
简直像个欢喜陀,
人送外号"小喜鹊"。
"小喜鹊"今天大变样,
也不唱,也不说,
走路轻手又轻脚,
来到自己的房门角。
靠门站,贴耳朵,
眼睛不住往里睃。
点点头,眯眯笑,
找不到她搞些么家伙。
(白)"小喜鹊",你在搞么事呀?
嘘——莫吵,莫吵,莫吵!
(数板)解放军叔叔进山来,
　　　 帮我们秋收把谷割。

叔叔们每天真辛苦,
天不亮忙到太阳落。
又挑水,又砍柴,
总是不停手和脚。
解放军叔叔真是好,
处处值得我们好好地学。
昨夜晚又和社员们打谷干通宵,
那眼睛皮一下都没合。
老书记只好下"命令",
非要解放军叔叔往下撤!
这么咱叔叔在睡觉,
你们不要瞎"嘀哆"。
谁要把叔叔吵醒了,
该你检讨跑不脱!
为了让叔叔们休息好,
我要叫那各种声音都没得:
把奶瓶子放在弟弟睡觉的摇窝里,

(白)他醒了要是哭哇,
我就赶忙往他嘴里塞;
又恐怕门口黄牛哞哞地叫,
抱一堆青草把它嚼;
哎呀,这房门风一吹就会吱吱嘎嘎响,
嗯,门轴下喂两瓢麻油把它喝;
抬头看,树上会不会有雀子叫?
欸!编个草人站在这里神气武扬地要把雀子捉;
鸡子全部赶上山,
鸭子统统撵下河。
保证让叔叔们睡得香,睡得甜,
安安静静,舒舒服服,
一觉睡到太阳落下西山坡。
"小喜鹊"坐在门口正放哨,

噫——从外走过来一只黄鸡婆,
它摇摇摆摆往里走,
回来生蛋要进窝。
"喜鹊"想：鸡婆进窝它要"咯咯咯"叫,
生了蛋越发还要叫咯咯。
鸡婆一叫把人吵,
解放军叔叔就睡不着。
这个问题怎么办?
活活急坏了"小喜鹊"。
她汗珠卯起来往下掉。
大眼睛眨了几眨两边睐。

（白）哎——有了!
叔叔的医药箱在桌上摆,
她拿出橡皮膏药撕了一撮,
回头再到鸡窝旁。

（白）做么事?
做一个橡皮膏的口罩罩鸡婆。
橡皮膏紧紧地缠住了黄鸡婆的嘴,
嘿嘿！叫你只能生蛋还不能唱歌。
黄鸡婆它感到很奇怪：
嘴巴上这是缠的么家伙?
甩一甩,磨一磨,抓一抓,啄一啄,
甩又甩不掉,
扳又扳不脱。
这一下就憋坏了"小喜鹊",
她又是心疼又好笑,
对着鸡婆做工作：
鸡婆呀,你不要甩来不要磨,
你克服一下莫唱歌,
等解放军叔叔起床后,
我一定替你把膏药剥。
哪晓得鸡婆生了蛋喉咙痒,

一分一秒都过不得,
嘴巴张不开,鼻子还是照样地叫:
"咯咯嗒,咯咯嗒,咯咯咯咯嗒!"
这一下气得"喜鹊"直跳脚:
叫一声鸡婆你好不懂事,
我今天非要把你捉!
黄鸡婆吓得着了慌,
张开翅膀忙飞脱。
不好!鸡婆飞进了房间里,
"噼噼啪啪""稀里哗啦"了不得。
从屋顶,到屋角,
这里扫,那里戳。
擂掉了簸箕,绊倒了桶,
碰翻了挂在墙上的行军锅!
"小喜鹊"气得直冒火,
走进屋里要打鸡婆。
进门一看她发了呆:
哟——只剩下空床空被窝。
睡觉的解放军叔叔一个都不在,
只听见门外笑呵呵。
原来是,趁着"喜鹊"没注意,
解放军溜出了后门去干活。
现在收工回家转,
在门外笑看"喜鹊"打鸡婆。
战士们夸她是拥军的小模范,
班长忙把鸡婆嘴上的橡皮膏药剥。
黄鸡婆嘴上解除了"封锁",
放开喉咙"咯咯咯嗒,咯咯咯嗒,咯咯嗒,咯咯嗒……"直唱歌。
这就是"喜鹊"放哨的故事一小段,
军爱民,民拥军,欢乐的歌声震山河。

(此作品与胡必达合作,始载于《武汉文艺》1976年第1期,为武汉市说唱团公演节目。曾由武汉军区曲艺演员在军内演出。)

湖北大鼓

长 征 路 上

（白）喜看神州红旗稠，
　　　总理英名遍全球，
　　　怀念总理唱总理，
　　　紧敲鼓板放歌喉。
（唱）唱的是一九三五年二月初，
　　　红军走上了新征途。
　　　遵义会议定航向，
　　　毛主席领导的长征队伍浩浩荡荡像铁流。
　　　声东击西牵着敌人鼻子走，
　　　蒋介石处处挨打如同一头大蠢牛。
　　　这几天红军进军到云南，
　　　每天在大雨里头打"浮泅"。
　　　同志们浑身上下都湿透，
　　　脚底下的稀泥滑得像猪油。
　　　周恩来当时担任军委副主席，
　　　他总是艰苦奋斗严要求。
　　　一双草鞋脚下蹬，
　　　一顶斗笠戴上头。
　　　和战士们一道急行军，
　　　精神抖擞乐悠悠。
　　　他身后跟着三个战士，
　　　三个人行军劲头足。

一个是他的警卫员，
　　　机智灵活的小个头。
　　　另两个身高起码一米八点九，
　　　膀大腰粗的大块头！
　　　这个说："周副主席害病身体还没好，
　　　你看他操劳过度脸消瘦。
　　　毛主席、党中央派我们抬他走，
　　　唉，他硬是不肯上担架，我一想这事就发愁！"
　　　那个讲："我两个身高体又壮，人送美号'气死牛'，
（白）警卫同志，
　　　你要能动员周副主席上担架，
　　　我们保证安全稳当又高速——我说话算话不吹牛。"
　　　警卫员说："周副主席的脾气我摸透，
　　　他从不把自己的疾苦放在心头。
　　　这副担架算是失了业，
　　　不怕你两个力大赛牯牛。"
　　　正说着东方发白天刚亮，
　　　雨过天晴出日头，
　　　周恩来神采奕奕朝前迈，
　　　突然间猛把脚步收。
（白）出现了什么情况？
　　　原来是树下躺着一伤员，
　　　腿伤严重鲜血流，
　　　脸色苍白牙关紧，
　　　两手直把那草皮抠。
　　　周恩来仔细看了伤口，
　　　又喂开水润咽喉。
　　　满怀深情唤战友：
（白）"同志，同志！"
　　　那战士还在梦里游：
　　　昨夜晚战斗多激烈，

穷追猛打歼匪徒。
刺刀捅死了五对半,
朝着敌军官的脑壳踢皮球。
不小心膝盖被摔破,
战友们乘胜追击不停留。
阶级仇恨胸中燃,
不消灭敌人不罢休。
猛听见身边有人喊,
又觉得热水进口暖心头。
伤员睁开眼睛看,
这个人越看越眼熟。
头上五星闪闪亮,
慈祥的脸上把胡子留。
好面熟啊好面熟,
紧紧握住亲人的手:
(白)是一位首长。
"首长!""同志,伤口疼不疼?
你现在能走不能走?"
"不痛不痛真不痛,
能走能走就能走。"
伤员他扶着树干往起站,
(白)"哎哟!"
痛得他豆大的汗珠满脸流。
周恩来一看好心疼,
忙喊抬担架的两个大块头。
"这几天我让你俩'失了业',
那意见能装几笆篓,
来,抬着伤员向前进。"
"气死牛"这回有奔头!
周恩来他亲自扶着伤员上担架,
盖毡子,拿他的衣包做枕头。

轻轻地抬,轻轻地放,
轻手轻脚动作熟。
伤员睁大眼睛不说话,
热泪如泉不断流。

(白)"同志,你……你是谁?"警卫员说:"他就是周副主席。""周副主席!我的好首长!我是一个共产党员,伤好以后,我一定多杀敌人,来报答您对我的关怀!"周恩来说:"同志,这担架是党中央、毛主席给的,应该感谢党,感谢毛主席!"

一番话感动了伤员和警卫员,
感动了抬担架的大块头。
抬起伤员朝前走,
翻山越岭过河沟,
红旗招展战歌亮,
钢铁的队伍不停留,
赞歌一曲飞天外,
歌颂毛主席的好战友,
伟大的无产阶级革命家,
敬爱的周副主席,
光辉业绩照千秋。

(原载《湖北群众文艺》1978年第1期)

长沙弹词

桂 秋 打 猪

（白）干部莫把私利谋，
　　　俯首应作孺子牛。
　　　若将人民当鱼肉，
　　　有朝一日碰破头。
　　　这段开场引出一段桂秋打猪的故事，桂秋是哪个？他打猪做什么？听我慢慢唱来。
（唱）去年七月二十六，
　　　胜利村忙着抢插又抢收，
　　　民兵连长周桂秋赶回村委会，
　　　领柴油跑得他黑汗水流。
　　　这时候电话铃声急，
　　　讲话人官腔十足有派头。
　　　要问他是哪一个？
　　　乡长大人朱伯流。
（白）"喂，你是哪个？""我是桂秋呀。""哦，秋伢子，我就找你算哒。""是朱乡长，您找我有么子事哪？""有一件光荣、艰巨的紧急任务交给你，要得不啰？""紧急任务？到底是么子事哪？""捉猪，捉小猪。""什么？读书，读好书呀？""碰哒你的鬼呢！咯气子双抢读什么鬼书啰！我要你去捉猪，捉小猪！"
（唱）"叫一声桂秋伢子你听清楚，
　　　你快把那刚出生、红喷喷、胖墩墩、肉嫩嫩的细猪崽子提来十头。"
（白）"要咯号家伙有什么用哪？"

（唱）"地区来的温部长要吃小猪肉，
　　　据说是吃哒专治脂肪瘤。"
　　桂秋听罢心头恨：
　　好缺德的朱伯流，
　　当乡长从不问生产，
　　整日里拍马又吹牛。
　　前年地区来了个检查团，
　　有个温部长胖得像皮球。
　　温胖子想吃乌龟肉，
　　朱伯流派人到处捉来到处收。
　　献殷勤亲自下水捉，
　　硬搞得"泥糊龙登"活像一条花泥鳅。
　　一共捉了乌龟三百九十九，
　　房里关，桶里装，脚盆、水缸里乌龟还在打"浮泅"。
　　温部长吃得满意还带走四五篓，
　　夸奖他吃苦耐劳工作干劲足。
　　那时起老朱当上了一把手，
　　从此后就把那"乌龟主任"的美名留。这一回姓温的又要吃什么小猪肉，
　　哼！我让你吃点小苦头！

（白）"哎，朱乡长，这个任务我完成不了。""啊？！""咯一向队里的猪婆都没得崽生呢。""哎呀，你'禾什'咯蠢啰！你只要打听到哪家的猪婆快生崽哒，就叫它提前生下来哟！""提前生？莫逗把啰，那都是生得出来的？猪同人一样，生崽都是有章程的，好比您的爱人怀毛毛，还没满月份，您'扮蛮'要她生，她生得出不啰？""哎，我老朱的爱人是人，又不是猪！""我晓得，乡长咧，道理是一样的哟！""唉，桂秋呀桂秋，你咯只宝崽！我告诉你：只要搞清楚哪家猪婆要生崽，对它耳根子一钉锤，猪崽子不就下来哒！""哎呀，咯样做，太缺德哒！""我的指示你贯彻，什么缺德不缺德。""只怕人家要扯皮呢。""管他扯皮不扯皮，出了问题我负责！""您负责？""对，我老朱负责到底。""那好，我马上就去！"说来也巧，打听来，打听去，方圆十几里，只有一家的母猪怀哒崽，哪个屋里的？朱伯流自己屋

里的。朱伯流呀朱伯流，你讲哒"出哒问题你负责"。好，我就叫你打掉牙齿往肚子里吞！

（唱）桂秋他拿把钉锤往外走，
当机立断定计谋。
你看他连走带跑快如风，
来到了朱乡长的大猪楼。
他家的母猪是头良种"约克夏"，
这家伙如同一头小母牛。
浑身白毛嘴巴翘，
怀了崽，睡在地上懒抬头。

（白）哼，哼，我找的就是你！

（唱）桂秋瞄准母猪耳朵根，
一钉锤，打得它直翻白眼球。
那猪婆痛得"越越"地叫，
叫来了它的主人，朱伯流的堂客马梅苏。
马梅苏火冒三丈双脚跳，周桂秋不慌不忙说根由。

（白）"秋化生子，你吃哒豹子胆呐，'无家没事'打我的猪做什么哪？""嘘——莫喊，莫喊，是领导要我来的。""哪个砍脑壳的领导，要你来做咯号缺德事哪？""就是你屋里朱主任，老朱咧！""老朱！只怕是老狗吧！""不是老狗，真的是老朱。老朱说要吃小猪，就要打你的老母猪。""啊，我怕他是发哒猪头疯啦！""莫骂，莫骂。他说咯是紧急任务。""紧急任务？""对，告诉你一个好消息：前年吃乌龟肉的那个温部长又来哒，今天就是他点名要吃小猪肉呢。""哼，我看温部长硬是发哒瘟，前年要吃乌龟肉，我老朱变了条花泥鳅；咯次又要吃小猪肉，我的猪婆打得翻了兜；下次他想吃油炸老虎脚趾头，只怕还要把我们往油锅里丢呢！""哎呀呀，到底是堂客们，头发长，见识短，几只猪崽子，值得几个钱？你莫忘记哒：前年捉乌龟有功，老朱由村长升为乡里的一把手；今天呷哒咯餐小猪肉，说不定又要升大官呢！""哦，真的呀？""哪个还骗你？""那……那你就快去打啰！"

（唱）桂秋二次打猪头，
那母猪口吐白沫四脚把筋抽。

朱伯流的办法还真灵验,

不一会,真的生了小猪整十头。

老母猪完成任务眼一闭,

四脚一伸,呜呼哀哉一命休。

桂秋他高高兴兴端着小猪去交账,

马梅苏愁眉苦脸且把残局收。

那小猪火上烤,油中酥,味精蒸,

酱油卤,不肥不瘦脆嫩香甜真可口,

温部长狼吞虎咽直往口里"筑",

这一餐吃了十只烤猪六条鳜鱼五瓶茅台酒,

直吃到日落西山月上柳梢头。

温胖子灌得酩酊醉,

猪婆酣震动了一栋楼,

朱伯流连声夸奖不住口,

说桂秋办事坚决又迅速。

又给他一张送礼单,

上写着:天麻两斤,蜜橘三篓,外带一桶小麻油。

限他天亮前齐办好,

温部长明早启程不停留。

朱主任安排妥当回家转,

烤猪香美酒甜涌上心头。

口唱着:"只要我忠心为帝国,飞黄腾达有盼头。"

哪知刚把大门进,

他堂客就把他的耳朵揪。

(白)"哎哟,哎哟,咯是何解哪?""何解?你自己心里明白!

(唱)你当的什么鬼乡长?

我看你神魂颠倒鬼蒙头。

你派桂秋来打死大母猪,

十只小猪你一只也不留。

今天你不赔我的猪,

我叫你,我叫你从今以后睡猪楼!"

（白）"什么？什么？哦，我的天啦，搞哒半天，今天吃的就是我的猪崽呀！"
（唱）周桂秋呀周桂秋，
　　　我同你一无冤来二无仇。
　　　叫你打猪你单把我的猪婆打，
　　　这餐烤乳猪吃得真阴毒！
　　　一餐饭吃了十头小猪犹自可，
　　　打死了母猪，这才是斩草除根种不留。
　　　如今我是火烧乌龟肚里痛，
　　　不报仇我就不叫朱伯流！
　　　他堂客怕他想不通要去寻短见，
　　　说几句宽心话为他解忧愁：
（白）算哒，算哒。
（唱）舍不得伢子捉不到狼，
　　　舍不得力气爬不上九层楼。
　　　这一回，虽说赔了本，
　　　说不定，温部长提你到县里当头头。
　　　又谁知桂秋拿着礼单省委去告状，
　　　干部社员也把检举信来投。
　　　到如今，
　　　温部长正在作检讨，
　　　朱伯流，发配到畜牧场里去喂牛，
　　　桂秋他，朝气蓬勃奔"四化"，
　　　胜利村一步更上一层楼。

长沙弹词

一台收录机

甲：供销科长倪志奇，
　　水泥厂里管水泥，
　　性格随和爱活跃，
　　外号叫作"京戏迷"。
　　为了有空学唱戏，
　　早想买台收录机。
　　上星期他给孩子舅舅寄去两百块。
　　节约点，只想买个单声道、两波段，
　　一大一小两个喇叭的收录机。
乙：这一天下班回家转，
　　边走边唱学青衣，
　　进得门来抬头看，
　　咦？桌上有台光闪闪、亮晶晶、
　　又大又新的收录机。
　　四个喇叭双声道，
　　名牌产品叫"索尼"。
丙：女儿见了爸爸蛮高兴，
　　搂着他的颈根笑嘻嘻：
　　爸爸爸爸你来看，
　　真的买来了收录机！
　　我在屋里学英语，
　　再不到隔壁屋里求阿姨。
　　说完用手按键钮，

外国人唱歌真稀奇，

唱的什么他听不懂，

反正都是那个ABC。

甲：老倪刚刚要问话，

乙：老伴抢先把话提。

（白）老倪呀，你们父女俩这就好哒！

日也想来夜也盼，

总算有了台收录机。

从今后，女学外语爷学戏，

可不要你争我抢来扯皮。

甲：老倪说：舅爷子办事真的快，

连买带寄才一星期。

这机子牌价要卖七八百，

婆婆呔，你赶快凑钱寄去莫迟疑。

丙：（白）爸爸呔，咯不是舅舅买的咧！

甲：（白）那是哪个买的啰？

丙：今天下午四点半，

我在家里做习题。

来了一位中年客，

送来了这台收录机。

我问他是不是舅舅托你买来的？

寄去的钱够不够买台新"索尼"？

甲：（白）问得好，妹子呔，那个人怎么讲呢？

丙：嗯，他讲哪，

好姑娘，何必刨根又问底，

我听说你爸爸非常需要收录机，

只要是打开机子能听戏，

问什么舅舅姑妈还是阿姨？

临走时，他只收了妈妈两百元，

还说是有事找他就拨电话54321。

这台"索尼"买得真便宜。

甲：（白）便宜？哼哼，
　　　　只怕是货不便宜，
　　　　我看这台机子有问题！
乙：（白）老头子吔，咯台收录机，到底有什么问题啰！未必里头安哒窃听器？装哒定时炸弹？
　　　　唉！糊涂的妈妈，糊涂的女，
　　　　不该收下这台来历不明的收录机。
　　　　这件事情莫小看，
　　　　大是大非不能和稀泥。
　　　　我供销科长官不大，
　　　　动笔一挥是水泥。
　　　　水泥可是紧俏货，
　　　　城市农村都急需。
　　　　分配水泥按计划，
　　　　提货要分缓和急。
　　　　有人为了抢先弄到手，
　　　　他绞尽脑汁动心机。
　　　　你爱端杯他送酒，
　　　　你爱打扮他送衣，
　　　　送这些还怕你不满意，
　　　　干脆就送彩电、冰箱、收录机。
　　　　行贿受贿风气坏，
　　　　哪顾国法和党纪。
　　　　几多人枪林弹雨无所惧，
　　　　糖弹一击化尘泥；
　　　　几多人昂首刑场色不变，
　　　　香风一刮心就迷。
　　　　十二大号召把精神文明大建设，
　　　　端正党风树正气。
　　　　党号召我们怎能不响应，
　　　　怎能抛弃原则贪便宜？！
乙：老倪一席动情话，

说得老伴把头低。

丙：女儿我羞愧涨红了脸，
　　赶紧关死了收录机。

甲：婆婆呀，如果今天有人送收录机，我批几十吨水泥；明天有人送彩电，我就批几百吨水泥。那我还算什么共产党员？党把我放在这个岗位上，我岂不是辜负党对我的信任，还会走上我前任供销科长的老路？

乙：
丙：前任供销科长？他有么子事啰？

甲：（白）他，一个和我一样有几十年党龄的人，就在这里倒下去的。他被开除了党籍，成为人民的罪人！

乙：
丙：啊？！

甲：（白）有人说：常在河边走，哪能不湿鞋。婆婆吔，妹子呀，你们说，咯只鞋能不能打湿呀？

乙：
丙：打湿不得，打湿不得！

乙：一下水，人都会淹死去呢！

甲：那——你们看，这台收录机……

乙：
丙：退回去！

丙：不过，他没留下地址，怎么办呢？

甲：那个人是个么子样子？

丙：嗯……他高高的，瘦瘦的，

乙：穿灰长裤、白衬衣，

丙：酒糟鼻子勾勾的，

乙：左眼有点吊吊皮！

甲：哦，果然是他！这个人哪，为了搞水泥缠了我几天哒，我就是不肯答应，听说他就住在长沙饭店，我马上就把收录机退回去。

乙：老倪我陪你去！

丙：我也要去。

甲：好，我们一起去！

合：老倪一家人去退收录机，

三人并排走,步伐好整齐。
老倪的事迹人人赞,
祖国处处有老倪。

长沙弹词

三上丽秋楼

唱的是长沙道门口,
道门口有座两层楼。
楼窗外一轮明月当空照,
照着那双眉紧锁的游丽秋。
这姑娘今年二十四,
孤儿倒做了十四秋。
十年前父母双双含冤死,
从此后被人遗忘在街头。
为偷盗前年进了劳教所,
昨夜晚"毕业"回家上小楼。
这时她心事重重窗前坐,
眼望着明月诉忧愁:
唉,十年岁月糊涂过,
似一桶米汤酽又稠。
没人疼我没人爱,
任我蹀躞任我游。
我好比断线的风筝随风舞,
我好比迷航的小船任漂流。
人生的路上多陷阱,
有几多苦酒在咽喉!
如今欲痛把前非改,
怕只怕无处肯收留。

谁要我孤苦伶仃流浪女？
谁留我劳教释放的女小偷？
小游她越思越想越悔恨，
禁不住热泪腮边流。
这时节楼下上来一妇女，
年纪三十刚出头。
朴素大方又和气，
她就是街办厂长周石榴。
石榴姐无事不登三宝殿，
专程来把这匹"野马"收。

（白）"小游，我是来看你的。""看我？不敢当。一不沾亲，二不带故，你看我做甚？""找你有点事。""哟，找我有什么事啦？如今我一不偷，二不盗，牌不打，舞不跳，又不倒卖粮油票，派出所不得要我去报到。你，找错哒人吧！"石榴对她的话毫不介意，一把拉过小游的手，亲亲热热地说："游妹子，你不认得我，我还蛮了解你呢。看你这双手，白白净净，灵灵巧巧。粗，能拿得锉刀扳手；细，能绣得飞禽走兽。要学，什么学不会呢？"小游把手抽回去，灰心丧气地说："唉，生得再好有什么用？它不干净哟！""不干净？那就洗哟。""洗？只怕是用香蕉水也洗不干净了！""小游，我倒有一样去垢洗污的特效药水，不知你肯不肯用？""那是什么神水呢？""劳动牌的活水。游妹子，你就到我们厂里去做事吧！"小游一时竟不敢相信，"真的？你……你肯收留我？你们不嫌弃我？""我们欢迎你！"小游喜出望外，扑到石榴怀里。"周大姐！"她像一个细伢子一样失声痛哭起来。

小游进厂当工人，
穿着打扮不大同：
脱下了袒胸露臂的"绷绷紧"，
再不穿奇装异服的超短裙。
一套帆布工作服，
头上扎条花头巾。
夜来香水洗干净，
机油气味香又醇。

不声不响埋头干,
真是手巧心又灵。
有道是浪子回头金不换,
小游变了另一人。
平安无事过得快,
转眼冬去又逢春。
这几日雨打楼前芭蕉树,
咔嚓嚓几声春雷鸣。
小游突然起变化,
石榴件件记在心:
为什么上班她常把镜子照?
为什么春风满面心不宁?
为什么痴痴呆呆望窗外?
为什么一身擦得香喷喷?
为什么白天瞌睡犹如鸡啄米?
为什么下班精神抖擞跑不赢?
莫不是小游正在谈恋爱,
小青年勾了她的魂?

(白)周石榴正在运神。下班铃响,小游匆匆忙忙走了。工人们七嘴八舌,议论纷纷。这个讲:"周厂长咧,这个游丽秋,刚来时王八敬神做了几天好人。如今上班魂不附体,下班脚板抹油。我看哪,生成的眉毛,长成的痣,那是难得改的。"那个讲:"周大姐,一粒老鼠屎,打坏一锅汤。我看,干脆把她退掉算了!要不然哪,不要好久哇,你就会做红花外婆呢。"石榴哈哈大笑:"男大当婚,女大当嫁。外婆也是要当的。要看她找的是什么人,怎么个谈法。""哎呀咧,我的周娭毑,人家找的是南门口天字第一号的大人物——著名的打架大王,外号'张铁匠'。咯叫作:龙配龙,凤配凤,曲蟮子配条'地里拱'。将来还有好戏看呢!"哦?石榴听了心里一惊,决心把事情调查个水落石出,再作打算。

春雨绵绵北风寒,
石榴四处调查忙。
先到城南派出所,

后去东塘、左家塘。
　　已过深夜十一点,
　　二次登楼把心谈。
　　周石榴满腔热情床头坐,
　　游丽秋不明来意心不安。

（白）小游晓得最近大家对她谈爱有意见。她想不通：你们生崽都生得,我谈爱就谈不得?！她有气正好没得地方发,石榴一进房门,她就放了一通连珠炮:"周大姐,你来得正好,你说,我今年二十四哒,谈不谈得爱?""谈得,谈得。""结不结得婚?""当然结得。""是的啰,我如今正大光明地谈了个对象,又没挖别个的'墙角',何解有人要杵脸扮嘴的不高兴呢?""大家也是关心你,怕你上当受骗。""哼,我游丽秋,又不是穿开裆裤的细伢子。我找小张,是拿哒望远镜找的。""那你说,你何解要爱'张铁匠'这样的人呢?""他是我的同学呀。""同学?""嗯啰,原先,我跟他学打拳,他找我学扒钱;后来,又在劳教所'同学',还是同班'毕业生'呢!""怎么是这样的同学?！""这样的同学不好吗?我们互相了解,谁也不嫌弃谁——这叫心心相印;我们都想改恶从善,重新做人——这叫志同道合。""那,你们天天游马路,都谈些什么呢?""谈什么?嘻嘻,谈爱呀。他问我进厂劳动好不好?同志们待我亲不亲?他还问我:厂里要不要他那样的人?如果要,我们就在一起正正规规成个家,好好生生地做事,作古正经地过日子。"石榴最懂得失足青年的心情：他们这时候最需要人们的信任、关心和帮助。她说："小游,明天你叫'铁匠'到厂里来吧。""来做什么?""厂里正少个铁匠,叫他来为'四化'好好打铁呀,千万不要拿锤子敲人家脑壳啦!""石榴姐,你真的敢要他?""敢要一个,就敢要一对——好事成双嘛。""群众会嫌弃我们呢!""只要自己争气,群众不会嫌弃。"小游点点头,第二天就去找小张,从此小张也进了街办厂,成了真正的铁匠。

　　石榴细致又热情,
　　关心一度失足人。
　　好比黑夜明灯亮,
　　丽秋、铁匠喜盈盈。

　　　　上楼喜遇楼梯在，
　　　　过渡有人把船撑。
　　　　谁说失足青年无出路？
　　　　出路自在脚下生。
　　　　从此后，铁锤叮当如急雨，
　　　　风箱呼啦冒火星。
　　　　一锤锤，砸掉以往羞与愧；
　　　　一步步，走向未来好前程。
　　　　只道是船行大海风帆顺，
　　　　又谁知平地起台风？
　　　　这一日早上九点半，
　　　　不见丽秋"铁匠"进厂门。
　　　　同志们觉得好奇怪，
　　　　石榴心头起疑云。

（白）不会出什么事吧？
　　　　突闻电话铃声响，
　　　　派出所通知去接人。

（白）石榴带了两个青年到派出所。不久消息传来，说刚才南门口发生一起扒窃案。一个女人被捕，一个男人行凶，砍伤一个青年人。哦吙，厂里就像滚油锅里丢把盐，噼里啪啦地炸开了！这个讲："唉，真是江山易改，本性难移，这两人刚好了几天，一转背又要作案！"那个讲："是的啰，生成的眉毛，长成的痣，我晓得迟早有好戏看的。"也有些人讲："结论莫下早哒，不要总是门缝里看人！"过了二十分钟，远远来了一群人：石榴和丽秋在前，两个青年扶着受伤的"铁匠"在后。有人说："怎么，他也受哒伤？自作自受！"石榴激动地说："同志们，今天早上发生一起扒窃案，小游、小张都在场。是谁揭露了罪犯？是小游。是谁协助公安人员抓捕犯罪分子因而受伤？是小张。有的同志常说：生成的眉毛，长成的痣。我看这种讲法不对。人，是可以变的。坏的可以变好；落后的可以变得先进！"石榴的话，迎来了热烈的掌声。

　　　　张"铁匠"和游丽秋，
　　　　又是喜来又是羞。

小游低头把衣角扯,
小张直把那头皮抠。
时间转眼到七一,
小楼上灯火辉煌扎彩球。
大红双喜窗上贴,
一对鸳鸯水上游。
全厂职工来道喜,
周石榴三次上小楼。
石榴端茶又送水,
还把那沁甜的糖粒子丢。
阵阵欢歌阵阵笑,
一轮明月照小楼。

(原载《湖南群众文艺》1980年第10期)

丝弦演唱

我们村里的年轻人

（合甲）：出长沙，往东行，

二十五里百花村，

百花香，百花艳，

它正像我们村里的年轻人。

乐乙：（白）你们村的年轻人有么子好唱的啰？

甲：（白）我们村里的年轻人稀奇古怪事才多呢？

合：（白）有什么稀奇事呢？

甲：　　去年腊月间，

梅花香正浓，

秀梅芳龄二十九，

热热闹闹结了婚。

乙：（白）二十九岁才结婚？哦，这个姑娘，怕是长得丑，没得人要吧？

甲：（白）莫乱讲咧，

秀梅是一枝花，

品貌盖全村。

乙：（白）那，为什么这晚才结婚呢？

甲：　　学科学，学技术，

哪有心思早完婚。

乙：（白）哦，要是把得我，我早就等不得哒！

合：　　唉，你这个同志旧脑筋，

不了解如今的年轻人。

甲：　　三月桃花红，

簇簇似红云，

　　　　　山岭上传来了婴儿啼，
　　　　　二十六岁的桃香做母亲。
乐：（白）生的是伢儿，还是女儿呀？
甲：（白）是个娇娇滴滴、细皮嫩肉的"千金"呢！
乐：（白）哟，搞了半天，是个赔钱货呀！
甲：（白）赔钱货？那你自己也是"赔钱货"养的哪！
甲：　　桃香生了个小"千金"。
　　　　搂在怀里不住地亲。
　（白）哦，哦，好乖乖，小心肝，快长大，长大了好和妈妈一块养鸡儿、孵鸭儿、种果儿，养大我的乖乖儿。
乙：　　桃香搂着娇娇女，
　　　　领来了一张独生证。
乐：（白）咁，就领了证，她不怕将来家里没劳力，未必她不想生伢子哒？
甲：　　生男生女一个样，
乙：　　巴皮巴肉一样亲，
　　　　人家桃香看得清，
　　　　哪像你这个死脑筋？！
合：　　死脑筋，死脑筋，
　　　　不了解如今的年轻人。
乐：（白）哎哟，我是跟你们开个玩笑。
　　　　你们莫当真呀！
乙：　　六月里来荷花香，
　　　　荷香阵阵沁人心。
　　　　玉荷得了个宝贝儿，
　　　　不多不少整十斤。
乐：（白）啊！十斤哪！那比我的伢儿大多了！
乐乙：（向甲）你的伢儿有几斤重呢？
乐甲：（白）三斤。
乐乙：（白）你莫讲鬼话，你的伢儿二十四斤呢！
乐甲：（白）哪有那么大？
乐乙：（白）三斤一个你生哒八个呀！

乐甲：（白）乱讲，我又不是生猪娃！
乙：（白）哦哦，我的十斤胖娃儿，
　　　　抱在手里沉甸甸，
　　　　摸他身上肉登登，
　　　　荷花小脸儿红彤彤，
　　　　荷花小嘴儿红喷喷，
　　　　莲藕臂膀，莲藕腿，
　　　　一筒一筒爱煞人！
　　　　三个月就会叫声妈，
　　　　玉荷整天笑盈盈，
　　　　要不是听了党的话，
　　　　伢儿哪能得优生？
乐甲：（白）哎，我听说，她爱人就是她表哥呀！
乐乙：（白）她跟表哥早就吹哪！
乐甲：（白）呵，她跟表哥谈哒几年哒，吹了怎么要得呢？
乐乙：（白）怎么要不得？哪个像你，硬要讨表妹做堂客，说什么近亲结婚
　　　　亲上亲，哪晓得生了个伢儿是神经。
合：（唱）旧脑筋，旧脑筋，
　　　　生了个伢儿是神经。
甲：　深秋满山是红枫，
乙：　五谷丰登好结亲。
甲：　"新郎"她是秋红女，
乙：　"新娘"桂秋是后生。
甲：　秋妹子脚蹬"凤凰"前头走，
乙：　桂伢子骑辆"飞鸽"紧紧跟。
甲：　唢呐子吹，
乙：　鞭炮轰，
　　　男子汉"出嫁"进了村。
甲：
乙：　同劳动，同生产，互敬互爱度青春。
乐：（白）哟，世上只有女儿出嫁，哪有伢儿做"新娘"哟，唉，这伢儿真

　　　　　　有点丢丑。

甲：（白）碰你的鬼哦，世道不同了。
乙：

甲：（唱）旧脑筋，旧脑筋，不了解如今的年轻人。
乙：

全体合唱：百花村里百花盛，
　　　　　新人新事气象新。
　　　　　如今村里的年轻人，
　　　　　个个有颗金子心。

单人锣鼓说唱

品　　菜

合：（唱）新春佳节喜盈盈，锣鼓鞭炮闹沉沉。
女：　　胡大姐进了城，热闹看不赢。
合：　　东奔西走好殷勤，好是好殷勤啦依子哟依哟！
女：　　运动量大消耗大，腹中饥饿心不宁。
男：　　胡大姐是个好吃鬼哟，哪里好吃往哪里寻。
女：（白）哎呀，咯是何解喷香的啦？请问这位大哥，这是到了何处啊？
男：　　这位小姐，身穿古装，仪表不凡，一口戏腔，只怕是从香港到湖南来拍电影的吧？嗯，我要热情相待才是。
　　　　小姐，此地就是长沙了。
女：　　哦，长沙！长沙的我冇吃过，我只吃过豆沙的，豆沙包子好吃嘞。
男：　　看她的样子文文静静，秀秀气气，看不出还是个好吃鬼哦。
女：　　大哥，你误会哒，我呀——
唱：　　并不是我好吃，任务肩头压。我本是胡里山胡里岭，胡里坳上胡里洞食品采购品尝员，哈哈哈，不吃冇办法呀啦依哟依哟。
男：（白）哦，这是工作需要，应该吃应该吃了，不过小姐初来本地，想品尝点什么嘞？
女：　　我呀，只吃一个"怪"字。
男：　　"怪"？
女：　　不奇不怪，我还不爱。奇奇怪怪，我吃哒还要带嘞。
男：　　那好呀，就请小姐品尝我们长沙的第一怪。
女：　　哎呀，咯四四方方，油泡子只翻，墨黑墨黑，哪个敢尝啰？
男：　　小姐，你听我说哟！
唱：　　闻起来有点臭，吃起来有点香。

脸上锅墨子黑，肚子里金金黄。

闻起来臭，吃起来香，又臭又香，又黑又黄。

哎呀，大姐呃，请你尝一尝，哪依哟依哟。

女：　哎呀，咯家伙真的好吃啦！

男：　好吃吧。

女：　咯叫什么东西啦？

男：　咯叫作油炸臭豆腐，小姐，你说这怪不怪啦？

女：　怪、怪、怪好吃的嘞。

男：　哈哈哈，喋喋喋，咯里还有咧。

唱：　两个白胖胖，有阴又有阳，

一个一肚子的肉，一个一肚子的糖，

名义上是姊妹呃，共枕又同床啦依哟依哟。

女：　哎也，讲得丑死哒。

男：　何解啦？

女：　既是有阴有阳，共枕同床，那怎么又是两姊妹了，你骗人你骗人嘞！

男：　小姐，这正是长沙的一怪唦，它叫作姊妹团子，不信，就同我到火宫殿去吃几坨。

女：　哎呀，真的好吃哒。

男：　好吃吧。

女：　怪不得九妹下凡找刘海哥成亲啰，我要是晓得有咯好吃的姊妹团子，嗯，我也要到人间来相亲了。

男：　搞哒半天，她还是个狐狸精哦，我以为是香港来拍电影的。嗯，反正她来此不易，我还要请她品尝这第三怪。

女：　大哥，你这第三怪又是什么啦？

男：　这第三怪呀——

唱：　堆在桌子成坨成饼，夹在碗里千根万根，

看起来玲珑剔透，闻起来香气喷喷，

吃在口里冰冰冷冷，到哒肚中热气腾腾。

女：（白）成坨成饼，那是月饼。

男：　那月饼怎么是千根万根？

女：　那就是面条。

男：　　　不对，面条不会通明透亮。

女：　　　能透亮的那就是藕粉。

男：　　　不对不对，还要冰冰冷，热腾腾嘞。

女：　　　这也不是，那也不是，那我就通通的不明白了。

男：　　　哟，还是个日本狐狸精哦。小姐，这叫作刮凉粉。

女：　　　大哥，那就请你一样的帮我买九份，带给我的姐妹们尝尝新啦。

男：　　　可以，可以。

女：　　　不过，我还要吃饭吃菜。

男：　　　要吃菜，有有有，我们湖南湘菜是全国八大菜系之一，名扬中外，有口皆碑。今天我要搬出几碗拿手的，招待这位好吃的狐狸精——

女：　　　什么？什么？你说什么？

男：　　　不，不不，我是说后头还有好吃的东西。

女：　　　那我想吃肉——

男：　　　来哒！

唱：　　　要吃肉我就上肉，保证那个每份都有肉。
　　　　　椒盐肘子虎皮扣肉，桂花蹄筋粉蒸肉。
　　　　　还有那个羊肉松香肉，雪花里脊松花肉。
　　　　　爆炒腰花和肚尖，还有那个冬笋炒腊肉、红烧肉、回锅肉、香菇肉丸氽汤肉、豆豉辣椒炒瘦肉、粉蒸肉、回锅肉、烧肉、炖肉、炒肉、扣肉，营养丰富味道足呃，保你长满一身肉啊。

女：（白）哎呀呀，长那多肉，丑死哒，我不吃肉了，我要吃鱼！

男：　　　要吃鱼啊，我们湖南是鱼米之乡，那多得是鱼嘞。

唱：　　　要吃鱼，我就上鱼，保证那个每份都有鱼。
　　　　　红烧鲤鱼炖鲢鱼、清蒸脚鱼火焙鱼、
　　　　　财鱼切片炒鳝鱼、鲫鱼起酥烤边鱼，
　　　　　还有那个五柳桂花鱼、油炸青鱼和草鱼。
　　　　　好多鱼随你点，劝你还是斯文点，秀气点，客气点，吃完哒莫把盘子舔啦，啦依哟依哟。

女：（白）大哥，我还想吃鸡啊。

男：　　　要吃鸡我就上鸡，保证那个每份都有鸡。

女：　　　又高又大的什么鸡？

男： 那又高又大的桃源鸡。
女： 咯咯叫的？
男： 是公鸡。
女： 那咯咯哒的？
男： 是母鸡。
女： 油淋的？
男： 糯米鸡。
女： 荷叶包的？
男： 粉蒸鸡。
女： 红烧双子鸡呃？
男： 板栗黄焖鸡呀。
女： 天麻……
男： 蒸整鸡。
女： 爆炒……
男： 麻辣鸡，还有东安鸡，哎呀大姐呀。
女： 哎呀，大哥呃。
合： 样样吃哒是补的啦依哟依哟。
女： 这一顿吃得我油腻腻，再不想鱼肉再不要鸡。
男： 那我接哒上小菜唦，保证你更爱啰。
　　 辣椒荛瓜丁嘞，奶油白菜心啦。
女： 好吃。
男： 香葱拌豆腐，麻辣爆炒丁，茄子姜醋淋。
　　 不怕你的口味刁，朝天油辣椒。
　　 豆豉炒青椒，还有红辣椒。
女： 有哒有哒。
男： 还嫌不过瘾，再上煎辣椒、炒辣椒、剁辣椒、辣椒油。
女： 哎呀，有哒有哒了。
男： 朝天椒！
女： 哎呀呀，辣死我哒嘞！——（造型结束）

（描述火宫殿，中央电视台荧屏一等奖。此为李迪辉演出稿。）

单人锣鼓说唱

天灾无情人有情

脚踏鼓板手操琴,
今日锣鼓声低沉。
皆因为雷公电母打了个里手架,
扑通通,把天空捅了一个大窟窿。
好端端,潇湘大地遭劫难,
今年来灾情接灾情。
你看啰,春来低温多阴雨,
冰雹过去是龙卷风。
紧接着久旱几十天无滴雨,
紧接着暴雨成灾发山洪。
一下子哭来一下子笑,
我看它硬是发哒神经。
山洪一发来得猛,
拖泥带水往下冲。
扫平了庄稼冲垮了屋,
水淹工厂停了工。
霎时间湘、资、沅、澧齐泛滥,
排山倒海恶浪翻腾。
淹死乡亲一百五,
受伤的还有八千人。
财产损失无其数,
只听见儿号母哭好伤心。

这百年罕见的大灾难,
牵动了亿万人民亿万颗心。
有道是:危难之时出俊杰,
洪水无情人有情。
党中央发来亲切的慰问电,
国务院指导救灾有决心。
省委指挥亲临第一线,
转眼间,开来了一队队、一排排、一车车、
一船船奋不顾身的人民子弟兵。
水中筑人堤,岸边摆长龙;
不分日与夜,舍身排险情。
动人的事迹说不尽,
真不愧个个是雷锋家乡人。
且不说军警抢险上前线,
为救灾全省人民一条心。
为捐款,细伢子噼里啪啦砸烂储蓄罐,
新婚夫妇放弃了蜜月旅行。
中年人忙到银行去取款,
老年人送来了省吃俭用的退休金。
这真是:一方有难,八方来相助,
灾区人民眼含热泪唱一声:
到底还是社会主义好哇,
有了党,才有这样顾全大局、热心快肠、
互帮互助、情深意切、风格高尚的潇湘人!

单人锣鼓说唱

唱竞争，说生存

一群野马草原上奔，
老弱的就要被狮子吞；
原始森林中万木生，
矮小的枯死高的繁荣；
百米赛跑有八股道，
跑第一的才是冠军；
世上的万物世上的人，
哪一天不在生存竞争？！
你看那，浏阳区区一小城，
鞭炮礼花出了名，
亚非拉美欧罗巴，
到处有它的礼花升，
狂欢节，博览会，
七彩缤纷照亮夜空，
陶醉了，疯狂了，征服了几多白皮肤、黑皮肤、棕色皮肤、黄皮肤、高鼻子、矮鼻子、狮子鼻子的外国人！
（白）"哎呀，太美了，就像神话一样！"
　　　"噢，简直不可思议！"
张家界，索溪峪，
深藏在湘西的云雾中，
山那么奇，水那么清，
树那么绿，沟那么深，
空气新鲜得醉人心，

就像个面蒙薄纱的妙龄女,
害得那中外游客把她寻。
一个个就像得了相思病,
不见她一面活不成!
什么台湾客、香港客、欧洲客、美洲客;有妹子,有堂客,年轻的堂客,老堂客;除了堂客们,还有大男人,拍电影,搞摄影,男女老少好开心。哎呀来,如今接待硬是搞不赢!
湖南的湘绣世界驰名,
你说它何解那样神?
一件作品绣两面,
正面反面各不同:
正面绣一只波斯猫,
雪白的身躯毛茸茸,
两只眼睛两种色,
蓝宝石配哒黄水晶。
波斯猫正把那蝴蝶子捉,
疾如闪电把身腾!
背面绣哒一只大黑猫,
黑头黑尾黑腰身,
脚边有鱼它不吃,
哈欠掀天睡意沉沉。
两只猫惊动了巴黎博览会,
围观者里三层来外三层,
《双猫图》标价美金一万五,争购的就有一大群。

(白)"一万五?太便宜了,太便宜了!"
艺术家,收藏家,生意人,
七嘴八舌议论纷纷:
神奇的猫,神奇的手,
神秘莫测不可思议的湖南人!
住腻了高楼与大厦,
奇山异水有人寻;

各类商品千千万，
特色明显才能生存，
质量优良包装好，
你说哪个不欢迎？！
君不见，广东的糕点广东面，
全面"占领"了长沙城？
长沙本是鱼米乡，
叫我如何不脸红？！
君不见，上海的"飞鸽"满街飞，
上海"牛头"满街行？
长沙的美女穿的是上海裙，
叫我如何不脸红？！
这种"怪事"何足怪？
它们的质量是上乘。
湖南落后湖南穷，
穷要穷得心里明，
穷要穷得睡不着，
穷不思变哪能行？
要改革，要开放，
要加快步伐放肆奔。
要是有名牌特产千万种，
那时的情况就大不同。
湖南的产品大摇大摆走天下，
杀出省界打出国门，
财源茂盛滚滚来，
什么样的大事办不成？
到那时，富了乡，富了城，
荷包鼓起的湖南人，
赶特区，追广东，
做一条，异军突起，各业并举，
后劲十足的潇湘龙！

单人锣鼓说唱

看 花 炮

引子：正月十五月儿明，元宵佳节闹沉沉。

（唱）正月十五月儿明，嫦娥撒下了七彩灯。
　　　七彩的灯火街头亮，橙黄蓝绿青紫红。
　　　孩子他妈呃快点走，快点走哟！
　　　哎呀，老公呃，我来哒，来哒。

（唱）大街满来小巷子空，推来挤去尽是人。
　　　男女老少的中国人，还有那黄头发、绿眼睛、
　　　黑皮肤、黑披风黑手黑脚黑帽黑鞋黑咕隆咚。
　　　喋喋喋，露出那雪白的牙齿亮晶晶。
　　　Hello，哈喽，嗨！
　　　啊吔，好多外国人。
　　　中外朋友他们欢聚一堂叙友情。
　　　哎呀，那边玩龙灯的来哒，
　　　金龙火龙板凳龙，搅得那满天热腾腾。
　　　啊呀，老公你看哪，那边玩狮子的来哒，玩狮子的来哒咧！
　　　什么？狮子，狮子挺厉害嗷。
　　　狮子滚球显奇能！活泼顽皮爱死人。
　　　你看哪，那边学生的号鼓队来哒！
　　　老公哎，你看那农民的腰鼓队进城哒！
　　　鼓乐喧天穿街过，
　　　霎时间焰火喧天如雷鸣。
　　　满天的火满天的星，

满天的惊雷满天的云。
满天的彩霞满天闪电,
满天珠宝满天黄金满天的银。
看不尽来数不清,
人人的脸上喜泪淋。
那英国的朋友齐赞好,very good,very good!
那俄国的朋友夸不停:"哈那唆!"
那朝鲜的朋友都说:"朝思米打!"
那些日本的朋友们赞不停:"哟西哟西!"
好看啰——
欢乐能使人心醉,幸福的时刻心更明。
要珍惜今天这五光十色的好生活。
我们再鼓劲更齐心,脚踏实地信心百倍,
奔向那光辉灿烂的美前程!

(此节目为湖南卫视中日友好交流录播)

单人锣鼓说唱

喜老倌开店

（唱）小店今日开了张，鞭炮轰鸣鼓乐响。
　　　各位见我把老板叫，我心里三分酸来七分甜。
　　　我原在乡里把田种，跟着牛屁股作米粮。
　　　生活虽然过得苦，乡亲们喊我做喜老倌。
　　　一家人都是乐天派，成立了家庭鼓乐班。
　　　堂客敲锣崽打鼓，满妹子最会把琵琶弹。
　　　我吹喇叭呜里哇啦叫，媳妇会敲木鱼还会唱高腔。
　　　其实喜老倌早些年来并不喜，日子实在太艰难。
　　　工分赚得一鹅毛筒，吃也难来穿也难。
　　　哪个能饿着肚子来唱戏，哪个又勒紧腰带听你胡扯乱谈？
　　　于是乎卖掉了锣，沤穿了鼓，喇叭大筒挂上了墙。
　　　扬尘盖起了寸把厚，还有那蜘蛛网子在它那上面缠。
　　　一家人怄了一肚子气，喜老倌变成个霉老倌。
　　　三中全会开新宇，农村地覆天也翻。
　　　你看我，多时就丢掉土布对襟褂，
　　　身上是名牌的新西装。
　　　金利来领带系哒好神气，
　　　变色眼镜价值港币三百三。
　　　劳动致富我心头喜，
　　　咯才是名副其实的喜老倌。
　　　口袋里有钱不忘本，
　　　我还是要搞我的老本行。

在长沙开了这家乐器店,

我要让家乡人敲着锣打着鼓兴高采烈、快快活活地奔小康。

我店销的都是货真价实名牌货,你不信,我请你亲自来品尝。

(白)"什么?咬不腻?哦!乐器是吃不得的。吃不得,敲一敲,奏一奏总可以吧!来啰,试试看哟!"

"什么?要我试呀?好,各位顾客过细听哪!"

(唱)锣声亮,鼓声酣,

清脆悦耳是小铃铛。

喇叭吹的是《冬天里的一把火》,

大筒拉一曲《讨学钱》,

笛子吹个《流浪者》,

扬琴敲段《喜洋洋》。

喜洋洋哪喜洋洋,

喜老倌我喜得口要唱,手要弹,脚要蹬,膝要弯。

边唱边吹,边敲边打,真是手忙脚也忙。

但愿得乐器铺的生意好,

顾客们你弹我奏好喜欢。

奏出那崭新时代的最强音,

奏得人人心情舒畅奔四化,祖国繁荣又富强。

(该曲目反映改革开放大好形势,曾在苏州全国曲艺调演期间展演。)

长沙弹词

孩子长大做什么

合：（唱）月上树梢风沙沙，
　　　　三姐妹乘凉把话拉。
甲：（唱）大姐她搂着个宝贝崽，
乙：（唱）二姐她抱着个小女娃，
丙：（唱）三妹的肚子像罗汉，
　　　　看样子就要当妈妈。
合：（唱）搂的搂娃娃，
　　　　抱的抱娃娃，
　　　　怀的怀娃娃，
　　　　三姐妹坐在一起谈娃娃。
乙：
　　（白）大姐，宝伢子长大哒，你让他做什么哪？
丙：
甲：（唱）要学那东街的王财发，
　　　　神通广大顶呱呱。
　　　　走广州，跑福建，
　　　　什么赚钱把什么抓。
　　　　人家的工资是按月领，
　　　　他的票子随手拿。
　　　　刷啦啦，刷啦啦，
　　　　源源不断流回家。
　　　　什么武昌鱼，北京鸭，

　　　　　茅台美酒哈密瓜；
　　　　　弹簧床，软沙发，
　　　　　彩色电视摩托卡，
　　　　　屁股后面一溜烟，
　　　　　哪个不把我宝伢子夸？
　　　　　到那时，你和我，我和她，
　　　　　三家合起来算一家。
　　　　　姐姐发财不忘妹，
　　　　　我屋里有钱大家花。
乙：（白）哟，那又怎么要得呢？（笑）
甲：　　二妹，
　　（白）　　那——你的贵妹呢？
丙：　　二姐，
乙：（白）我只一个女，我可不让她在外头跑哪！
　　（唱）我的贵贵一枝花，
　　　　　要给她找个好婆家。
　　　　　攀龙附凤高枝站，
　　　　　要学西街的胡莉莎，
　　　　　打着丈夫一把伞，
　　　　　坐享富贵与荣华。
　　　　　她不当官，比官大，
　　　　　坐在屋里把权抓。
　　　　　只要一张口，
　　　　　要啥就有啥，
　　　　　家具公家买，
　　　　　车子公家发，
　　　　　摩托车她怕摔（读bàn），
　　　　　起码也要坐"华沙"！
　　　　　财神找上门，
　　　　　厚礼送到家。
　　　　　进口录像带，

　　　　半夜往屋里提（读diá）。
　　　　吃饱饭冇事做，
　　　　专跳嘭嚓嚓，
　　　　贵妹子好神气，
　　　　金口又玉牙。
　　　　开声喊菩萨，
　　　　菩萨也怕她。
　　　　一根裙带搭天梯，
　　　　七姑八姨都发达。
　　　　哪个敢来提意见，
　　　　招呼小鞋子把脚夹（读gá）。
　　　　到那时，只怕是神通广大的王财发，
　　　　也要低声下气巴结她。
　　　　可叹七尺男子汉，
　　　　不如娇娇女娃娃。
　　　　有事只管打电话，
　　　　我去接你们派"华沙"！

甲：（白）哟，派头咯足啰！（笑）
甲：
　　（白）哎，妹妹，你是要养崽还是要养女呢？
乙：
丙：（白）崽女不是一样的！
甲：
　　（白）那……长大哒，你叫他做什么呢？
乙：
丙：（白）嗯……（沉思不答）
甲：（白）她怀头胎，还有点怕丑呢！
乙：（白）哎，怕么子丑啰，总归是要当妈妈的！
甲：（白）你讲哟，你的细伢子，长大哒做什么？
丙：（白）我哇，我要让他当警察！

甲：

（白）当警察？（笑）要不得！要不得！

乙：

丙：（白）怎么要不得？我咯还是为了你们呢！

甲：

（白）为了我们？

乙：

丙：（白）嗯咯！

（唱）你们让孩子邪路上滑，
    有事只管打电话，
    不顾党纪和国法，
    有事只管打电话，
    有朝一日成罪犯，
    有事只管打电话，
    冇得警察谁来抓？

甲：

（唱）三妹子讲话爱"逗把"，
    高调唱得肉发麻。
    常言道：拆倒金銮殿，
    你分得几片瓦？
    以前我们也看不惯，
    巴不得政府抓一抓。
    抓来抓去一句话，
    还是有好多人把横财发。
    到如今，王财发和胡莉莎，
    咯一类角色蛮硬扎。
    就是出一个包文拯，
    我看也拿他冇办法！

乙：

丙：（唱）三妹听她们这番话，

>哈哈一笑忙回答,
>大姐你真糊涂,
>二姐错把算盘扒。
>党中央已下战斗令,
>严肃党纪和国法,
>处处都有包文拯,
>违法乱纪人人抓。
>你们不相信,
>自己去调查,
>王财发犯法已伏法,
>胡莉莎夫妻双双受审查。
>劝你们教子成龙干四化,
>切莫要亲手推他们落悬崖!

甲:(唱)大姐听了吓一跳,

乙:(唱)二姐脸上火辣辣。

甲:

>(唱)羞惭满面难开口,
>开口有点结巴巴。

乙:

甲:

>(白)三妹子呃,嘿嘿……我们……那个……

>(唱)说了半天糊涂话,
>只怪我们学习差。

乙:

(本篇原作者为特凡、惠云,经作者改写后发表于《曲艺》1983年第9期)

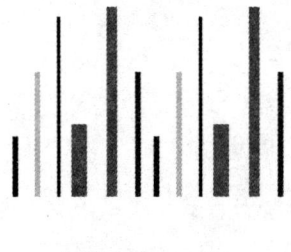

语言类

单口相声

办点奇闻

今天哪,我给大家说一段相声。这件事发生在哪儿呢?在我们老家的一个生产大队。那位问了:你老家在什么地方?不远,四川的东边,江西的西边,湖北的南边,湖南的北边,好找!

我们那个大队叫幸福大队。那地方可是得天独厚,山清水秀,人面桃花呀!那山,比桂林的山好多啦。桂林的山只是好看,我们那山上古树参天,奇花遍地,珍禽异兽,应有尽有。我们那地,全国少有,一锄头挖下去,咕嘟咕嘟,往外冒油,要种庄稼,一季能顶两季。人呢,别提有多美啦!姑娘们随便出来一个,剧团都得抢着要,俏得很!小伙子怎么样?那就更漂亮了——不是吹,一个个都我这模样!

那么好的地方,头些年由于片面强调以粮为纲,年年毁林开荒,折腾得田里野草丰产,山上树木砍光。闹得社员们吃没吃的,穿没穿的。稍微值钱一点的东西,都拿出来换粮食吃。幸福大队算是倒霉透顶了。可是物极必反,穷则思变,天无绝人之路。穷到了极点,兴许碰上个财神爷。七年前,幸福大队吉星高照,不到一年,要钱有钱,要粮有粮,广播里呜里哇啦地吹,报纸上喊咪咔嚓地登,参观的汽车一辆接一辆,取经采访的一群接一群。嗨!那真是一步登天哪!

大伙儿可能要问:你们大队有哪些宝贵经验?你说出来,咱们也学一学。经验有没有?有。可那玩意儿谁也学不了。经验是怎么来的?是大队支书的老婆一扁担打出来的。"支书老婆一扁担,打得'幸福'面貌变"嘛!那位说了:你吃错耗子药了吧?发高烧哇?要是不发高烧,怎么说胡话呢?您别急嘛,我给您从头说起。

我们大队的支部书记姓侯,叫侯青山。您听这名字多好:猴青山——凡是猴都离不开青山。"山中无老虎,猴子称大王"嘛!这人长相怎么样?这么跟您说吧：看一眼，就能终生难忘。您见过动物园里的猴吗？跟猴差不多。您给猴拍张照片，贴到他工作证上，一个样！他不光长得像猴，而且狡猾阴险。早些年上蹿下跳，净干些没根基的事，所以，大家送他一个"美号"——秃尾巴猴。这秃尾巴猴有个"业余"爱好：好酒贪杯。跟武松一个毛病。可有一样，武松喝酒能打虎，他喝酒哇，尽挨老婆的揍。

七年前八月份的这么一天啊，他正在家里喝酒，他老婆呢，叫他给孩子洗洗尿布。他再三恳求喝完四两再洗，他老婆非让他洗完了尿布再喝，二人争执不下。那猴婆火儿啦，抄起扁担给他一个泰山压顶。猴公呢，仗着腰腿灵活，来了一个洞里藏猫。"嗞溜"！从桌子底下钻过去，打开大门，仓皇出逃。猴婆是紧追不放。正巧哇，门外就是公路。公路上停着一辆上海牌的小汽车。猴公连蹿带蹦，也搭着跑得猛点，"叭叽"！趴车头上啦！小汽车上坐着谁呢？省里的一位省委书记。他到这个地区地委机关指导工作，路过此地，车子抛锚，正停在秃尾巴猴门口。就见"唰"过来一个人影，"叭叽"！趴车头上了。吓了一跳：怎么回事？有人要自杀？不对，自杀你往车轮子底下钻嘛，怎么趴车头上呢？哟，后面追来一个举着扁担的妇女。唉，差点闹误会了：不是自杀的，是孩子淘气，他妈教训他——全没说对。这时候呀，母猴一看，这扁担真下去，非把汽车风挡打坏了不可。一群小孩儿在那儿看热闹，起着哄地喊："侯书记又挨揍喽！"一哄，她害了臊，回去啦。秃尾巴猴站起来了。省委书记这才看清楚，这人不是儿子，比儿子高一级——儿子他爸爸。这是老婆打男人呢。这人也够窝囊的啦，这么大岁数，还得挨打！小时候还没挨够吗？小孩子管他叫侯书记，还当书记哪，这算什么大丈夫哇，顶多也就是一块臭豆腐！

秃尾巴猴见小车里出来一个老头，又高又胖，白发苍苍，衣着整洁，知道是个大干部。平日里烧香磕头还接不到呢，我把他接到家里喝茶休息，说不定能得点好处。这时候省委书记也在想心事，二十年前这个大队多美呀！现在糟蹋成什么样子啦！这人既然是大队书记，我得找他谈谈。

谈什么呀，谈不了啦！怎么回事？秃尾巴猴鬼点子太多了。他又想：我请他到我家干吗？这不是没事找事吗？他要是问我大队的情况我怎么说？说假的，他准不信；如实交代，我准挨剋。干脆，我装聋子，给他来个一问三不知！嗨呀，这小子是属泥鳅的——要多滑有多滑呀！

省委书记问话了："老侯，你们大队生产搞得怎么样？""你说什么？""生产。""啊？"哦，他耳朵有毛病，我大点声说："我说生产！""钢板？您给多少？"省委书记把手一摇，这意思：你没听清。"哦，给我五吨啦，谢谢您啦！"好嘛，省委书记跑这儿来推销钢板了。算了，我说点别的吧。"喂，山上的大树呢？怎么砍光了？""啊？""我问那大树！""尿素？太好啦，您给来十吨吧！"省委书记想：我别说了。我说大树，他要尿素；我说鸭梨，他准要水泥。"唉，这家伙真滑头！""二锅头？嘻嘻，好酒，好酒！"他又喝上了。"跟他说话真够受！""兰花豆？有花生米吗？"省委书记脸都气白了。这个人一会儿点头哈腰，一会儿装聋作哑，究竟是个什么人呢？这些年来，有些地方妖邪当道，把大好河山糟蹋得不成样子，照这么下去，真要亡党亡国呀！这种状况，是非改变不可啦！他满腔激愤，拿出信纸铺在汽车头上，提笔写了一个碗口大的"变"字，打上一个惊叹号，拍案而起——就是一拍那车头——上车走啦！

他一走，秃尾巴猴没主意了。嘿！把这位大干部得罪了，还不知道要倒什么霉呢。这张信纸上写这么大个"变"字，是什么意思？唔，我懂了：刚才我找他要二锅头、花生米，他没有，就让我自己变，那玩意儿变得出来吗？——这小子净惦记着吃。他想了半天，想不清楚。走，报告我大舅子去！他大舅子是谁？本县县委书记。姓黄，黄疸性肝炎的黄。名字也好记，就叫黄胆。原先不叫黄胆哪，就因为五八年提了个口号："人有多大胆，地有多大产"，当上了书记。后来，把名字改了：黄胆。

黄胆拿起那张信纸一看，啊？！差点儿没吓晕过去。那上面有什么？那信纸天头上印着"中共××地区委员会"九个红字。嘿，这九个字，吓得他直哆嗦。黄胆追问秃尾巴猴："哎，你……你的说说，那个大大的干部，什么的模样？"一着急他连话都不会说了。秃尾巴猴老老实实把省委书记的模样儿跟穿的戴的一说，黄胆指着他鼻子骂开了："混蛋！人说我黄胆胆大包天，你敢胆大包地。你装聋装到地委书记那儿去了。可聋出了新水平！"那位说：怎么又出来个地委书记呢？这可跟地委书记一点关系都没有。就是因为省委书记用了一张地委的信纸，再加上两位书记长相差不多，他给张冠李戴了。

黄胆拿着这张纸，琢磨来，琢磨去，嘿，他倒乐了："哈哈，这'变'字太好了！我的猴哥，我们要孙悟空七十二变，在'变'字上大做文章，你这秃尾巴猴可要变花果山的猴王啦！快去，上街买一个一尺宽、三尺高的金边大镜框，垫上大红蜡光纸，把'变'字贴在中间装好。我马上召集科、局长会议，作紧急动员！"

您想：猴儿的动作能慢得了吗？人到齐了，黄胆作报告："同志们，报告大家一个最振奋人心的、最最新的特大好消息：地委书记他老人家昨天到了我县幸福大队视察。到达时间是十三点四十五分二十七秒半。地委书记他老人家亲笔题了一个'变'字。这个'变'字号召我们不要迟变，要早变；不要后变，要先变；不要慢变，要快变；不要小变，要大变！为了落实地委指承，我宣布县委在幸福大队办点儿。这个点儿，就叫'县委大变试验田'吧！"大伙一听纳闷啦："什么试验田？县委大便试验田？让我们上那儿积肥去？像话吗！"黄胆接着说："同志们，地委题字意义深，全县动员紧紧跟，东风浩荡红旗扬，幸福大队摆战场，横了肠子铁了心，不夺胜利不收兵。我们要紧急动员起来，一切为了大变，一切促使大变，为大变出力，为大变流汗。我们要八仙过海，各显奇能，有钱的出钱，有力的出力，没钱没力，捧个场子！"——他这儿卖大力丸来啦！

黄胆讲完，科、局长们差点没气出急性肝炎来。大家议论纷纷，七嘴八舌。是不是都反对呢？不是的。这里头有几个黄胆的造反哥儿们，一听动员，来劲儿啦。"文化大革命"就是为了变嘛，下级变上级，坏人变好人，无权变有权，没理变有理。原先的一般干部，现在有的变科、局长了嘛！这回要在"变"字上狠下功夫，立竿见影，变个常委当当！

农业局长说呀，别看幸福大队穷得叮当响，我能叫它马上实现机械化。把农机公司的农机运一大批去。只准看，不准摸。欢迎参观，请勿动手。办完点儿再运回县城——这叫从无变有。

粮食局局长也说话啦，机器多，不如粮食多。粮食能饱肚子呀，机器你咬得动吗？我呀，在幸福大队盖几个大粮仓，写几个大字："幸福大粮仓"。粮食从哪儿来？有办法：从县里调。要是还装不满，咱就多弄些锯末、谷壳垫底儿——这叫以假乱真。

卫生局局长是个老实人，说话实在："看病这事可不能玩儿假的，人命关天哪！咱在幸福大队盖个卫生院，从县医院抽调几个医生、护士。要是人还不够呢？好办，再从兽医站抽几名兽医吧。差是差点儿，也能对付了。"你说这有多缺德，拿人当牲口呀！

文教局局长是黄胆的表弟。这人姓常，叫常炎。黄胆跟他是亲戚嘛——都属内科。常炎想得更周到：文化馆、县剧团早就嚷着房子不够住，到幸福大队盖两栋吧。都搬下去，便于深入生活，这叫完全彻底。搬下去可别叫文化馆、县剧团了，改两块大牌子："幸福大队文化站""幸福业余宣传队"。这叫一箭双雕。

哎呀，说变就变，不到两个月，平地起高楼，幸福大队真是大变样啦。秃尾巴猴可真神气哪。到了年底，幸福大队名声越来越大，地委书记决定专程前来视察。黄胆率领科、局长和秃尾巴猴前呼后拥，盛宴招待。晚上由业余宣传队——就是县剧团——演出。最后一个节目，是晚会的高潮。表演《歌唱地委好领导》（唱）："学大寨，赶大寨，大寨红花幸福开，地委题字来引路哇，县人民变起来……"地委书记听不懂，问黄胆（山东话）："这个……你们这唱词，有一句叫什么……地委题字来……""地委题字来引路。""啥题字？引啥路？"他这一问。秃尾巴猴汗都下来啦！要坏事！我看见的那位不是他，露馅儿啦！黄胆呢，他不知道哇，还直给地委书记提醒："那回您下乡，车子在幸福大队坏了，您下车亲自题了字，您老人家忘啦？这个点儿，就是在您的关怀下办起来的呀！"地委书记怎么也想不起来了。"嗯？这是多久的事？我怎么一点儿印象也没有哇？"废话，没去过，能有印象吗？

既然想不起来嘛，你就别认哪。不行，人家打着你的旗号，办成了这么大个先进典型，这是件大好事呀。好事我能不支持吗？我没出一点儿力，人家往我脸上贴金，我能反对吗？我呀，来一个顺水推舟！"哎呀，你看我这个记性，三年前的事都想不起来了啰！"——变三年前啦！"对啦，对啦，三年前，我骑自行车下乡到了你们这儿。"——上海牌小汽车变自行车啦！"我骑自行车到了幸福大队，看你们搞得不错，给你们题了五个大字：农业学大寨。"——一个"变"字变成五个大字啦！"你们学大寨学得很好，是苦干实干的典型，不说假话的典型。我要号召全地区向你们学习！"

秃尾巴猴乐得直蹦高！散了戏，他跑回家对老婆嚷："好消息，好消息！小猴他妈，上回呀，你砍我一扁担，我变成了地区的典型。我真得感谢你一扁担之恩呢！"他老婆也挺高兴："老猴子，那好哇，下一步，你想变省里的典型，我再给你三扁担吧！"还打呀！

（原载《曲艺》杂志1981年第1期，后被收入中国文联出版公司出版的单口相声集《华佗笑传》）

对口相声

我 是 110

甲：110，110！

乙：我是110，我是110。

甲：这模样是110？

乙：我想当110。

甲："110注意了，110注意了。立正！向右看齐！向前看。同志们，摩天大厦二十三楼有人持刀抢劫，马上出发。"（学摩托车）

乙：呜啊——呜啊——

甲：你这哪是警笛叫？整个一个警犬叫唤。"张小虎！"

乙：到！

甲："命令你作掩护，李小豹！"

乙：到！

甲："命令你作接应，大兵！"

乙：到！

甲："命令你到二十三楼捉拿凶犯。"

乙：是！电梯在哪里？

甲："电梯停电，跑步上楼。"

乙：停电了？二十三楼啦！

甲：110什么情况都可能碰上。

乙：好，我跑，这是谁设计的楼房？二十三层！它要是没有那个二，我也舒服一些。

甲：没二你蹿上去了。

乙：报告首长：我已经到了二十三楼，凶犯在哪里？

甲："大兵注意了，大兵注意了，凶犯已经蹿到一楼了，命令你赶紧到一楼捉拿凶犯。"

乙：这个凶犯比我聪明多了，他怎么知道我来了？

甲：他能等你来抓吗？

乙：好，我下去。

甲：跳的士高呢？

乙：报告首长：我已经连滚带爬到了一楼了。凶犯在哪里？

甲："大兵注意了，大兵注意了，凶犯又蹿到二十三楼了，命令你……"

乙：我不行了，我的体力比凶犯差远了，我幸亏没碰到他。

甲：要是碰到他呢？

乙：我会被他打死的。

甲：你干不了110！

乙：你换个别的事我就能干。

甲："110注意了，110注意了，韭菜园有一个小朋友掉到下水道里去了，情况紧急，立刻出发。"（学摩托车）

乙：呜啊……

甲：停！我真怕你咬着人。"张小虎！"

乙：到！

甲："命令你作掩护。李小豹！"

乙：到！

甲："命令你作接应。大兵！"

乙：到！

甲："命令你跳井！"

乙：我……不会游泳。

甲："戴上潜水帽，穿上潜水衣，左手拿着扫描仪，右手拿着报话器，下水！捞人！"

乙：反正不是上天就是下地。（捞）

甲：你在这捞钱呢？

乙：有钱就好了。

甲："大兵注意了，大兵注意了，你的左上方有一条蛇正在向你游动。"

乙：啊！我最怕蛇了，你叫它走开啰！

甲："大兵注意了，大兵注意了，你的身后有一只不明动物正在向你游动。"

乙：啊！

甲："眼睛有灯泡那么大。"

乙：啊！

甲："胡须有钢丝那么粗。"

乙：啊！

甲："我们已经看清楚了。"

乙：不是妖怪吧？

甲："是一只巨型水老鼠！"

乙：救命啦……出人命了……快打110啊……

甲：你就是110，还打什么110？

乙：我被你吓出毛病了。

甲：你干不了110！

乙：你再换个别的事我就能干。

甲："110注意了，110注意了，精神病医院跑出一个疯子，见男人就砍，见女人就追，马上出警。张小虎！"

乙：到！

甲："命令你作掩护。李小豹！"

乙：到！

甲："命令你作接应。大兵！"

乙：我听出来了。

甲：你听出什么了？

乙：110总共就我们三个人干活的。

甲：110二十四小时不休息，你赶上了。"大兵，命令你吸引精神病人的注意力。"

乙：报告首长：我估计我的样子吸引不了他。

甲："马上化装，马上化装。戴上假头套，涂上口红，戴上项链，穿上连衣裙，穿上高跟鞋，出发！"

乙：报告首长：根据你的指示，精神病已经被我吓跑了。

甲：怎么被你吓跑了？

乙：他跑的时候还讲了一句话：他说我这个样子显得比他病得厉害多了！

甲："又有新的情况：五号公寓有一位小姐洗澡，不幸煤气中毒，倒在澡堂里了，情况万分危机……"

乙：首长，我去吧！

甲：哦？这回你怎么这么积极？

乙：反正我不要求也是我的事，要求一下显得积极一些。

甲："大兵！命令你把她抱出来。"

乙：我不能抱，我是男的，她是女的，人洗澡一般是不穿衣服的！

甲："执行命令！不能胡思乱想，救人要紧。"

乙：报告首长，这个任务太艰巨了，我建议：首长去抱吧！

甲："是！"……他把我带进去了？我们到110去体验生活，什么事都干不了。

乙：我们不是这个材料。

甲：后来让我们守警铃电话。

乙：这是我的特长，我嘴皮子快。

甲：丁零……

乙：喂？

甲：喂！110吧？

乙：对，我是110。你有什么事？

甲：我没什么事。

乙：没什么事……没什么事你打什么电话？

甲：丁零……

乙：喂？

甲：110吧？

乙：对，我是110！

甲：110啊，你有什么事？

乙：我没事……我们俩都没事！

甲：丁零……

乙：喂？

甲：动物园吧？

乙：动……对，我是老虎，你来啰，我一口咬死你！

甲：啊？老虎要吃人？

乙：我是110。

069

甲：我找的就是110。

乙：你找110干什么？

甲：我跟你打听一下：动物园的电话号码是多少？

乙：你打114吧。

甲：114占线。

乙：你打到我这里，我还是要打114嘛！

甲：丁零……

乙：喂！

甲：喂！

乙：喂！

甲：喂！

乙：喂！

甲：你是11几啊？

乙：今天没有一个明白人打电话的。

甲：我上了岁数，记性不好。

乙：我听出来了，您是一位老太太吧？

甲：对，我是一个老太太。

乙：您不要着急啊，我们这里是110。

甲：我找的就是110。

乙：您找110什么事？

甲：什么事？我又给忘了。

乙：这是什么记性？

甲：我上岁数了，记性不好。

乙：您别着急。您丢钱了吗？

甲：钱丢不了，本老太太命可以丢，钱丢不了。上回我在马路上一掏兜，掉出五分钱的硬币，我顺着马路追出半里多路，后来我不追了。

乙：怎么呢？

甲：我捡了一块钱。

乙：你看来不会掉钱，那你吃饭没有？

甲：一天都没吃饭了。

乙：怎么不回家吃饭？

甲：我进不了屋了。

乙：拿钥匙开门呀！
甲：钥匙锁在屋里了。哦，我记起来了，我就是钥匙锁在屋里了，110啊，你们能不能帮我开开门，取出钥匙？
乙：我们马上就来。
甲：太感谢你们了。
乙：应该的。
甲：我说句英语来感谢你们吧。
乙；老太太会讲英语？
甲：（粤语）实在不好意思啦——
乙：这是什么英语？"出发！"
甲："张小虎！"
乙：到！
甲："命令你作掩护。李小豹！"
乙：他们两个长期作接应的。
甲："大兵！"
乙：到！
甲："命令你跳楼！"
乙：我不跳！
甲："腰上系上绳子，从空中飞下来，打开窗户，取出钥匙，开开门。"
乙：空中飞人？
甲：110都是这么干的。
乙：绳子结实吧？
甲：你放心。
乙：我还是不放心，再来一根，再来一根，再来一根。
甲：你这是捆猪呢？
乙：不怕一万，就怕万一。
甲：电视台的记者已经来了。
乙：把镜头对着我吧，我就是110，一个英雄马上就要诞生了！
甲：就是怕你马上生蛋了。
乙：我要跳了啊！这是几楼？
甲：二十五楼。

乙：啊！！！

甲：差点没掉下去。

乙：我不怕，猛然间我想起了董存瑞舍身炸碉堡，想起刘胡兰死在敌人的铡刀之下，想起欧阳海奋不顾身拦惊马，想起甫志高……

甲：你怎么想起叛徒来了？

乙：我想起他就有气。

甲：你气他干吗？

乙：我不会叛变！

甲：谁也没说你会叛变。

乙：我要跳了啊！

甲：你跳吧。

乙：唰——

甲：总算跳下去了。

乙：鞋掉下去了！

甲：鞋都吓掉了？

乙：张小虎，李小豹跳下去了。

甲：真正的110战士跳下去了。

乙：他们从窗户里进去把门开开了，老太太进了屋。老太太特别激动。（抓住甲的手，摇）

甲：您太高兴了，您太激动了，这是我们应该做的，您拿我的手当摇把了？

乙：感谢亲人119啊！

甲：嗨！我是110。

乙：我记性不好，110，你们来干什么？

甲：这是什么记性？我是来给您取钥匙的。

乙：开了门吗？

甲：开了门了。

乙：开的是几楼？

甲：我开的是八楼。

乙：我住在一楼。

甲：啊？！

　　（此作品参加了中央电视台"综艺大观"栏目演出，与奇志、大兵合作，此稿为演出稿）

对口相声

啊！马 王 堆

甲：China has a long history and a rich culture. It has had a great number of scientists, artists, inventors and giants of letters.

乙：这位说的是英语。

甲：Yes.

乙：你说的是:"中国古代的文化源远流长。中华民族曾经有过许多伟大的科学家、发明家、文学家、艺术家。"对不对？

甲：Yes, when Europe was in the barbarian state, China took the lead in culture in the world.

乙：你说的是:"当我们欧洲还是一片蛮荒的时候，中国的科学文化就居世界前列。"对不对？

甲：Yeso from Mawangdui and the well-preserved female corpse from the Han Dynasty proves that the chinese people are great people.

乙：你说的是:"长沙马王堆出土文物和西汉女尸，就是有力的证明：中国人民了不起。"对不对？

甲：

　　Yes.

乙：

乙：我成翻译啦！

甲：这是外国朋友对咱们长沙马王堆出土文物的高度评价。

乙：这是咱们中华民族的骄傲。

甲：啊——

乙：干吗呢？

甲：我太自豪了！长沙马王堆，你是知识的宝库、科学的迷宫……

乙：啊——

甲：你干吗？

乙：我也自豪！长沙马王堆，你轰动世界，中外有名……

甲：（轻轻地吐出）……啊——

乙：我非让他吓病了不可！

甲：两千一百年前的死老太太，你为什么保存至今，面目如生，仍然新鲜，富有弹性？

乙：啊——那是因为电冰箱……我也解释不清，我哪儿知道啊！

甲：不知道不要紧，我带你去一个地方，你就明白了。

乙：什么地方？

甲：丞相府。

乙：丞相府？

甲：两千一百年前的长沙国丞相府，我带你那儿看看。

乙：到两千一百年前去？我不去！

甲：怎么呢？

乙：我怕回不来！

甲：你呀，别害怕，去那儿眨眼工夫就到，想回来就回来了。

乙：说到就到？

甲：不信你试试。

乙：怎么试？

甲：你呀，穿过历史的隧洞，渡过历史的长河，展开想象的翅膀——

乙：哎，你看我像不像大雁？

甲：我看你像乌鸦！别捣乱好不好！飞越历史的山峰，睁开眼睛这么一看——看见没有？

乙：看见啦。

甲：什么呀？

乙：观众。

甲：咳！你这儿成心……

乙：和你开个玩笑。你的意思我明白，你是让我和亲爱的观众用历史的眼光看过去对不对？照你这么说，我还真看见了。

甲：丞相府？

乙：对，你看哪：远瞧庞然大物，气势雄伟。

甲：近看雕梁画栋，金碧辉煌。

乙：门口一对石狮子，一个张牙舞爪，一个龇牙咧嘴。

甲：旁边站着两个家人，身穿麻布青衣，脚蹬皂靴："嘟！来者何人？"

乙：怎么，你要打人？

甲：咳，这是丞相府的家人，见你要进丞相府，拦住问话。

乙：我怎么回答？

甲：说明身份。"嘟，来者何人？"

乙：相声演员。

甲："从何而来？"

乙：来自两千年后。

甲："有何公干？"

乙：我想研究研究。

甲："研究什么？"

乙：老太太为什么没臭？

甲：啊？

乙：不是，不是，老太太……高寿，高寿！

甲："且慢哪，待我禀报夫人。"

乙：就是那死老太太？

甲：那时候还没死呢。不大会儿工夫，从门内闪出两队差人、使女，中间走出一位五十多岁的贵夫人，这位贵夫人就是轰动世界，大名鼎鼎的轪侯夫人，又称丞相夫人，本名辛追，外号马西女士。

乙：马西女士？

甲：啊，马王堆出土的西汉女尸——马西女士。

乙：这么个马西女士啊！

甲：你看她：面含笑容，手扶龙头拐杖，头戴乌黑的假发，描着柳眉，涂着口红，抹着胭脂，扑着粉儿，不笑没问题儿，一笑就脱皮儿。

乙：咳！

甲：老太太穿着华贵：身穿对乌菱纹大红袍，外面罩着一件轻薄如蝉翼、色洁似白玉的素纱禅衣。这禅衣穿起来衣袖拖在地面，团起来，一把抓在手里，不到一两重！真是垂之似云，举之若无。那乌菱纹大红袍在里面轻轻摆动，真好像是鸟在云里飞，花在雾中开，似有若无，时隐时现，朦朦胧胧，依依稀稀，工艺精湛，稀世珍宝。青年女子穿上它，恰似仙女飞天，宛如云里的神仙，洒脱飘然。

乙：我要穿上它，那一定是仙女下凡，飘飘然然。

甲：我送你到幼儿园！

乙：送我到幼儿园？

甲：啊，小朋友都非常欢迎你。

乙：干吗呀？

甲：把你当大狗熊了。

乙：咳！我特别喜欢这件衣裳，它反映了我国古代高超的纺织工艺。

甲：噢。"这么说，你喜欢这件素纱禅衣？"

乙：喜欢，特别喜欢。

甲："你说，你是干什么的？"

乙：干什么……审问呀！

甲：哪儿呀，这是丞相夫人问话呢！

乙：你倒说清楚啦！"丞相夫人，我是说相声的。"

甲："相声？这个相声嘛……丞相，丞相是相，相声也是相。我明白了！"

乙：明白什么啦？

甲："这可是同一级的干部呀！"

乙：咳！

甲："相声，我那老头子皇上给他封的是软侯，你是什么侯啊？"

乙：什么侯？大马猴！

甲："哦，大马猴。我说大马猴哇！"

乙："哎！——"我还答应呢！

甲："来人哪！带大马猴进殿哪！"

乙：（唱锣鼓点）答，台，咣！——这儿唱戏呢！

甲：丞相府里敲锣打鼓，琴瑟齐鸣，家丁家将二三百人，手持刀枪剑戟："欢迎，欢迎，热烈欢迎……"

乙：回去，回去，我这就回去！

甲：回去干吗？

乙：这场面太吓人啦！
甲："大马猴，别害怕，这是我们丞相府欢迎贵宾举行的一种仪式。来人哪！给大马猴舞舞剑。"
乙：什么剑？
甲："青铜剑。耍耍刀。"
乙：什么刀？
甲："双环刀。练练拳。"
乙：什么拳？
甲："导引拳。打打枪。"
乙：什么枪？
甲："机关枪……"
乙：有火箭炮吗？
甲："对，火箭炮。"
乙：别说啦！那时候有机关枪吗？
甲："那时候，它是……老机关枪。"
乙：什么叫老机关枪啊？
甲："就是有一种枪，上面有机关，一按机关，那箭就射出去半里地——老机关枪！"
乙：这么个"机关枪"啊！你说的这种武器叫弩机，据说欧洲一千年以后才有。
甲："欧粥？欧粥好喝吗？"
乙：……好喝！
甲："我喝过小米粥、燕窝粥，就是没喝过欧粥！"
乙：咳！欧洲不能喝。它是地名，离这儿很远……
甲："那我不去啦。大马猴。问你个事儿：你们那儿阅兵完了以后，跳什么舞哇？"
乙：跳舞？我们那儿跳"嘭嚓嚓"。
甲："你们那儿跳嘭嚓嚓，我们这儿跳'摇摆舞'。"
乙：啊？！
甲：（手舞足蹈）"摇头摆尾，不亦乐乎！"
乙：留神腰！丞相夫人，你们这欢迎仪式我早见过。马王堆出土文物里有一张你们家的《仪仗图》。

甲:"你说我们家那《仪仗图》怎么啦?"

乙:出土嘛。

甲:"出土啦?长出来啦?不对呀,我们家种花,种树,可没种过《仪仗图》呀!它怎么长出来啦?"

乙:它不就是……它不是长的,是挖出来的!

甲:"我明白了,挖红薯。"

乙:咳!跟你说不清,这么说吧,这些出土文物都是国宝,您那《长沙国地形图》是目前世界上发现最早的地图。特别是古人用肉眼观察画出来的《五星占》《彗星图》,和现代用射电望远镜观察、电子计算机算出来的差不多。

甲:"垫子记蒜鸡?"

乙:啊。

甲:"垫子记蒜鸡。好吃么?"

乙:好吃。怎么尽惦记吃啊?

甲:"是公鸡还是母鸡?"

乙:不是公鸡,也不是母鸡,电子计算机呀,它是烧鸡!

甲:"烧鸡?"

乙:咳,我也让你搅糊涂啦!

甲:"烧鸡,我们这儿也会做,你从二千多年以后来一趟不容易,我们特地为你准备了西餐。"

乙:西餐?

甲:"大马猴啊,西汉时候的饭菜,不就叫西餐吗!这回你可得多吃点儿。这是腊牛肉、腊羊肉、腊卤鸡肉、腊兔肉、腊狗肉、腊雁肉、腊鹧鸪、腊鹌鹑、腊天鹅、腊斑鸠、腊鸳鸯、腊喜鹊、腊麻雀、辣萝卜、辣豆角、这是青辣椒、红辣椒、朝天辣椒、柿子辣椒、刚摘的辣椒、干辣椒、辣椒油、辣椒酱、辣椒丁、辣椒串儿、辣椒粉、辣椒面儿……"

乙:非把我辣死不可!全是辣椒啊!

甲:"大马猴啊,不吃辣椒就不算来过长沙国!"

乙:对,我吃!

甲:"这是红烧鹿肉方、葱爆雁翅膀、锅烧小蹄髈、红枣银耳汤、烹鳙鱼、鳜鱼汤、麻辣豆豉酱、马奶扒白菇、蜜汁樱桃糊、猴头大燕窝、爆炸野鹧鸪、水晶虾鳞片、糖炒芙蓉肚、炒鳝糊、烹鹿脯、银盘卧金兔、葱爆豆腐脑、清炒驼峰丝、炸鸡酥油酪、桂花鸳鸯勺、玉树结仙桃、两味灯笼鸡、松鼠小黄鱼、熊掌扒海参、油烘王八皮、牡蛎鲨鱼翅、琵琶大海米、炖鸡脯、拔玉肌、雪花洞庭鱼、炖天鹅、炸八哥、烤白兔、烤牛犊，还有谁都爱的、吃不够的、软乎乎、油酥酥、肉鼓鼓、香扑扑的——"

乙：什么呀？

甲："油炸臭豆腐！"

乙：臭豆腐呀！

甲："大马猴啊，不吃臭豆腐不算来过我们长沙国。你吃饱了吗？"

乙：我撑死啦！两千一百年前就能做出这么好的饭菜，烹调技术太高明了……哎哟——

甲：你怎么哪？

乙：我不好受！

甲：你不会少吃点吗？

乙：这饭菜太好吃了！

甲："大马猴啊，你和我一样，贪吃引起胆石症，外加心绞痛，消化系统失调，高血压、冠心病急性发作导致心肌梗死。"

乙：咳，我还活得了吗？

甲："死是死不了，活着也难受。"

乙：咳！

甲："大马猴啊，我给你找个地方，你呀，休息休息，就没事啦。"

乙：什么地方？

甲："就是我那坟墓……"

乙：啊？！

甲："不是，是我那别墅！我的别墅是极乐世界，吃的、穿的、用的，什么都有，男男女女二三百人，有洗衣的、做饭的、跑腿儿的、侍卫的、奏乐的、唱歌的、跳舞的。他们非常听话，任你打，任你骂，不说半句埋怨话。"

乙：为什么？

甲："都是木头人儿。"

乙：木头人儿啊？

甲："陪葬用的。"

乙：木俑啊？你这儿是别墅？

甲:"我这儿是坟墓!"

乙:走!怎么把我带这儿来啦?

甲:"大马猴啊,这是我的老别墅,我还有一栋新别墅,保证你喜欢。"

乙:是吗?

甲:"这是湖南老乡特地为我修建的。"

乙:什么地方?

甲:"湖南省博物馆。"

乙:博物馆哪?

甲:"怎么样,你穿上我这素纱禅衣,躺在我这床上,你可千万别动。"

乙:干吗呀?

甲:"拍照留影啊,你回去把照片给大家一看,嗬,大家都夸你是历史的奇迹、文明古国的见证,夸你眉清目秀。"

乙:夸我漂亮。

甲:夸你是马王堆的一颗明星。

乙:谁呀?

甲:西汉女尸。

乙:我呀?!

（此作品与奇志、郭新合作,获1984年全国相声评比创作表演三等奖,1984年全省相声评比创作表演一等奖。原载《全国获奖相声选》和《湖南新时期10年优秀文艺作品选》）

对口相声

香 飘 万 里

甲：同志们，现在开饭了，今天晚餐供应九毛的清炖鸡、八毛的鱿鱼丝、七毛的糖醋排骨、六毛的红烧肉、五毛的炒牛肚、四毛的青椒肉片、三毛的盖浇饭，刚开的茅台酒、白沙液、竹叶青，为病号准备了桂花糯米糖稀饭、给孕妇准备了酸辣面。（向乙）同志，您来碗酸辣面吧？

乙：我不要！

甲：我这是照顾你。

乙：别照顾，您一照顾我成孕妇了。

甲：这么说，你不是孕妇啊？

乙：谁是孕妇啊？我是男的。

甲：男的有这么大肚子的吗？

乙：我这是板油……咳，这也不像话！

甲：要不，您来碗盖浇饭？

乙：谢谢，我吃过饭了。

甲：那好，您饿了，随时找我，随喊随到。

乙：您在哪个餐厅？

甲：长沙——北京。

乙：长……北，到底是长沙餐厅还是北京餐厅啊？

甲：一次特快，三六九包乘组餐车，咱们的车，开到哪里，香到哪里，饭香菜香，香飘万里。

乙：听你说的，差点把我的口水都引出来了。

甲：如果我不在，您找我徒弟也成。

乙：好，您徒弟什么样儿？

甲：十六条辫子。

乙：维吾尔族姑娘啊？

甲：八个鼻子。

乙：八……这是什么怪物？

甲：一个胖子。

乙：我说您有点发烧吧？

甲：什么意思？

乙：怎么净说胡话呀？十六条辫子、八个鼻子、一个胖子，这都挨得上吗？

甲：我问你，八个妹子几个鼻子？

乙：八个鼻子。

甲：几条辫子？

乙：十六条啊，明明是八个妹子，你怎么说是一个胖子呢？

甲：我是说八个当中有一个胖子。

乙：我听着真别扭。

甲：这八个妹子一大帮，一个胖子王小香，活像麻雀出了窝，叽叽喳喳闹嚷嚷。

乙：是够热闹的。

甲：您说这些女孩子干得了餐车吗？

乙：怎么干不了？

甲："姑娘开餐，难过四关"哪！

乙：哪四关？

甲：第一关，社会上舆论不好听，我女朋友就给我取了个外号。

乙：叫什么？

甲：叫……（向乙耳语）

乙：叫什么？你大声点。

甲：（大声地、长沙话）叫"偷油婆"！

乙："偷油婆"啊？

甲：我当即发表了"严正声明"。

乙：怎么声明的？

甲：我现在严正声明：我不是"偷油婆"！我从来没偷过油，我身上沾了点油，可那不是偷的，那是我埋头苦干的成绩，是辛勤劳动的奖赏。

乙：说得好。

甲：好什么，我女朋友来最后通牒了。

乙：嚯！

甲："我尊敬的偷油婆——"

乙：这都什么词啊？

甲："你若是丢掉锅碗盆，咱俩谈爱谈得成，若是再当偷油婆啊——"

乙：怎么样？

甲："马上就挂筒！"

乙：要吹呀？

甲：小伙子拿起锅碗盆，女朋友吵着要挂筒；姑娘们拿起锅碗盆，小伙子肯定不上门哪！

乙：有那么严重吗？

甲：第二关是体力关，一百斤一篓煤，二百斤一袋米，从车下往车上扛。女孩子扛得动吗？

乙：可以慢慢锻炼。

甲：火车停那儿等他们慢慢锻炼，什么时候锻炼好了什么时候开车？

乙：没这么锻炼的！

甲：第三关是高温关。

乙：餐车温度高。

甲：最热的夏天，餐车外三十多度，餐车里三百多度。

乙：啊？

甲：餐车里的炉子。

乙：吓我一跳。

甲：三个火炉排一起，餐车温度四十几，八个姑娘一块挤，一挤挤得汗直滴。小胖子从小就怕热，五月长痱子，七月生疖子，十月扇扇子，腊月蹬被子。外头下大雪，她鼻子直冒汗，大年三十还得吃冰棍。餐车四十几度，她受得了吗？

乙：是够呛。

甲：第四关是技术关。餐车上的厨师，红案白案炒菜焖饭红烧凉拌切葱掰蒜，样样都得熟练。

乙：连踢带打，一专多能。

甲：可是你看小胖子，她从小只会吃饭，不会做饭，嘴巴一抹，百事不探。

乙：娇生惯养啊。

甲：不跳舞，不唱歌，上房爬树掏鸟窝；大热天，下河沟，跟男孩一块抓泥鳅。

乙：够淘气的。

甲：等到高中毕了业，本来可以留城分配，她偏要落户插队；城里招工，别的她不愿干，偏要上餐车，争当炊事员。

乙：我说你怎么专挑毛病啊？

甲：别人的毛病我不挑，她的毛病我非挑不可！

乙：为什么？

甲：因为她是……我妹妹。

乙：咳。

甲：她的妈也是我的妈，我的爹也是她的爹。

乙：这不是废话吗！

甲：别看她比我小，我比她大，其实我比她也大不了几岁。

乙：大多少？

甲：只大这么多（伸五指）。

乙：大五岁？

甲：大……五分钟。

乙：五……双胞胎呀！

甲：虽然是双胞胎，可性格完全不一样，她做事泼泼辣辣，我说话婆婆妈妈。

乙：全颠倒了。

甲：那天，我正对她说"姑娘开餐，难过四关"，八个姑娘呼啦一下把我围上了。

乙：干吗？

甲：向我开火了！

乙：嗯？

甲：（河南话）"同志，啥年月了，还轻视妇女，你那老黄历不中了。"（武汉话）"现在搞四化，你拿'四关'来吓我们，这个人还蛮拐哩！"（长沙话）"偷油婆！"

乙：还"偷油婆"哪？

甲：姑娘们喊我哪。"你答应我们上餐车，我们就不喊你'偷油婆'。你若是再扯蛮绊经，叫你一世打单身！"

乙：一辈子找不到老婆呀！

甲:"哥哥"!

乙:你妹妹也发言了。

甲:"你听着,别人越看不起'偷油婆',我们越要当'偷油婆'。"

乙:有志气。

甲:我说:妹妹,你考虑过将来找对象的问题没有?

乙:你妹妹怎么说?

甲:我妹妹说:"我当然不会找'偷油婆'。"

乙:还是看不起炊事员。

甲:我要找一个最受人尊敬的、建设四化不可缺少的——

乙:科学家?

甲:"炸油条的。"

乙:嗐,全油到一块了!

甲:打那以后,八个姑娘勤学苦练,刻苦钻研,车上练,回家也练。

乙:有恒心。

甲:那天我妹妹给我奶奶炒了盘肉丝儿,我奶奶乐得拿起筷子一尝,"哟!"

乙:怎么了?

甲:"小香子,你炒的不是肉丝儿吧?"

乙:炒的什么?

甲:"炒的是橡皮筋儿啊!"

乙:全连在一块啦?

甲:我说:"小香,切肉丝儿,刀要磨快,力要使匀,左手按紧,右手握刀,我第一次切肉丝儿,就不像你们一串一串的。"

乙:您切的是一丝一丝的。

甲:我切的是一坨一坨的。

乙:嗐!

甲:练完切肉丝儿,我教她们煎鸡蛋。火要大,油要多,煎好一边再翻锅,小香一使劲就翻过去了。

乙:好。

甲:好什么呀?翻我手上了。

乙:哟,烫着了吧?

甲:我的手上烫起了泡,可小香一边抿嘴笑。

乙：笑什么？

甲：她说："我哥哥第一次翻锅可没翻手上。"

乙：翻哪儿了？

甲："翻我脸上了。"

乙：是可乐。

甲：去年八月，为了战胜四十度高温，我妹妹跟八个姑娘全不见了。

乙：下河洗澡去了？

甲：我到处找都没找到。

乙：哪去了？

甲：跑锅炉里去了。

乙：啊？！

甲：跑锅炉房里去了。

乙：吓我一跳。

甲：我进去一瞧，嗬，一个个正在那儿哭呢。

乙：哭什么呀？

甲：满脸满头都是眼泪，脖子上、额头上、胸脯上、衣服上到处都是泪水。

乙：那是汗水！

甲：也有叫汗水的。她们为了战胜高温，专门到锅炉房干活来锻炼耐热性。

乙：真有毅力。

甲：我一看见她们这股劲头，忍不住。（抽泣）

乙：哭什么呀？

甲：我悔恨，我惭愧，当初不该不同意她们上餐车呀，一个个都是多好的女厨师啊！

乙：对。

甲：有一次接送朝鲜艺术团的战友，小香精心地为他们做了朝鲜口味的饭菜。

乙：肯定受欢迎。

甲：外宾吃了直摇头。

乙：没做好啊？

甲：美味可口。

乙：那怎么摇头呢？

甲：（边摇头边赞叹）"在中国列车上，怎么吃到我家乡的泡菜了！真是不可思议，不可思议呀！"

乙：这是赞扬啊！

甲：另一位朝鲜朋友提出了批评。

乙：怎么批评的？

甲："中古东木，佐他！中古东木，佐他！"

乙：这是批评啊？

甲：我听着好像说："整个冬菇，糟蹋了，整个冬菇，糟蹋了！"这不是批评吗？

乙：那是朝鲜话："中国同志，好！中国同志，好！"

甲：全拧了！

(原载《湖南群众文艺》1980年第10期)

对口相声

肥 水 行

乙：哟，这不是那个……您贵姓哪？

甲：我姓钱。

乙：钱？

甲：对。

乙：哎，您不是姓赵吗？

甲：原来姓赵，最近改姓钱了。

乙：唔，你改嫁给姓钱的了，钱嫂子！

甲：去！什么钱嫂子呀？你连男女都分不清了！

乙：那你为什么要改姓钱呢？

甲：姓钱时髦呀。你说现在干什么不要钱？干什么不是为了钱？我为了赶上时代新潮流，决定改以钱字当头，大伙喊起来也好听：大钱、老钱、钱大哥、钱大爷、钱主任、钱经理……有了钱，什么买不到？为了钱，我就不能把姓改一改吗？哈哈哈哈……

乙：这位是财迷！

甲：承蒙夸奖，不敢当，不敢当！

乙：我这是夸你呀？

甲：孔子曰：人为财死，鸟为食亡。

乙：这是孔子说的吗？

甲：钱子曰：撑死胆儿大的，饿死胆儿小的。过了这个村，可就没这个店儿哪！

乙：钱子是谁呀？说这种胡话？

甲：钱子都不认识？就是我呀。

乙：你就是钱子？

甲：不错。我姓钱名磕。钱磕、钱磕，见钱就磕。对于钱，那我是决不心慈手软！

乙：（讥讽地）对，就得像对敌人似的，一口把它吞掉！

甲：为了扩大财源，我最近跑了一趟外地。

乙：你不是在北京废品公司吗？

甲：你怎么知道得这么清楚？

乙：有那么一点印象。是不是在那儿工作？

甲：是啊。

乙：什么职务？

甲：担任废品……

乙：啊？

甲：公司收购员。

乙：大喘气呀！

甲：这次我们到了肥水市，我们……

乙：上哪儿了？

甲：肥水市。肥肉的肥，糖水的水。

乙：这名字太绝了！

甲：废话，要是不肥，我们能去吗？钱子曰：肥水不落外人田。

乙：又来啦！哎，你怎么跑外地收废品去了？哦，收完了，调几十辆车皮往北京运破铜烂铁、碎玻璃、牙膏皮？像话吗？

甲：跑那儿收废品干吗？我是带一个艺术团到肥水市演出。

乙：新鲜，废品公司还有剧团？……可也没准，铁道部有铁路文工团，煤炭部有煤炭文工团，废品公司不也得有个废品艺术团吗？——您听这名字多别扭！

甲：我们那剧团废品公司可管不着。团里设团长、副团长、秘书、宣传、联络、保管、会计、出纳。

乙：八个干部？

甲：就我一人。

乙：都是你呀！

甲：人少好。符合精简机构的精神，保证一元化的领导。

乙：那你们团是国营还是民营？

甲：我们是"仓营"。

乙：苍蝇？麻苍蝇还是绿头苍蝇？

甲：咳！什么呀，仓促的仓。临时仓促组织起来搞营业演出——仓营！

乙：唔，这剧团叫什么名称呢？

甲：名字好听。（学洋味）其品拔臭达渣蛔综合表演艺术团。

乙：好家伙，名字这么长，还是外国的。

甲：听起来像外国名字，实际上一个外国人也没有。咱们爱国，全是国货。

乙：啊？

甲：全是中国人。

乙：他们都是哪儿的？

甲：都是来自各个专业文艺团体。有电影上露过面儿的，京剧里亮过相的，歌坛上叫过劲的，说相声露过馅的。节目也丰富多彩：芭蕾、相声带朗诵；独唱、杂耍满台蹦；电影明星玩魔术，姨妹子特邀来报幕。

乙：你姨妹子也来啦？她有什么特长吗？

甲：她没特长我能让她参加吗？

乙：她有什么特长？

甲：她的特长，就是"特长"。

乙：我怎么听不明白？

甲：特长都不懂？就是特别长。她身高两米一十，比女篮巨人陈月芳还要高两厘米。你说，她不是"特长"吗？

乙：这么个"特长"呀！她报幕合适吗？

甲：舞台上不是讲究高大形象吗？每次出台她都能引起全场轰动，收到意想不到的艺术效果。观众都亲切地送她一个美号——

乙：白桦树。

甲：长颈鹿！

乙：好嘛，成动物啦！

甲：你这个同志，人怎么能和动物相比呢？人有人格，人有人的尊严，人有人的价值。动物算什么？参观动物园不过花一毛钱而已，看我们的演出得花八毛。我们比它们高贵多了！

乙：这好算，也不过就贵八倍。

甲：听说可以到外地搞"福利"演出，要求参加的人可多啦。我经过反复思考，精心选择，挑了十五个人。

乙：他们单位都同意吗？

甲：我有经验，马上召开紧急会议，分配请假方案。

乙：请假干吗？

甲：多新鲜哪！到外地去"抄肥"，单位能同意吗？得编个理由请假。

乙：这是欺骗组织。

甲：钱子曰："不欺不骗，财神不见！"

乙：他都一套一套儿的。

甲：根据各人的具体情况，我分配请假理由如下：老马事假，小江病假，老杨爸爸病危，老刘岳母搬家，老赵爱人得了白喉，老孙的女儿车祸撞破了头，小林老家失火烧了两层楼，小郭的外婆开刀割了脂肪瘤……

乙：什么乱七八糟的！

甲：这几天我儿子发烧，我忙得也没顾上管他。听说我要走，我老婆把我揪住了："好哇你个老废品！"

乙：老废品？

甲：这是她对我的爱称。"老废品，我跟你说，你成天钱迷心窍，孩子病了你都不管。今天你要是走了，我可跟你没完！"

乙：还挺厉害！

甲："咳，孩子他妈，我不也是为了咱家里好嘛。俗话说：舍不得孩子套不着狼……"啪！"哎哟，你怎么打人哪！"

乙：是啊。

甲："打你这个狼心狗肺的，你拿我的孩子换狼呀！"我一想，可不是说错了嘛。好说歹说，把孩子送到医院留下观察，我这才离开北京。

乙：哼！

甲：全团兴高采烈直奔肥水市。

乙：行动倒挺迅速，全是让钱催的！

甲：报纸上登了大广告，体育馆拉上了大横幅，红底白字：热烈欢迎北京其品拔臭达渣蚰综合表演艺术团首次来肥公演。

乙：你们团叫什么？

甲：（叽里咕噜又说了一遍）

乙：我听着耳熟，您再说慢点。

甲：（再说一遍）

乙：（这次听清了）哦，就叫"七拼八凑大杂烩！"

甲：对，对，简称"大杂烩"艺术团。

乙：这好记。"大杂烩"，大拼盘，差不多。

甲：体育馆有好几千座位。我们是薄利多销，票价八毛，营养丰富，瓤红皮薄。

乙：卖西瓜来啦！

甲：肥水市的观众特别热情，听说北京的电影演员、歌唱家来演出，那是座无虚席。

乙：都为看个新鲜。

甲：在欢快的音乐声中，"长颈鹿"身穿华丽的袒胸连衣裙出来报幕，还没等开口，全场就炸开了！这个说："哟，怪不得票价这么高呢，合着连报幕的都是高人哪！"

乙：嘻！

甲：我先得讲几句话。

乙：对，钱团长致辞。

甲：亲爱的顾客们……

乙：什么？

甲：亲爱的观众同志们！

乙：这还差不多。

甲：这次我们废品公司……

乙：嗯？

甲：不，我们"大杂烩艺术团"，应肥水观众热情邀请来肥公演。

乙：谁请你们哪！

甲：同志们，文艺的崇高目的是为人民服务。

乙：为了什么？

甲：是……为人民……币……必然要千里迢迢长途跋涉，白求恩不是不远万里来到中国嘛！

乙：这挨得上吗？

甲：我这次回到故乡感到十分亲切，十分荣幸。

乙：你不是北京人吗？肥水怎么是你故乡呢？

甲：（对乙）嚷什么呀，我们到哪儿演出，哪儿就是我的故乡！

乙：对啦，不欺不骗，财神不见！

甲：肥水是我的故乡，因为，两千五百六十年前，我家原籍肥水。

乙：隔得太远啦！

甲：相隔虽然遥远，但我们的心是连在一起的，我们是一衣带水的友好邻邦嘛！

乙：得！又跑日本去了！

甲：我讲完话，由电影演员小陈独唱。

乙：她会唱吗？

甲：不会唱她就敢唱？人家向外国专家学过声乐。

乙：跟谁学的？

甲：就跟那个什么……特……特丽纶……

乙：化学纤维呀！

甲：不……斯特凡……

乙：斯特凡大公？

甲：不，不对，是叫什么特的。

乙：瓦尔特？

甲：对，就是他！

乙：保卫萨拉热窝？

甲：打仗呀！我说的是音乐家，叫莫什么特。

乙：莫扎特。

甲：对，对，就跟莫扎特学过声乐。

乙：他死了快两百年了！

甲：不管怎么说，她学过声乐。来唱外国歌曲，反正谁也听不懂，唱错了没关系。

乙：哦，跑这儿蒙人来了。

甲：你不懂观众心理，人家花钱主要为了看看电影演员，唱得好不好不在乎。她那脸蛋、风度、表情、身段，比你好看多啦！

乙：别拿我和她相比。

甲：小陈一连唱完三段。观众还呱呱鼓掌，直嚷：出来吧，再让我们看看！

乙：那就再唱一段吧。

甲：唱不了啦，费牛大的劲，就准备了三段。

乙：不唱，观众能答应吗？

甲：小陈急中生智，想起了一首歌儿，那真是家喻户晓，脍炙人口呀。

乙：你学学。

甲：（边唱边做）布娃娃，布娃娃，大大的眼睛黑头发……

乙：嗐，幼儿园的呀！

甲：第二个节目：相声。由亲哥儿俩演出。这二位可有特点：弟弟一米八九九，哥哥一米四九九；一米八九九的体重一百七十七点七九，一米四九九的体重四十四点四九。这段相声就叫《他俩谁是爸爸》。一米八九九的要当一米四九九的爸爸，一米四九九的要充一米八九九的爸爸。一米八九九的说：我的个头比你大，腰圆膀子乍；一米四九九的说他小巧玲珑，短小精悍，个子虽小胆子大，他是理所当然的爸爸。大个子不服，开口就骂：你他妈凭什么当老子的爸爸？小个子有气，动手就打，打了大个子的秃脑瓜。到底谁是谁的爸爸，只好回家去问他俩的爸爸。

乙：这不是吃饱了撑的吗！这叫什么节目！

甲：思想性是差点儿，可效果很强烈："下去！""别演啦！"

乙：根本就不该上来。

甲：接着上了一出京剧折子戏《苏三起解》。

乙：这戏不错。

甲：扮苏三的演员心想这回可以捞回一台电冰箱，心里乐滋滋的，精气神挺足，唱得好听，可就是情绪不大对头。

乙：应该是哀哀愁愁悲悲切切。

甲：她可是欢天喜地兴高采烈！

乙：那怎么唱呢？

甲：（学唱）苏三离了洪洞县，将身来在大街前，未曾开言我心内欢，过往的君子听我言。

乙：嘻嘻……

甲：（唱）哪一位去往北京转，与我那丈夫把信传。

乙：词儿都改了！

甲：（唱）就说苏三把钱赚，每场要赚五十元。

乙：咳，怎么连这词儿都唱出来了？

甲：她一高兴，上台把词儿忘了，即兴创作，现编了几句。

乙：这也太不严肃了！

甲：哎呀，后面的节目一个比一个精彩。演出一天四场，没看的想看个稀奇古怪，看完了的骂不绝口。

乙：是该挨骂！

甲：我们不计较。为了人民币，我们要敢于挨骂。

乙：啊？

甲：我鼓励大家：不要被骂声吓倒。我们要坚强，要大胆，不管谁给钱，半夜里让我们到火葬场演出，我们都敢去！

乙：咳！

甲：这天正演出呢，苏三和说相声的哥俩儿在后台打起来了。

乙：为什么？

甲：为分钱哪。怎么劝也劝不开。气得我一跺脚：别演了，明天就回去！

乙：怎么就回去？

甲：我爱人来了电报，说我儿子得的是小儿麻痹症，让我马上回去。

乙：哟，快走吧！

甲：一说要回去，吵架的也不吵了，直跟我讲好话，怎么也得多演几天。一咬牙，又演了三天，这才赶回北京。回家一看，孩子出院了。

乙：病好啦！

甲：我心里别提多高兴啦。一边数钱，一边向我老婆汇报："这回呀，我赚了八百八十八块八毛八"，啪啪啪啪！"哎哟！"

乙：又怎么哪！

甲：我爱人左右开弓，给我四个啪！

乙：为什么？

甲："你成天在外边搞歪门邪道捞钱，让领导知道了，把你这废品收购员给撤了！"

乙：撤得好！

甲："好，好，撤了倒省心啦！""省心？告诉你领导还让你写书面检讨呢。"

乙：得！这回看你怎么办？

甲：写检讨？那可难不住我。我这点文化水平，你别看搞创作不行，写检讨我可练出来了。

乙：（向观众）老检讨哇！

甲：告诉你，我的检讨写了一万多字，从废品与文艺的关系，写到赴肥水演出和电冰箱、收录机的关系，再写到节目质量与观众心理的辩证关系，然后写八百八十八块八和老婆的关系，最后谈到废品收购员撤职和"大杂烩"

艺术团垮台的关系,那是统统的巴格亚鲁和我没多大关系!

乙:这是检讨吗?

甲:别说,钱磕的"检讨"交上去没几天,他老婆回来说:"好你个老废品,这回风头叫你出够了!报纸上登了你的检讨,还加上了编者按语。标题是:一个文艺掮客的自述。"

乙:嚯,这事儿可闹大啦!

甲:钱磕高兴得直蹦!

乙:挨批了还高兴?

甲:"夫人,此话当真?"

乙:白纸黑字,这还能假吗?

甲:"不知道是哪家报纸?"

乙:"《肥水日报》!"

甲:"好极啦,好极啦,小生告辞了,拜拜!"

乙:哎,你上哪儿去?

甲:"我找他们要稿费去?"

乙:还没忘了钱哪!

(原载《曲艺》杂志1983年第11期)

对口相声

啼笑皆非

甲：唉，世界之大真是无奇不有哇！

乙：怪事多着呢。

甲：最近出了一件事，我越想越可乐。（笑，大笑不止）

乙：什么事乐成这样哪？

甲：可我笑完了一琢磨，越琢磨越气愤，越难过，越……（哭，伤心地哭）

乙：（向观众）这人什么毛病，又笑又哭的？（向甲）哎，别哭，别哭，有话好好说。

甲：家丑不可外扬呀，我告诉你，你可别往外传。

乙：你放心吧，告诉我，出了什么事？

甲：我姑妈要出嫁了。

乙：谁，谁要出嫁？

甲：我姑妈。

乙：你姑妈，要出嫁？！

甲：哎呀，你这表情太可怕了，你得急病啦？

乙：你才有病呢！你姑妈多大了，还结婚？

甲：你什么态度？我姑妈的婚姻问题，有婚姻法保障，我们做亲戚的尚且无权干预，你铁路的警察，管得着这段吗？

乙：我……

甲：你不服气，让你姑妈也嫁人哪！

乙：有你这么说话的吗？我是说你姑妈都快六十了，自你姑爹死后，这几年不是过得挺好吗，干吗又要嫁人呢？

甲：谁说不是呀。我姑爹虽死，给她留下了一套房子，一笔遗产，她每月有份退休工资，独生女儿也参加了工作，我们也常去看她，日子过得挺不错。

乙：那就更不该嫁人啦。

甲：是呀！她也没办法，让人家逼的呀！

乙：谁？

甲：杨玉馨。

乙：杨裕兴？哦，你姑妈欠杨裕兴面馆的债，所以他们就……那也不至于逼你姑妈嫁人呀！

甲：什么乱七八糟的！杨玉馨不是什么杨裕兴面馆，她是我表妹，我姑妈的亲生女儿，她名字叫杨玉馨，玉石的玉，温馨的馨。

乙：哎，她干吗要逼她妈嫁人呢？

甲：这还得从我表妹找对象说起。

乙：她对象是哪儿人？叫什么？

甲：小伙子老家天津，名字也好记：姓苟，小名小黑狗，外号"狗不理"。

乙：好嘛，天津"狗不理"包子，扬名中外，哈哈！

甲：你看：长沙的杨裕兴配天津的狗不理，真是门当户对，天作之合。

乙：好嘛，俩大名人。哎，他俩感情怎么样？

甲：太合得来了。不但说话一唱一和，就连他们脑子里那些奇怪的念头，都是心心相印，不谋而合。真可谓：臭味相投，狼狈为奸，一个窑里烧不出两样的蒸钵，一根绳上拴不住两样的麻雀！

乙：嘿，他倒合辙押韵的。

甲：这二位一见钟情，采用了闪电战术：第一次见面喜气洋洋，第二次见面赛过蜜糖，第三次见面研究住房，第四次见面商量嫁娘。

乙：啊？！

甲：一个星期天晚上十二点三十八分，在湘江边的一个石凳上，他俩郑重其事，推心置腹地进行了一轮历史性的秘密会谈。由于某种原因没有发表新闻公报。

乙：这也没法公开呀！

甲："我说'狗不理'呀！"

乙：你才猫不闻呢！

甲："嘘——你嚷什么呀！我这不是把你当成临时代理的'狗不理'吗？"

乙：哦，让我扮演"狗不理"这个角色。

甲："亲爱的狗不理。"

乙："可怜的杨玉馨。"

甲："我们俩认识时间不短了吧？"

乙："可不，都有四个礼拜了。"

甲："四七二十八，二十八，二十有八，哎呀，都有二十八天漫长的岁月啦！"

乙：这还长啊！

甲："小苟，此时此刻，你都看见什么了？"

乙："我？我看见了静静的湘江，看见圆圆的月亮，还有和那月亮一样白，一样圆咕隆咚的你。"

甲："那——你现在想的是什么？"

乙："我想呀，想的就是你。想跟你结婚。小杨，咱们现在就去登记吧！"

甲：半夜里上哪儿登记呀！

乙："走吧，走吧！"

甲："不，不，这是绝对不可能的。"

乙：怎么又不可能呢？

甲："你们家里娶我这样漂亮的儿媳妇，准备工作都做好了吗？"

乙："你有什么要求哇？我们家里是有求必应。"

甲："电视、录音机。"

乙："我爹负责买。"

甲："电扇、洗衣机。"

乙："我爹负责买。"

甲："沙发、弹簧床。"

乙："我爹负责买呀。"

甲："一套小洋房？"

乙："我爹负责……买不了！那得多少钱哪！"

甲："没房子你想结婚？你脑壳昏！你说你爱我，爱比湘江深，还说把对我的爱，融化在血液里，落实在行动中。我问你，你的爱落实在房子上了吗？"

乙："你别着急，到年底，我们单位新宿舍就盖好了。"

甲："到年底？太可怕啦！到年底还有多少个二十八天？我们能活到那时候吗？那时候我都老了——都快满二十一岁啦！"

乙："咱们不能想想别的办法吗？"

甲："想什么办法？火车站长椅子多，咱们一人占一条？工地上水泥管子多，咱们一人钻一个？"

乙：好嘛，俩盲流！

甲："还是的呀，再说那么多家具、用品往哪儿搁？都往椅子上一搁，再打开录音机哇啦哇啦一唱，知道的是结婚。"

乙：不知道的呢？

甲："是商品展销！"

乙：对呀！

甲："为了解决住房问题，我倒有个办法。"

乙：什么办法？

甲："把你爹卖了！"

乙：啊？

甲："不，把你爹在天津的那房子卖了，给我们在长沙买一套。"

乙："不行，不行，我爹我妈上哪儿住哇？"

甲："那好办，他们可以住监狱……"

乙：啊？！

甲："旁边那座养老院！"

乙：吓我一跳！

甲：他俩研究来研究去，又研究到我姑妈这儿来了。

乙：怎么研究的？

甲：这回轮到"狗不理"发言了。

乙：看他怎么说。

甲：（对乙）"小×。"

乙：得，我又成女的了。"嗳，小苟！"

甲："咱俩已经爱到这个阶段了，甭管谁的爹和妈，弄到房子好成家。"

（唱评剧《刘巧儿》曲）：管什么爹，管什么妈，弄一套好房子立业成家呀！

（哼过门）

乙：唱上评剧啦！

甲：想出了好点子，能不唱吗？

乙：什么好点子？

甲："小杨，你妈不是有一套房子吗？"

乙："有哇，就我和我妈住的这个套间，有五十多平方米。"

甲："咱俩结婚，也就凑合了。"

乙："哦，你打算把我妈也弄到养老院去呀？你这狗不理，真坏！你再出坏主意，别说狗不理，连我都不理你啦！"

甲："我有个两全其美的好办法，让你妈住大套间，欢度晚年。就不知你妈同不同意。"

乙："有这么好的办法？你说呀！"

甲：（笑）

乙："死鬼，你倒是说呀！"

甲："给你找个爹。"

乙：（给甲一拳）

甲：你怎么打人哪？

乙：你早该挨揍了。

甲：我表妹不但没揍他，还夸他聪明，决定把小苟厂里的张老头介绍给我姑妈。

乙：张老头是谁呀？

甲：退休工程师，六十五岁，上没老，下没小，财产多，房子好。胃癌开过刀，常往医院跑。别的老人活着论年论月，他活着只能争分夺秒。

乙：怎么单找这么个人？

甲：老头活不了几天，等他一死连他那份产业不都可以"接管"了吗？

乙：亏他想得出来！

甲：杨玉馨回到家里，对她妈挺亲热。

乙：没安好心。

甲："妈，我最亲最爱的独一无二的妈！"

乙：还真没富余的。

甲："妈，我今天要告诉你一个特大好消息！"

乙：这都什么词儿！

甲："妈，我给您找了一个称心如意的女婿。他姓苟，小名小黑狗。外号'狗不理'。"

乙：就别提你那狗不理了！

甲："妈，他那模样您一看准喜欢，大家都说他像一个日本人，都亲切地叫他巴……"

乙：巴什么？

甲："巴格亚鲁！"

乙：嘿，你听这名字！

甲："最主要的是，他的良心大大的好，大家都说，他的心和我的心合起来是一部动人的外国电影。"

乙：哪部哇？

甲："冷酷的心！"

乙：都没安好心。

甲："妈，我独一无二的妈！"

乙：别喊了，我直起鸡皮疙瘩！

甲："妈，您知道。男女之间一旦产生了爱情，就必然要考虑结婚问题。但，不解决房子问题，就谈不上结婚问题。即算是结了婚，也只能到火车站睡长凳子，到工地钻水泥管子，岂不是很大的问题？！"

乙：哪儿那么多问题！

甲："妈，您听我说呀！（唱评剧《刘巧儿》曲）女儿我下决心许配苟家，我和苟不理没房子怎能成家呀！"（唱过门）

乙：别唱啦，你就说吧！

甲：对，说的比唱的好听呀！"妈，其实，没房子结婚这是小事。我年轻，着什么急呀！再等个三十年五十年也没关系。"

乙：说得好听，才认识二十八天就等不及了！

甲："我只是为您着急，您将来一个人孤孤单单的怎么过？还不如和女儿一样：结婚吧！"

乙："死丫头，我都六十了，还结婚？！"

甲："哎哟，妈，您哪儿看得出六十呀？知道的说您是我妈，不知道的还说您是我姐姐。您顶多也就看得出三十来岁呀！"

乙：胡说八道！

甲："妈，您就跟张伯伯结婚吧，张伯伯条件不错，工程师，比我爹强多啦，每月工资九百八，票子愁着没法花，大彩电、长沙发、席梦思床上种着花……"

乙：啊？！

甲："不，床单上面印着花。生活富裕心情好，没事就把提琴拉：123，234。找一个老伴顶呱呱，叫一声，我的妈，您最好，上他家。（唱《刘巧儿》曲调）他帮你，你帮他，做一对模范夫妻立业成家呀！"

乙：非把她妈气死不可。

甲：别说，老人家还真答应了。

乙：啊？答应了？

甲：你想，我姑妈把她抚养成人，吃尽了苦头，到头来女儿逼她妈改嫁，心里甭提有多难受了。唉！靠她是没指望了。这房子我也不要了，我呀，干脆找个好心的老头，度过我的晚年吧！于是乎，我姑妈决定跟老张头见见面。

乙：对，了解了解。

甲：见不了啦！

乙：老张头不同意。

甲：他病危住院啦！

乙：那就算了吧。

甲："大傻瓜！"

乙：你才大傻瓜呢。怎么骂人哪？

甲：是我表妹骂小苟。

乙：哦？

甲：他们决定赶快给二老办理结婚登记。

乙：你姑妈不是要求见面吗？

甲：不能见，一见准得吹。

乙：那就别见了。

甲：不见又办不成。

乙：那怎么办呢？

甲：临时借一个代理的去拿结婚证。

乙：没听说过。有借钱，借东西的，哪有相亲借人的？

甲：反正糊里糊涂见一面就成。见面那天，让小苟把老张的邻居刘大叔请到老张屋里聊天，表妹把姑妈带到窗口看看。刘大叔身高体壮，红光满面，老太看了准喜欢！

乙：这招太损啦！

甲：只要结婚证拿到手，老头一死，狗不理、杨玉馨成为联合企业，一切动产不动产全归他们所有啦！

乙：想得太美啦！

甲：美什么呀！没等姑妈相亲，张老头在医院死了，我表妹这个哭呀！

乙：她难过什么呀？

甲："张老头哇，张老头，你这一死，可死得太缺德哪！"

乙：人家怎么缺德呢？

甲："我什么都不缺，就缺一个爹。你这一死，我的套间让你带走哪，大彩电电也带走了。大沙发、弹簧床全带走了，这么多东西，你这老鬼扛得动吗！"（哭，哭得捶胸顿足）

乙：咳！

甲：姑妈听到这个消息，哭得更厉害啦。

乙：她哭什么呢？

甲：她想起我姑爹了："我那可怜的老头子，你死得太早啦，你一死就给我留下这么个'孝顺'女儿，她要拿我换房子哪！换套房，他们住，差点又让我当寡妇哇！"

乙：是够难过的。

甲：我表妹一见我妈难过成这样，马上过来安慰几句。

乙：良心发现了。

甲："妈妈你别悲伤，妈妈你别难过，张老头死了就算了……"

乙：怎么样？

甲："我再帮你找一个。"

乙：还找哇！

对口相声

李自成求学记

甲：有件事，不知当问不当问。

乙：什么事？

甲：你结婚了吧？

乙：去年结的婚。

甲：哦，如此说来，你是新婚？

乙：对，对。

甲：也就是说，你是头婚。

乙：你是脑炎！

甲：我是说，你头一次结婚。

乙：这话不假。

甲：婚后你有什么感想？

乙：感想？……我感到很幸福。

甲：还有什么感想？

乙：生活过得很愉快。

甲：还有什么感想？

乙：干工作有使不完的劲儿。

甲：还有什么感想？

乙：心里总是美滋滋地高兴。

甲：还有什么感想？

乙：打结婚以来，我没哭过一回。

甲：还有什么感想？

乙：……我哪儿那么多感想！

甲：那你就不如我了。

乙：哦？

甲：你是新婚。有的是皎洁的明月，芬芳的鲜花，甜蜜的梦境，娓娓的情话。

乙：那么你呢？

甲：我是老婚，尝过酸甜苦辣，走过坑坑洼洼，有时热烈地拥抱，有时扯皮打架。

乙：咳，他全是一套一套的。

甲：唉，（京剧老生道白）说起我二十七年来的夫妻生活，那真是一言难尽哪！

乙：好嘛，要唱呀！你爱人待你不是挺好吗？

甲：原来是好咓，可是后来她，她她她她……（向台下紧张地张望）她今天没来吧？

乙：这位怕老婆。

甲：不是怕她，她来了，我爱犯个高血压。

乙：好嘛，都吓出毛病来啦！

甲：我这高血压的毛病，就是前年读了《人民文学》上的一篇小说引起的。

乙：哦？哪篇呀？

甲：标题是《爱人》。

乙：嗯，真有这么一篇。

甲：写一位妇女，为了坚持走自学成才的道路，和她爱人斗争的故事。那女同志爱好文学，业余学习写作，他爱人坚决反对。

乙：干吗反对呢？

甲：他有"理论"根据：妻子业余学画画，十有八九要改嫁；老婆读书又作文，离了丈夫跟别人。

乙：这不是胡说吗！

甲：所以，小说里这个男主角是一个典型的大男子主义者，心性狭隘，性格偏激。样子长得倒不坏（按甲自己的相貌特征简要描述），还是个相声演员。

乙：我怎么越听越像你呀？

甲：什么叫像我？不瞒你说，这篇小说就是为我歌功颂德，树碑立传呢！

乙：他还挺美呢。哎，这位作者，对你们家的情况，了解怎么这么具体呀？

甲：没法不具体，这作者不是外人。

乙：谁呀？

甲：就是我老婆。

乙：哎，不对。你爱人叫李蜡梅呀，那小说的作者可不是李蜡梅。

甲：她用的是笔名。

乙：叫什么？

甲：李自成。

乙：你老婆叫李自成？

甲：怎么哪？

乙：叫李逵多好哇！

甲：她用什么笔名，你管得着吗？

乙：总得有个道理吧。

甲：主要是她嫌蜡梅这名字太俗气，不好听。

乙：对呀，腊八豆，都发了霉啦——腊霉。

甲：胡解释什么呀，蜡梅花的蜡梅。

乙：对呀，蜡梅花又香，又美。怎么不好？

甲：她说：蜡梅虽香，只能插在花瓶里供人观赏。我可不愿当丈夫屋里的装饰品，要走自学成才的道路。干脆，就叫李自成。

乙：嘿，还真有她的道理。

甲：道理多少钱一斤？咱讲实际的，一个结婚有了孩子的女同志，中学文化程度，工作忙，家务重，还要读书写作。你说难不难？

乙：难，太难了。

甲：对不对？

乙：她怎么说？

甲："难什么？人家李自成，在商洛山中，官军围剿，三军患病，身处绝境，他还要重整旗鼓，杀向中原。你说，我有他难吗？"

乙：对，不算难。

甲："不难？孩子小，一会儿哭，一会儿闹，一会嚷着要撒尿。我能安心写作？"

乙：这么说，还是难哪！

甲："难？比比万里长征的艰难险阻，想想'四化'急需人才，我这点困难，算得了什么？！"

乙：对，一点都不难！

甲："不难？丈夫成天噘着嘴，三天两头扯后腿，你能安心搞写作？"

乙：对呀，还是难！

甲：到底难不难？

乙：……难，难！

甲：怎么难？

乙：你都把我问住了嘛，我还不难？

甲：你哪有我难呢！你想，我爱人成天读书、采访、写作。我每天演出，回家以后，买冬瓜，买西瓜，又破鱼，又摘虾，孩子拉屎我来抓，又是爹又算妈。我这肚子苦水，赛过白毛女，赶上吴琼花啦！

乙：有这么比的吗？

甲：夫妻二人住一屋，感情格格不入。

乙：她喜欢什么？

甲：李白、杜甫、宋词、元曲。

乙：你呢？

甲：香肠、牛肚、德山大曲。

乙：喝酒哇！

甲：我喝酒她并不反对。那天，她主动提出来要给我做一盘她的拿手好菜：板栗红烧肉。

乙：这可是好菜。

甲：她一边看小说《红与黑》，一边烧肉。过了一个多钟头，我闻着有股子味儿。揭开锅一看，坏啦！

乙：唔？

甲：挺好的红烧肉，变成煤球啦。

乙：怎么吃呀？

甲：她直向我道歉："看看，这多危险。幸亏我看的是《红与黑》，猪肉板栗烧成灰；要是看《爆炸》呀，"

乙：那就都活不了啦！

甲：哎呀，她读书爱动感情。书里人物有悲欢离合，她也跟着喜怒哀乐。

乙：受感动啦！

甲：她常说，没有一个作家不是感情丰富的人。你自己恨不起来的，能让读者恨吗？你自己不爱的，能让读者爱？

乙：这话对。

甲：道理是这么讲，那回她读书入了迷，吓得我住院一个礼拜。

乙：哟，这么严重？

甲：那天晚上，外面下着大雨，她正在读《三国演义》。我炒了一盘花生米，剥了俩皮蛋，倒了一杯二锅头，刚送到嘴边。

乙：喝上一口。

甲：（大声）"好哇！""当啷！""喵呜——""汪，汪汪汪汪！""叭叽！"

乙：什么乱七八糟的！吓我一跳。

甲：咳，我嘴刚挨到杯子，她正读到张飞在当阳桥单骑匹马，勇对强敌，一声大喊，惊退曹军，心里十分敬佩，禁不住一拍桌子："好哇！"

乙："当啷"？

甲：吓得我酒杯掉地啦。

乙："喵呜——"

甲：正巧，桌子底下蹲着一只花猫。听见"当啷"一响，吓得往外跑，"喵呜——"

乙：怎么还有"汪汪汪汪"？

甲：花猫跑到门外，正撞上邻居家小黑狗，把它吓得一跳：吔？怎么回事？要咬我？"汪，汪汪汪！"

乙：那"叭叽"呢？

甲：我哪儿受得了这种刺激呀，心脏咚咚咚咚，血压噌噌噌噌，叭叽，躺地下啦！

乙：瞧这个乱劲！

甲：你说，这种生活谁受得了哇。

乙：人家是读书迷。

甲：除了读书，就是写作。什么读书心得、章节摘抄、每日见闻、人物特写，她都写下来，积累素材，又叫练笔。

乙：是得勤练。

甲：她勤练，我得花钱哪。

乙：也花不了多少钱。

甲：这么跟你说吧，光她买稿纸的钱，就能买酱牛肉五十斤、香肠四十八斤、卤猪肚十七斤、皮蛋九篓、德山大曲七十二瓶、油炸花生米六十七斤八两九钱。

乙：你跑这儿报账来了？

甲：废话，我得省吃俭用呀，她买稿纸，你掏钱？

乙：我凭什么掏钱？！

甲：你在家写，我倒没意见，为什么经常和人家约会？为什么公开说她不喜欢我了呢？

乙：你说这话可得有根据呀。

甲：我亲耳听见的，有一次她说梦话把秘密暴露了。

乙：她说什么？

甲：她说，她现在最喜欢的不是我。

乙：最喜欢谁？

甲：写作。

乙：这话没错呀。

甲：我听错了，我以为她爱上了一个姓薛的，薛佐。

乙：神经病！

甲：那些日子，她吃完饭就出去了。有一天，我在她后边跟着，过大街，穿小巷，她直奔河边，我紧盯着她不放，她也没发觉。到了河边，我亲眼见她搀着一个男人在长椅上坐下，俩人越谈越亲热！我说：薛佐呀薛佐，你破坏我们夫妻关系，今天，不是鱼死就是网破！我忍无可忍，把袖子一卷，冲到他俩跟前。

乙：非打起来不可。

甲："好哇，你们……哎哟，张大爷，您好！"

乙：张大爷？

甲：是我们老邻居，市里的劳动模范，退休老工人，我爱人找他采访呢！

乙：咳，闹多大误会！

甲：张大爷说："怎么？来接你爱人啦？""哎，对，不对，我呀，那个……我是来接您喝酒去的。您可是老当益壮呀，哈哈。"

乙：他真能对付。

甲：这件事刚完，第二天又出问题了。

乙：啊？出什么事啦？

甲：她下班在东圹等公共汽车，边等车边回忆昨天采访的素材，进行紧张的构思。

乙：这就入神了。

甲：正想着呢，来了一辆车，她稀里糊涂跟着大伙往上挤，坐那儿还想，越想呀越有意思，赶紧拿出笔来写上几句。

乙：对，怕忘了！

甲：离家本来只有三站路，坐了有多久了？哎呀，天都快黑了！

乙：到站了没有？

甲：怎么人都下车了？"售票员同志，到站了吗？""到了。""到星沙啦？"

乙：啊？多坐了几十里地！

甲：听说到了星沙，她倒乐了。

乙：坐错了车还乐呀！

甲："好哇，这个情节，作品里可用得着哇！"

乙：咳！

甲：最要命的是：她白天读了什么书，想了什么事，经常在晚上总复习。

乙：总复习？

甲：做梦呀，连说带唱，手舞足蹈。

乙：这还麻烦了。

甲：那天她从益阳赶回来，感冒了，发点烧，那一宿差点没把我折腾死。

乙：是嘛？

甲：一开始她睡得很平静，嘴角带着甜蜜的笑容。

乙：也太累啦。

甲：（恐怖地）"啊？！"

乙：哟，这就来劲啦。

甲："你，你是谁？你是画皮？你是鬼？救命啦！"

乙：是够吓人的。

甲："不，世上没有鬼，我不怕鬼，告诉你，我爱人就是鬼——"

乙：啊？

甲："的死对头。"

乙："吓我一跳！"

甲："我爱人是相声演员，他使人们发笑，而鬼是最怕笑声的。"

乙：还有根有据。

甲："哦，林妹妹，是你来了？"

乙：好嘛，又到《红楼梦》里了。

甲：（对乙）"黛玉，我的好妹妹。"

乙：好嘛，我成他妹妹了。

甲："黛玉呀，可怜的黛玉，你到哪里去？去葬花？这不是葬花，这是埋葬你自己呀！好妹妹，你别哭，来，我帮你擦干眼泪。"（帮乙擦）

乙：你往哪儿擦呀！

甲："你，你怎么没哭？你再哭，那我……（哭）"

乙：别哭，有话慢慢说。

甲：（大哭）

乙：你哭什么呀？

甲：我难过呀，你想，她为了学习写作吃了多少苦，受了多少挫折，我不能理解她，没有好好关心她，支持她，我，我真对不起她。从今天，我一定支持我们家的李自成！

乙：这就对了。

甲：我保证要当好她的高夫人。

乙：你当高夫人？就这满脸胡子？

甲：还要当好孩子的好妈妈。

乙：你当妈妈？你是男的还是女的？

甲：临时代理的。

乙：也没法固定呀！

甲：在我的大力支持下，她业余学习写作，两年来，发表了三十多篇作品。最近，作家协会组织她到农村体验生活，写一部长篇小说。她抽空给我写了不少爱情信。

乙：能不能公开几封？

甲：行，我给你念几段精彩的。这是第一封："亲爱的老牛："

乙：老牛？

甲："这些年来，你像一头牛一样，任劳任怨地把家务劳动全包下来了，这说明你对我的感情像高夫人对闯王一样真挚。可是，有时牛劲儿上来，也免不了顶牛。不过，只要我用鞭子轻轻将你抽打你就俯首甘为妻子牛。我真想你啊，我心爱的蠢牛！"

乙：嘻，有意思，第二封呢？

甲："我亲爱的老猴："

乙：好嘛，又成猴儿了！

甲："这并不是丑化你，你不是很像猴吗？你那么活泼，那么机灵，那么诙谐，那么无忧无虑，特别是你表演相声，那么像侯宝林的风格，简直就是个惹人喜爱的金丝猴。我愿你猴劲常在，猴体健康。落款：你的猴老婆。"

乙：听听，一群猴儿！

甲：第三封："亲爱的老母鸡："

乙：又变老母鸡啦！

甲："称你老母鸡，你可别生气。按性别，你应该是大公鸡。但是，你对孩子却比老母鸡还要温存、细腻，真不愧为孩子的好妈妈。这些年来，多亏你既当大公鸡，又当老母鸡，你抚养我们的小鸡成长，我真感激你。可是当我想到我曾在小说里骂过你，我就追悔莫及。为了这，我哭过多少次，亲爱的，你看见我正在流泪吗？"

乙：那看得见吗？

甲：第四封更精彩："亲爱的乖儿子我的小宝贝。"

乙：啊？！

甲：哦，拿错了。这是她给孩子写的。

乙：我说呢。

甲："孩子，从现在起，你就要立志成才，不要虚度年华。对你爸爸，你一定要好好管教。"

乙：什么？

甲："不，好好关照：酒，要他少喝；烟，要他少抽。要是他不听，你就把它们藏起来。爸爸找你要，你就对他说："

乙：怎么说？

甲："小心我妈揍你！"

乙：咳！

（此稿发表于湖北《布谷鸟》1983年第12期）

对口相声

拜 书 先 生

甲：你爱书吧？
乙：谁爱输哇？想赢你赢得了吗？昨天晚上连输八盘，一盘没赢。又钻桌子又夹耳朵。
甲：下棋呀！
乙：不下棋我能老输吗？
甲：我说的不是输赢的输，是书本的书。
乙：哦，书本？我太喜欢了，我不但喜欢读书，而且总是一字一句照书本上的话去做，一点也不含糊。
甲：书本上怎么说，你就怎么干？
乙：决不走样。
甲：那样行吗？
乙：怎么不行？比如说：三人行，必有我师。这话对不对？
甲：哦，三个人一块走，其中一定有一个人是我的老师。嗯，这话对。
乙：怎么样？书上说的没错，就得照书本上办。
甲：也不全对。
乙：嗯？
甲：你要是和俩小偷走一起，谁是你的老师？
乙：……你是我老师。
甲：我是贼头哇！有你这么说话的吗？
乙：你干吗非让我跟小偷走一块不可？书上说得好，物以类聚，人以群分嘛！
甲：还真有根有据。行啊，我问你一句。
乙：哪句呀？

甲:"女子从一而终。"

乙:有这么一句。

甲:什么意思?

乙:就是说,一个女人一辈子只能嫁一个男人。

甲:要是半道上男人死了呢?

乙:死了就得守寡。

甲:为什么你不改嫁呢?

乙:从一而终嘛,不能改嫁。

甲:我看你还是改嫁吧,别不好意思。你年纪轻轻的,又没孩子,完全有理由再找一个理想的伴侣,建立一个美满的家庭。你说说,想要个什么样的?我给你介绍一个。

乙:我想要个……让我改嫁呀!

甲:你能勇敢地冲破封建礼教的束缚,我们都支持你。

乙:我冲破不了,我是男的还是女的?

甲:这是打个比方,这说明,过去书上写的,也不能全照那么干。

乙:这话对。

甲:对于书本的东西也得具体分析。书都是人写的,书上的东西,有正确的,有错误的。

乙:那我怎么知道书上哪些正确,哪些错误呢?

甲:那就得通过实践。

乙:嘿!看不出来,你还真有点研究。

甲:研究谈不上,有点切身体会。

乙:哦。

甲:还有一次次沉痛的教训,一桩桩辛酸的回忆,一记记响亮的耳光,一把把眼泪和鼻涕。(哭)

乙:别哭,别哭,谁打你啦?

甲:我爸爸。

乙:你爸爸?

甲:他在新中国成立前是这个。(用手比八)

乙:哦,老八路。

甲:老八股。

乙：书呆子呀！
甲：我爸爸学的是孔孟之道，读的是圣贤之书。他肚子里学问太多啦。大伙都夸他是——
乙：满腹锦纶。
甲：哦，我爸满肚子锦纶袜子？
乙：不是满腹……锦纶吗？
甲：我看你是满腹蛔虫！
乙：咳，我还活得了吗？应该怎么说呢？
甲：应该说满腹经纶。
乙：对，对。
甲：我爸爸爱书如命。在堂屋中间佛龛上摆满了四书五经。旁边一副对联，上联是：晨昏三叩首；下联是：早晚一炉香。
乙：晨昏是什么意思？
甲：晨就是清晨，昏就是黄昏。
乙：这对联我懂。清晨黄昏的时候得抠三回手。
甲：抠手哇！首就是脑袋。
乙：对，抠三回脑袋。
甲：他还非抠不可！
乙：不抠也行呀，要是早晚点盘蚊香，就不用抠了。
甲：咳！什么乱七八糟的。
乙：应该怎么解释呀？
甲：晨昏三叩首，就是每天清晨黄昏向书本磕三个头。
乙：早晚一炉香呢？
甲：早晚烧上一炉檀香，一边下拜，一边翻书。
乙：拜书哇！
甲：对，我爸爸就叫拜书先生。
乙：名字就这么来的。
甲：他经常教育我：干什么都得引经据典。书上怎么说，就怎么干；书上没说的，那可千万干不得。
乙：全得照书本办。
甲：有一天，我爸爸一位朋友来了，我说："爸爸，来客了。""小畜生，岂有此理！书本上是怎么讲的？"

乙：怎么讲的？

甲：应该说"贵客光临"。

乙：贵客光临？

甲：我给他端茶、递烟，可他一直没抽。

乙：怎么不抽呢？

甲：没火呀，我赶紧划着火柴，"叔叔，您抽烟吧，这儿有火。"

乙：对。

甲："啪！"

乙：怎么回事儿？

甲：我爸爸打我一个大嘴巴。

乙：怎么打人呢？

甲："犬子！怎么能这样说话呢？这是火吗？"

乙：这不是火，是什么呢？

甲："火不能叫火，叫'祝融'。"

乙：祝融？

甲："书上写得清楚：'火神曰祝融，又曰回禄。'南岳衡山之巅为祝融峰嘛。"

乙：他有根据。

甲："我不打你，你记不住。"我心想：我还记不住哇？这一嘴巴打得我脸上——

乙：火辣辣的。

甲：哎呀，可不能说火！一说火，这边又挨一嘴巴。

乙：那怎么说呀？

甲：应该说打得我这脸上"祝融"辣辣的。

乙：咳，这像人话吗？

甲：他俩边喝茶边抽烟还一边下棋。

乙：你爸爸棋下得怎么样？

甲：还可以，头一盘，我爸爸败了；第二盘，我爸爸输了；第三盘，我爸爸想和棋，人家不答应，结果是连败带输！

乙：你爸爸真不愧是败（拜）输（书）先生。

甲：第四盘我爸爸眼看要赢，客人准备炮打背弓，我爸爸没看见，我急了，"爸爸，小心背弓！""啪！"

乙：又怎么了？

甲：又给我一嘴巴。

乙：为什么又打人呢？

甲："小孩子懂什么？大人下棋，孩子看！书上写得清楚：观棋不语真君子。"

乙：哦，不准说话。

甲：我心想：再别说了，说一句话，挨两嘴巴；我要唱一出戏，能把我打趴下。

乙：这家长统治真厉害！

甲：下完棋，我跟爸爸送客。经过一条小溪，也就一米多宽，两腿并拢，一使劲就能过去。我说："爸爸，你看，我能蹦过去。"（赶紧捂脸）

乙：捂脸干吗？

甲：怕说错了又挨打。

乙：好嘛，都打怕了。

甲：这回没打我脸。

乙：挺和气。

甲：踢我一脚。

乙：一样！

甲："蠢材！书本上哪有蹦呢？书上只有跳跃二字。单脚为跃，双脚为跳。你应该说跳过去。蹦，岂不成了麻雀吗？"

乙：你看，连走路都得翻书。

甲：打那以后，我不管到哪儿，都背着大书包。

乙：背书包干吗？

甲：遇到情况好翻呐。

乙：对呀！

甲：有一天，我妈让毒蛇咬了。

乙：哟，你爸爸呢？

甲：爸爸到朋友家下棋去了。

乙：咳！快找他去吧！

甲：对！我撒腿往我爸爸朋友家跑。跑到半路上，又跑回来了。

乙：回来干吗呀？

甲：书包忘了带啦。
乙：咳，这多耽误事儿！
甲：我不带书，挨打你脸上不疼是不是？
乙：别说了，快走吧！
甲：到了小溪边上，我把书打开看看。
乙：你妈都快死了，还翻书呢！
甲：不行，我得决定是跳还是跃哇。
乙：嗯，又怕搞错了。
甲：我跑到那儿一看，一盘棋刚开局。我站在我爸爸身后，急得直跺脚。
乙：搁谁也得急。
甲：他俩下棋速度特慢。走一步得停五分钟，还都爱悔棋，不让悔就吵架、斗嘴，这盘棋下了一个钟头。最后一步棋把我爸爸将死了，我才哭了。（哭）
乙："哟，孩子，你哭什么？"
甲："爸爸，我妈让毒蛇咬了。"
乙："啊？你来了有多久啦？"
甲："时间不长，才一个多钟头。"
乙："咳！你怎么不早说呀？"
甲："爸爸，书上说得清楚：观棋不语真君子嘛！"
乙：好嘛，在这儿等着呢。
甲：好不容易把我妈的伤治好了。我妈气得回了娘家，三个月也不回来，我爸爸急了，烧香、磕头、拜书。翻完四书翻五经，翻完《百家姓》再翻《三字经》，翻完"白沙液"来盘"牛蹄筋"。
乙：哦，饿了？
甲：最后总算找着一句。
乙：哪句呀？
甲："子曰：'公不离婆，秤不离砣。'"
乙：孔夫子说过这话吗？
甲：隔壁孔奶奶说的。
乙：咳！
甲："孩子，甭管是谁说的，咱们找你妈去吧。"
乙：别说，这回思想不僵化了。

甲：到外婆家得走两天。头天晚上住大庙里，没有被子，弄来一捆稻草，垫一半，盖一半。

乙：真够艰苦。

甲：第二天大清早，我爸爸起来，把身上的尘土拍得干干净净。

乙：讲卫生。

甲：不，这叫一尘不染。

乙：对，别人的东西一点也不能要。

甲：头上有一根稻草，赶紧拿下来。

乙：对，不能捞稻草。

甲：临走的时候，扛走一个铜香炉。

乙：啊？

甲：我说："爸爸，咱们应该一尘不染哪！"

乙：对呀！

甲："我知道，香炉里的香灰全倒干净了。"

乙：人家说的是香炉！

甲："我知道，铜香炉可不是尘土，咱拿回去拿它烧香拜书，把它卖了能值二十两银子呢。"

乙：你瞧，他专要值钱的。

甲：前面有一条小河，有一丈多宽，水还挺深，水里的石墩子也看不清楚。我爸爸扛着铜香炉挺沉，不小心，"扑通"！掉河里了！

乙：糟糕！快把他拉起来吧！

甲：是呀，我爸爸在河里直喊："快！快！把我拉起来！"

乙：快拉吧！

甲："先别忙，爸爸，刚才你掉河里那动作挺好看的，既不是跳，也不像跃，书上那叫什么呀？"

乙：他这儿研究上啦。

甲："混蛋，老子在河里喝水呢，你管它叫什么！先把我弄起来再说！"我说："爸爸，您先等会儿，把你拉上来，还不知道书上写没写呢，我还是先回去烧上香，磕磕头，翻翻书吧。"

乙：咳，再翻书就淹死啦！

甲：我爸爸好不容易爬上岸来，上来就给我一嘴巴。

乙：你看，把你爸爸气火啦。

甲：（欲打乙）

乙：（挡住）哎，哎，你怎么打人呢？

甲：你刚才说什么啦？哎？

乙：把你爸爸气火……

甲：不准说火！应该说：把我爸爸气祝融了！

乙：对呀！

（此稿发表于湖北《布谷鸟》1980年第2期）

对口相声

这里面有辩证法

乙：你在哪儿工作？

甲：化肥厂。

乙：工人同志，好哇。

甲：我们那化肥厂比较特别。

乙：怎么特别？

甲：机器都不是金属做的。

乙：塑料做的？

甲：也不是塑料做的。

乙：木头做的？

甲：也不是木头做的。

乙：石头做的？

合：也不是……

乙：到底是什么做的呢？

甲：肉做的。

乙：肉……？

甲：用的原料也特别。

乙：都用些什么？

甲：稻草、野菜、糠。

乙：哦？

甲：规模也特别。

乙：年产三五百吨？

甲：年产七八十担。

乙：规模也太小啦！

甲：因为这工厂本身就特别小。

乙：有几百平方米？

甲：最大的有三百来公斤，最小的两三公斤。

乙：这，工厂有论斤的吗？……哦，你就在这厂里做工？

甲：不，我做领导工作，一个人领导它三五十个工厂。要说咱们这化肥厂……

乙：等等，你说的这是工厂？

甲：我说的是猪。

乙：弄了半天，猪哇！

甲：土化肥厂嘛！我在队里担任饲养员，"领导"好几十头肥猪。

乙：嘻，还"领导"呢，当猪倌哪！

甲：什么？猪倌！你这是轻视养猪工作，认为饲养员低人一等，你这是对我们饲养员极不尊重……

合：你这是……

乙：这一大堆帽子，我受得了吗？

甲：同志，我原来也跟你一样。后来，当了饲养员，"辩证叔"对我言传身教，才由瞧不起养猪工作到热爱养猪事业。立场、方法、思想、感情都有了转变。

乙：我向你学习，其实呢，我对猪并不反感，不但不反感，而且有很深的感情，我就特别爱吃炸猪排、腊香肠、蒜苗炒肉、猪肝汤。

甲：你就知道吃。你这种思想和我过去也差不多，主要是从个人的角度看问题，这样就免不了主观片面，看不到养猪的重大意义，只想到蒜苗炒肉、猪肝汤。

乙：那应该怎么看呢？

甲："辩证叔"经常对我说：发展养猪事业是党和毛主席的伟大号召，是执行"以粮为纲，全面发展"方针的重要环节。我们应该为实现农业机械化而养猪，为支援社会主义革命和建设而养猪，为支援世界革命而养猪。而不能仅仅为了蒜苗炒肉、猪肝汤而养猪。

乙：嘻，你就别揪住不放了吧！

甲：养猪的确很重要，因为猪是六畜之首。

乙：不对吧，马是六畜之首。"马、牛、羊、鸡、犬、豕"嘛！

甲：你那是老皇历。应该是猪、牛、羊、马、鸡、犬。猪占首要地位，实在天公地道。

乙：对。

甲："辩证叔"说：这是因为猪的贡献比其他的更突出，才把它"提拔"了。说实在的，猪身上什么东西都有用。

乙：哦，猪身上什么东西都有用。猪肉，

甲：做菜。

乙：猪皮，

甲：制革。

乙：猪肝，

甲：制药。

乙：猪粪，

甲：肥田。

乙：猪骨头，

甲：做肥田粉。

乙：猪毛，

甲：做人造丝。

乙：猪肠子，

甲：做工业原料。

乙：猪……猪虱子，

甲：这……

乙：你不是说，猪身上什么东西都有用吗？

甲：哪有猪虱子呀？现在猪养得可干净啦！

乙：嗯，这么说，猪的确全身都是宝。

甲：就拿猪粪来说吧，对农业增产有重大作用。养一头猪，可以解决一亩田的有机化学肥料。所以毛主席号召我们实现一人一头猪，一亩一猪。猪多肥多粮多，粮多猪多肥多，肥多粮多猪多。

乙：哎，你怎么老多个没完呢！

甲：它完不了呀，事实就是这样不断循环上升的嘛！

乙：对，肥料越多越好。

甲：越多越好？

乙：是啊！

甲：要是一亩田下五十担猪粪。

乙：保证能够增产。

甲：要是一亩田下八十吨猪粪。

乙：保……保证活不了。

甲：肥死啦！怎么叫越多越好呢？"辩证叔"说，任何事物你都不能把它绝对化。总的来看，肥料当然越多越好，可是，在一亩田里就要用得适当。

乙：有道理。

甲：咱们都应该向"辩证叔"学习，彻底改造世界观。

乙：你口口声声"辩证叔"，这"辩证叔"究竟是谁呀？

甲：他呀，就是我们养猪场的饲养员，老贫农洪大叔。他是我们哲学学习小组组长，成天带着《矛盾论》《实践论》，一有空就学，遇到困难学辩证法，解决问题靠辩证法，随时随地讲辩证法。所以，大伙都叫他"辩证叔"。就连他的老伴张口闭口也是："我那老'辩证'呀……"

乙：哈，有意思。

甲：去年，队长派我跟着"辩证叔"去建猪场，我思想不通，他扛着铺盖，来动员我，说："小伙子，你别看现在咱们人少猪也少，队里的猪圈比较小。咱们只要坚持自力更生，艰苦奋斗就能很快发展上百头，专门长肉长猪油，猪粪堆得像小山，肥猪畅销又出口。这叫事物向对立面转化，这里面有辩证法呀！"

乙：你怎么说？

甲：我说："唉，真倒霉啦，叫我当猪倌！"

乙：看看，跟我刚才的说法一样。

甲：他说："猪倌！你怎么能这样说？这是旧社会地主侮辱咱们贫下中农的说法。在旧社会你洪大伯给地主当了二十年长工，养了二十年猪，可那二十年我过得连猪都不如呀！饿瘦了我自己，养肥了地主。地主从来没叫过我的名字。老是喊：'喂，猪倌！'"

乙：那是什么日子！

甲："新中国成立后，我为人民喂了二十多年猪，可真是越喂越甜哪！大伙儿都叫我饲养员同志。你看：测绘员、审判员、采购员、运动员、技术员、播音员、机要员、打字员、化验员、保管员、营业员、服务员、飞机驾驶员、轮船引水员、人民邮递员、农业技术员、产品检验员、地质勘探员、炮兵观察员、政治工作员、连队指导员、营部教导员、公安特派员、军区司令员、公社饲养员嘛！"

乙：都是人民勤务员。

甲："旧社会养猪和新社会养猪根本不一样。旧和新是对立的统一。没有旧就没有新；不知昔日苦，就体会不到今天的甜。这里面有辩证法！"

乙：说得好！

甲：我一听，赶紧检讨："辩证叔"，我说错啦。不过，我也不是瞧不起养猪工作。我主要是想当个工人，制造各种机器设备。比如说造飞机，造轮船，造汽车。

乙：他怎么说？

甲："当工人当然好，可也不能都去当工人呀。你比如说，汽车制造厂的工人不分日夜生产汽车，很辛苦，咱们应不应该多养猪，支援人家改善工人生活？"

乙：必须保证供应。

甲："可是要都像你那样的想法就没有人养猪啦。只好对人家说：'对不起，没肉吃，请你们都克服一下吧，因为饲养员都转到你们厂里做工去了呀！'"

乙：那哪成！

甲："猪没人管啦，只有给它们讲：'从今天起，你们都自由活动吧。谁爱上哪儿就上哪儿，爱吃什么就吃什么吧！'"

乙：好嘛，都成野猪啦！

甲："我们都造汽车去了，希望你们尽量自觉地长肥点。汽车造好了，我们就来拉你们！"

乙：上哪儿拉去呀！

甲："猪没人管，都跑到地里去了，各显神通，你看它热闹。"

乙：全乱啦！

甲："那就不是猪多肥多粮多，而成了猪多粮食少啦。"

乙：给生产带来危害。

甲："所以，我们要把养猪工作做好，这是革命的分工。"

乙：没有分工合作，就不称其为社会。

甲："我们要看清局部和整体的关系，这里面有辩证法。"

乙：对啦！

甲：经过"辩证叔"的帮助教育，我思想通了，应该为革命养猪。

乙：嘿，这"辩证叔"，真有两下子。

甲：这说明哲学并不神秘。

乙：这话不假。不过，我看养猪也没多大学问。

甲：没学问？同志，我过去也认为养猪不过是挑几担水，煮几锅食，往猪槽里一倒就完啦。谁知一去就把我考住啦。

乙：怎么啦？

甲："辩证叔"问我："你说说，这一窝猪子，同一天生，同一个人喂养，又同一个槽吃食，为什么有的胖，有的瘦，有的长得快，有的长得慢呢？"

乙：是呀，它……那谁知道呢？

甲："咱们当饲养员的就应该知道。要仔细观察，摸清规律，采取措施。"

乙：唔。

甲："你看看，这猪子有的调皮，有的老实，有的见食就抢，有的总是溜边，打'游击'。"

乙：它怎么不吃呢？

甲："怕别的猪咬呀。有的猪就是蛮横凶狠，特别霸道。"

乙：老欺负别的。

甲："你说，喂了半天，有的胀得像个腰鼓，有的肚子还是瘪瘪的，那能长好吗？"

乙：是应该采取措施。

甲：洪大伯根据这种情况，决定实行分槽喂食：爱抢的在一块儿，老实的在一块儿，个别的还要单独喂。这叫作，具体问题，具体分析。

乙：好！

甲：这里面有没有点儿学问？

乙：有点儿学问。

甲：有点儿？学问可大啦，有一次，我负责喂的那几头猪在圈边上蹭痒，蹭得栏杆都活动了，赶也赶不走。

乙：真有趣。

甲：有趣？有问题啦。洪大伯说：猪长癞子啦！

乙：哟！

甲：猪为什么会长癞子呢？

乙：我哪儿知道呀？

甲：那是因为猪圈里潮湿的缘故。

乙：哦。

甲：为什么潮湿呢？

乙：它是……你怎么老是打破砂锅问到底呢？

甲：洪大伯说：对问题就是要养成穷追到底的精神。这叫实事求是，透过现象看本质。

乙：嗯，这里面有辩证法。

甲：通过我仔细观察，发现猪子老在圈里撒尿，刚垫的干草很快又打湿了，没有养成卫生习惯，我决定把它们赶到外面拉尿。可是，赶了这头跑了那头，把我累了一身汗。最后呀——

乙：你把猪赶出去了？

甲：猪把我拱出去啦！

乙：嗬！

甲：我正着急呢，洪大伯把哨子一吹，"嘟——嘟——嘟"，猪子"呼啦"一下子都跑出去了。

乙：训练得多好！

甲：洪大伯说，这也没有什么了不起的，只要有一颗热爱养猪事业的心，成天和猪打交道，你熟悉了它们，它们也熟悉了你，那就好办啦。实践出真知嘛！

乙：这还真有学问呀！

甲：这回不是"有点"了。

乙：从不懂到懂了一点，这里也有辩证法嘛！

甲：有一回，场里的一头长白猪病了，发高烧，光睡不吃。那天下着大雨，洪大伯叫我看家，他用背篓把猪子背着，冒雨走十几里山路到公社兽医站去给猪子看病。我等到半夜他才回来，全身上下都淋湿了，水米没沾牙。可是，背猪的背篓里垫着他的旧棉袄，背篓用他的雨衣盖得严严实实。一回来就嚷："快，快给猪子喂药、喂食！"我看着他心疼哪！我说："大伯，您光顾着猪子，不顾自己怎么行！"

乙：他怎么说？

甲：他说："别说啦，我这老骨头，摔在地上当当响，结实得很，还要奔共产主义呢！你别担心。猪子病了，它又不会说话，先照顾它。"

乙：可真是一心为公为集体呀！

甲：我给他拿来干衣裳，又端来热饭、热菜，又忙抢着给猪子去喂药、喂食。他笑着说："好哇，你这两头都照顾到了，看，你已懂得了这里面有辩证法！"

乙：这猪病得怎么样啦？

甲：唉，拖了整整半个月才慢慢好转。这半个月，洪大伯没有吃过一餐好饭，没有脱衣裳睡过一夜安稳觉，眼熬红了，人累瘦了。我劝他休息，由我来照顾猪子，他笑着说："只要猪能养好，再吃亏也值得。"

乙：可时间长了，人受不了呀！

甲：是啊，队长也来说过几回，给他下了"命令"他还是不听。最后下了"最后通牒"，说要是再不休息就要"撤他的职，罢他的官"，还说他老伴捎信叫他回去有事。

乙：他还是不去？

甲：这回答应了。一到家，他老伴可高兴啦，给他煮了一大碗甜酒冲鸡蛋，还有一大碗鸡汤。

乙：那快吃吧！

甲：他一看就往厨房走，操起瓢盆煮了一锅大米稀饭。他老伴赶过来说："有鸡汤，你还要吃稀饭？""辩证叔"一边往灶里添柴火，一边笑着说："不够吃嘛！"

乙：他哪能吃那么多？

甲："辩证叔"三口并作两口吃完了饭，到里屋抽屉里把小女儿吃剩下的四环素找出来，把一盆热气腾腾的稀饭往怀里一抱，出门就走。

乙：哦，还是为了猪哇！

甲：他老伴一看就急了，从屋里追出来，一边追一边嚷："真没见过这样的老'辩证'，十天半月回来一趟，也不歇歇，你这身体和工作的关系，也应该来个辩证的处理！"

乙：说得对嘛！

甲："哎，站住，站住！你别弄撒了。好不好拿呀？还缺什么，待会儿我给你送去！"

乙：看有多好！

甲："辩证叔"说："哈哈，到底不愧是'老辩证'的老伴，懂得集体和个人的关系。这里面哪——"

合：这里面有辩证法！

（此稿发表于湖北《布谷鸟》，后收入湖北人民出版社"演唱集"）

对口相声

闯　新　路

甲：社会主义建设形势大好。

乙：一天比一天好。

甲：咱们县里有好多新人新事，你不但是没见过，没听说过，你连想都不敢往那儿想。

乙：这么说你们那儿的先进人物一定不少。

甲：不少，就在我们那个公社，那先进人物就比较多。

乙：你们是哪个公社？

甲：我们是上游公社。

乙：哦，力争上游的上游？

甲：对，我就在上游公社，上游大队，上游小队。

乙：都是上游？

甲：怎么，你愿意当中游？

乙：不，我也要力争上游。

甲：我们那地方老地名是游家湾、游家村、游家店，姓游的比较多，先进人物当中好多都姓游。

乙：是吗？

甲：共青团员游大庄，他的事迹我一说，你几天都睡不着觉。

乙：我听了以后非常激动。

甲：妇女队长游凤兰，她的事迹我一说，你一个星期都睡不着觉。

乙：我非常兴奋。

甲：老贫农游向东，他的事迹我一说，你半个月都睡不着觉。

乙：我非常高兴。

甲：赤脚医生游金旺，他的事迹我一说……

乙：你呀，你别说了。

甲：怎么？

乙：干脆，我别睡觉啦！

甲：你着什么急呀！

乙：你说位具体的。

甲：具体的？可以，那就说说我们那儿的"油稻棉"吧！

乙：哎，这游道绵同志是干什么的？

甲：什么叫油稻棉同志吧？

乙：你不是说游道绵……

甲："油稻棉"，是科学种田的一件事，一亩田种三样庄稼：油菜、稻谷、棉花，这叫"油稻棉"。你怎么连这都不懂？！

乙：怪你没说清楚啊！

甲：好嘛，这倒怪我啦！油稻棉的试验成功，是科学种田的一朵新花。

乙：这个发明创造可了不起。

甲：当然，一般的人搞不出来。

乙：发明人是谁？

甲：发明人？那是一个农业大学的毕业生，曾经多次出外留学，现在是科学研究院的院长。

乙：哎呀，他那岁数一定不小。

甲：不小啦，过年都满二十一啦！

乙：二……

甲：这位同志最大一个特点……

乙：等等，多大岁数？

甲：二十一岁。

乙：二十一岁大学毕业？

甲：啊。

乙：出外留学？

甲：是。

乙：还是科学研究院的院长？

甲：……那意思你有点半信半疑？

乙：不，不，我绝不是半信半疑——我完全怀疑！

甲：你对新生事物怎么抱怀疑态度？

乙：你说得也太悬啦！

甲：哪点悬？

乙：二十一岁就大学毕业？

甲：这有什么奇怪，一个回乡知识青年。十八岁高中毕业，在农村锻炼三年，受到贫下中农的赞扬："小伙子，你搞得不错，你在我们这农业大学里，可以算毕业啦！"这不是"大学毕业"吗？

乙：嘿，还真毕业了。那"出外留学"呢？

甲：外地有什么先进经验，我们就派他去取经，他到那儿以后，虚心向人请教，老老实实地留在那里学习——"留学"。

乙：噢，这么个"留学"！那"科学研究院的院长"呢？

甲：学了外地经验，回来以后大搞科学种田、科学试验、科学研究嘛。

乙：我没问你这个。

甲：你问什么？

乙：我问他当院长那事。

甲：是院长。

乙：怎么个院长？

甲：他从小在我们家那院子里长大的。

乙：在你们家那院子里长大的？

甲：他要不在我们家院子里长大，我能对他那么了解吗？！

乙：他是你什么人？

甲：他是我姐姐的儿子，是我的外甥。

乙：哦，你是他舅舅。

甲：对，我妈是他外婆，我爱人是他舅妈。

乙：我没问你这些个！

甲：这是从亲属关系上讲。

乙：还有别的关系？

甲：从职务上讲，他是公社社员，我是生产队长；从年龄上讲，他二十一，我三十三，我大他十二岁零六十三天找四个小时。

乙：他这儿报户口来了！

甲：我不说清楚，你又怀疑呀！

乙：我干吗呀！

甲：这小伙子不错呀，不但我们家喜欢他，广大社员都喜欢他，提起他的名字来谁都爱。

乙：他叫什么？

甲：本人姓张，叫张一丁。

乙：这名字好。

甲：可社员都不叫他这名字。

乙：为什么？

甲：给他一个爱称。

乙：哦，取了个外号。

甲：外号跟外号不同，他那外号听起来，显得亲亲热热、软软乎乎的。

乙：他那外号叫什么？

甲：叫——钉子。

乙：钉子？！这还软乎？

甲：这里边含义深。

乙：什么意思？

甲：钉子，是夸他办事情踏实肯干，钉在哪就在哪发挥作用；钉子，是夸他决心大，干劲足，认准了的事情非几锤砸到底不可；钉子，也可以解释成直统统、硬邦邦、心眼死、性子刚、山上长的青辣椒、半斤重的老生姜！

乙：嘿，不简单！

甲：不简单。我们家有这样一个好小伙子多值得骄傲。我和钉子天天生活在一起，吃饭喊钉子，睡觉喊钉子，劳动喊钉子，学习喊钉子，干什么都喊钉子。

乙：你们的关系还真亲热。

甲：亲热，可是得注意。

乙：怎么？

甲：不留神我得碰钉子。

乙：怎么还碰钉子？

甲：去年我们就闹矛盾了。

乙：为什么？

甲：就为试验油稻棉哪。

乙：这是件好事呀。

甲：当时我思想不通，他从外边学习回来，高高兴兴跑来找我："舅舅，人家县里一亩田种一季油菜，两季稻谷，搞了个油稻棉一年三熟。咱们是棉产区，能不能学学这个经验，搞个油稻棉哪？"

乙：这个想法很好。

甲：我说："你打算在水田里头种棉花？哎呀，到底是年轻人——"

乙：敢说敢闯。

甲："胡思乱想！"

乙：嗯……

甲："水田种稻谷，旱地种棉花，这是天经地义。这两样庄稼一个要水，一个怕水，硬凑一块儿，那叫水火不容！"

乙：打他这儿就给定死啦？！

甲：就算能凑一块儿，时间也不够哇。

乙：时间怎么不够？

甲：油菜、稻谷、棉花，这三样庄稼，从下种到收割，生长期得五百二十多天，可是一年才多少天？

乙：三百六十五。

甲：对，还差一百六，你解决？

乙：我上哪解决！

甲：水火不容，时间不够，两条理由，我说得十分干脆。

乙：钉子呢？

甲：他跟我针锋相对。

乙：你非碰钉子不可。

甲："舅舅，稻谷要水不是绝对的。稻谷长到七成黄的时候，就可以不要水，水田就可以改旱地，棉花就可以插进去。这水的问题不就解决了吗！"

乙：那时间不够呢？

甲："时间不够可以想办法。"

乙：什么办法？

甲："三移两套。"

乙：哦，他三姨还有两套。

甲：什么叫他三姨有两套？！

乙：你不是说三姨……

甲：三移呀，油菜、稻谷、棉花，都可以培育小秧苗进行移栽，这叫"三移"。

乙：那么两套呢？

甲：稻谷和棉花，棉花和油菜，都可以进行套种，这叫"两套"。

乙：这么个"三移两套"啊！

甲：什么叫"他三姨有两套"？！这是钉子的有效措施。

乙：钉子说话有科学根据。

甲：他光有根据不行，我这人讲究实际。

乙：什么实际？

甲：水田里种棉花我没见过。

乙：你没见过就不算？！

甲："舅舅，咱们要走前人没走过的路，就该往前闯嘛！"

乙：对，你应该往前闯。

甲："我怎么闯？"

乙：我哪知道哇。

甲："闯得有个门哪！噢，我往墙上闯？那叫碰钉子！往厨房闯？那叫钻烟筒！不管怎么说，我活了这么大，没见过水田种棉花！"

乙：你没见过就不算啦！

甲：我这么一说，钉子火儿啦！

乙：那还不火。

甲："舅舅，您没见的事多啦，过去您在农村里见过电灯、电话吗？您见过拖拉机耕地吗？您见过卫星上天吗？您见过原子弹爆炸吗？"

乙：嘿，他这就"爆炸"了。

甲：他"爆炸"，我也不怕。我说："我都没见过，我没见过原子弹爆炸，也没见过外甥冲舅舅这么说话！钉子，别忘了我是你舅舅！不谈这舅舅，我还大你十二岁零六十三天找四个小时哩！"

乙：噢，你光凭岁数压人家？

甲：岁数大，经验多嘛！

乙：你得了吧。

甲：我这么一说坏啦，"噢，岁数大就得听你的？"

乙：这是谁呀？
甲：我妈来了："要这么说我来了你们都别吭气儿啦，我比你们都大呀！这叫什么话呀！搞科学试验也得走群众路线，岁数大岁数小都能起作用，我们三个岁数不一样，有事照样在一起商量。"
乙：为什么？
甲："老、中、青三结合嘛！"
乙：嘿，这老妈妈还真有意思！
甲：有意思。
乙：你呀，应该跟钉子好好商量商量。
甲：商量不了啦。
乙：怎么呢？
甲：钉子看我不同意，气吁吁地转身往外跑，一会儿的工夫，他把"斧头"找来了。
乙：哟，要动武？
甲：没动武。
乙：他不是找斧头来了吗？
甲：什么呀！"斧头"啊，公社书记张铁斧，外号叫"斧头"。
乙：他怎么叫这个名字？
甲：他这人办事，一向都是旗帜鲜明，大刀阔斧的。
乙：噢，这么个"斧头"。
甲：钉子平时最爱斧头了。
乙：怎么？
甲：斧头一敲，他钉子站得更稳哪。
乙：对。
甲：你说说吧，这钉子本来就够厉害了，又来一个斧头，我受得了吗？
乙：你呀，非挨批评不可。
甲：我呀，我还真挨批评了。
乙：该批！
甲："舅舅，刚才我态度不好，您可别生我的气呀。"
乙：这是批评你呀？
甲：这比批评我还难受。

乙：他有体会。

甲："舅舅，怪我性子太急，没把事情给您汇报清楚。"说完他给我拿出一个小本儿。

乙：什么？

甲：《油稻棉试验规划》。

乙：你看钉子态度多好。

甲：他态度好，我的态度也不错。

乙：你怎么说？

甲："钉子，你们的创新精神我应当支持，这么着吧，油稻棉这事呀——"

乙：你答应啦？

甲："我不同意。"

乙：白说啦！

甲：说完我也拿出一个小本儿。

乙：什么？

甲：《农历》。

乙：《农历》？

甲："钉子，无规矩不成方圆，办事情得有个框框。咱们种庄稼一年二十四个节气，就得根据这个办事。"

乙：你全靠农历？

甲："舅舅，按农历，讲节气是对的，可您知道这农历是怎么来的吗？"

乙：对，这话问到根儿上了。

甲：什么叫问到根儿上了？

乙：他问你这农历是怎么来的。

甲：这还用得着问吗？

乙：你说这农历是怎么来的？

甲：我买的。

乙：买的？！他是问你这二十四个节气是怎么来的？

甲：印出来的。

乙：他一句都答不上来。

甲："斧头"见我答不上来："我的队长，农历，是几千年来亿万劳动人民的创造，咱们可以根据它办事，可是不能受它限制，咱们要继续丰富它，继续往前发展嘛!"

乙：对。

甲："斧头"这一说，钉子来劲儿了："舅舅，咱们要搞出了油稻棉，照样往农历上写！"

乙：你怎么表态？

甲：我说："那……咱们就试试看吧。"

乙：这信心还是不大。

甲："舅舅，您不能说试试看，您应当领着我们干，因为你是队长，你有经验，再说，你比我大十二岁零六十三天找四个小时哩！"

乙：你看钉子多谦虚。

甲：钉子这么一说，斧头当场决定组成了试验小组。

乙：试验小组成立啦？

甲：成立啦。

乙：组长是谁？

甲：钉子。

乙：副组长？

甲：我。

乙：技术员？

甲：我和钉子。

乙：组员？

甲：钉子和我。

乙：就两人？

甲：这是编制以内的。

乙：编制以外？

甲：还有一百二十八个哩。

乙：那么多？

甲：当时屋里屋外都站满了人，大伙一致表示支持："你们大胆往前闯吧，有什么问题，我们给你们撑腰。""哎，有什么困难尽管说，要人有人，要车有车，要牛有牛，要肥有肥，你们要天上的月亮，我们给搬梯子。"

乙：好！

甲："哎，我还有个建议。"

乙：什么建议？
甲："为了支持他们搞好这场试验，咱们队里应该拿出一块最好的土地来。"
乙：那就更好啦！
甲：钉子一听激动地往椅子上一站："乡亲们，感谢大家对我们的支持，可这土地，咱们不要最好的。"
乙：为什么？
甲："为了从难从严搞试验，你们就给我们一个'洗澡盆'吧。"
乙：洗澡盆能搞试验吗？
甲：大洗澡盆。
乙：多大也不能种庄稼。
甲：他说的是一块低洼田，从前是个水淌子，小时候我们都在那儿"打鼓泅"，都管那儿叫"洗澡盆"。
乙：你这样说话谁懂啊？！
甲：钉子说干就干，当时他就去到"洗澡盆"，打那时起，钉子在"洗澡盆"就算钉上了。
乙：你呢？
甲：我也去到"洗澡盆"。
乙：你也钉上了？
甲：我泡上了。
乙：泡上啦？
甲：不，我……跑上了。
乙：你跑什么？
甲：钉子干什么事情都走在我前头，我追都追不上，我还不跑啊？！
乙：你是得快点追。
甲：钉子一到"洗澡盆"，决心就比我大。
乙：他怎么说？
甲："洗澡盆哪洗澡盆，油稻棉一定要搞成！搞成了油稻棉，一亩能顶两亩用，这就是向生产的深度广度进军！洗澡盆哪洗澡盆，我们要把你变为聚宝盆！"
乙：好，你是怎么说的呢？
甲："洗澡盆哪洗澡盆，油稻棉能不能搞得成？"

乙：嗯？
甲："但愿搞成那倒好，搞不成就浪费了这块田，耽误了一年好收成。"
乙：嗨，你怎么尽想着收成？
甲：我是生产队长，收成好坏有责任，哪像你，站着说话腰不疼！
乙：谁呀！
甲：这说明我们俩思想有差距。
乙：那你就跟上呀。
甲：我是想跟上。
乙：你跟上钉子？
甲：我跟上农历。
乙：他还看农历哪！
甲：季节不饶人哪！油菜、稻谷长得挺好，我一点意见没有；到了种棉花的时候，我一看着急呀！
乙：你急什么？
甲：眼看公社大片的棉田已经结桃，试验田里还是一片小苗，根子又细，叶子又小，营养不良，歪歪倒倒，这哪像棉花苗。
乙：像什么？
甲：像墙头草！
乙：你别看现在小，将来准能丰收。
甲：丰收？就这样还丰收？丰收，就怕一阵大风，连根儿都给收了！
乙：你这叫什么话呀？
甲："钉子，我有个想法，反正咱们油菜、稻谷已经到手，咱们现在先别种棉花了。"
乙：种什么呢？
甲："咱们改种红苕吧！"
乙：要你搞油稻棉试验，你种苕干吗？！
甲：这也是创造啊！
乙：这是什么创造？
甲：人家搞的是"油稻棉"。
乙：你呢？
甲：我搞"油稻苕"。

乙：你这是保守思想回潮！

甲："舅舅，越是在关键时刻，您越要像'斧头'那样敲打我，让我越站越稳。如果在关键时刻您让我改变主意，那您对我的作用就不像斧头。"

乙：像什么？

甲："像老虎钳子"。

乙：噢，拔钉子。

甲："舅舅，咱们要相信科学，咱们的棉花苗是用科学办法培育的，您别看它现在小，用不了多久，它就会长高的。"

乙：对。

甲：钉子的话还真灵，那棉花苗头天才这么点，第二天到这儿了。（用手比腰）

乙：一晚上长这么高？

甲：一场大雨都漂起来啦！

乙：田里灌水啦！

甲：这就叫不听老人言，错误在眼前，事实证明我对了。我赶紧回到家里，把牛一牵，把犁一背。

乙：干什么？

甲：按照我的计划，耕掉棉花苗，改种大红苕。我牵着牛，背着犁，正往那儿走，老远一看，哟！

乙：怎么？

甲：试验田里站满了人，男女老少，有的拿桶，有的拿罐儿，有的拿盆儿，哗哗哗往外直舀水。书记的劲最大："同志们，保护试验田就是保护新生事物呀！"

乙：领导带头。

甲：钉子也来劲："同志们，这场暴雨就是对我们的考验，咱们的试验田暴雨冲不垮，狂风不弯腰！水灌满了，咱们抽！苗冲走了，咱们补！我舅舅思想不通，咱们大伙帮！我们……哟，舅舅！"

乙：看见你啦！

甲："您这么早牵牛干吗？"

乙：耕掉棉花苗，改种大红苕。

甲：我能那么说吗！

乙：那你说你牵着牛干吗？

甲：我说："我……放牛，不，修犁，不，我……修牛。"

乙：修牛？！

甲：我妈心里明白："什么修犁修牛，还是把保守思想修修吧！"

乙：批评得好。

甲：大伙就这样反复摸索、反复实践，油稻棉试验终于成功了！

乙：成功啦？

甲：丰收的喜报贴上了墙，大伙围着看。钉子激动地向大伙宣布："同志们，咱们的试验田，是党的阳光雨露培育的，是群众的智慧浇灌的。今年我们超过《纲要》，明年还要提高质量、提高产量！"

乙：现在的产量是多少？

甲："现在的产量，虽然是用数目字记的，唱起来却是一首'丰收进行曲'。"

乙：噢，还能唱？

甲：能唱。油菜的产量212.33斤。

乙：怎么唱？

甲：（唱）2 1 2 3 3

乙：棉花呢？

甲：134.55斤。

乙：（唱）1 3 4 5 5

甲：稻谷的产量是1111.11斤。

乙：（唱）i · i ii ii

甲：（唱）"向前，向前，向前！"

乙：嘿，还真是进行曲！

甲：我一听也激动了："钉子，我仗着岁数比你大，就是不相信水田种棉花，现在棉花也丰收了。"

乙：这就是事实！

甲："看起来我大你十二岁零六十三天找四个小时，这也能唱。"

乙：这也能唱？

甲：能唱。

乙：怎么唱？

甲：十二岁，"1 2"。

乙：六十三天？

甲："6 3"。

乙：四个小时？

甲："4"。

乙：这不成调啊！

甲：合起来唱就有意思，

乙：合起来怎么唱？

甲："12634——"

乙：这是什么意思？

甲："都来拉棉花——"

乙：噢，拉棉花呀！

（与胡必达合作，由湖北人民出版社出版）

对口相声

新 风 赞

乙：最近老没见。

甲：（对观众）同志们，我简直兴奋得要掉眼泪。

乙：听说你回家了。

甲：同志们，我简直激动得要掉眼泪。

乙：听说你这次回家是因为你妈得了急病，发生了生命的危险。

甲：同志们，我简直高兴得要掉眼泪。（发觉上了当）啊？我怎么这么孝顺哪！你怎么老跟我过不去呀？

乙：谁跟你过不去？一上来就这么一句："同志们，我简直要掉眼泪。"你眼睛里搁辣椒了？

甲：咳！你不知道。我这次回家一路上看到了无数动人的事迹，听到了无数珍贵的新闻，经历了无数难忘的时刻。路程数千里，每一寸土地都给我留下了极其深刻的印象；时间一个多月，每一秒钟都给我带来不可磨灭的回忆。那真是：新风遍地伟大祖国春光好，团结友爱革命人民情谊深。你说，在这种情况下，我能不兴奋，不激动，不高兴，不掉眼泪吗？

乙：听你这么一说，好像应该……

甲：什么"好像"呀！我不但有权力掉眼泪，而且，我还要写诗作文尽情颂扬：敞开嗓子，放声歌唱；纵情舞蹈，表达我激动的心情。大家如果赞成，希望热烈鼓掌！（带头鼓掌）

乙：行了，行了！还鼓掌呢。你舞散了架子，上哪儿修理去呀？你还是说。

甲：那就依你。说什么呢？

乙：就把你看到的那些难忘的事，拣最重要最突出的给大家介绍介绍。

甲：对，就这么办。最突出最重要；简单明了，不加佐料；严肃认真，不开玩笑；真人真事，如实报道。有个小要求，观众请做到：仔细听我讲，谁也不许笑。

乙：那你管得着吗？

甲：（评书）话说一九六五年夏天，从××开出一列特别快车。一路上风驰电掣，疾行如飞。逢山穿山，遇水过水，夜以继日，风雨无阻。这一天，天气晴朗，只见那窗外：黄澄澄，密麻麻，沉甸甸，一望无垠，麦浪滚滚，硕果累累，好一派丰收美景。车内气氛热烈，歌声悠扬，男的、女的、老的、少的、坐的、走的、跑的、跳的；出差的、报到的、探亲的、回校的；谈心的、睡觉的、唱歌的、说笑的；喝汽水的、吃面包的、拉二胡的、吹口哨的；看书的、看报的、编袜子的、编提包的；架子上堆的、钩子上挂的、椅子下塞的、顶上吊的……

乙：什么呀？是人吗？

甲：行李。

乙：吓我一跳。

甲：你说巧不巧？就在这趟车上，我遇见他了。

乙：他？

甲：他就是我无比敬佩、日夜怀想、积极学习、努力模仿的，全国人民人人歌颂、个个赞扬的，世界人民一致肯定、十分景仰的伟大共产主义战士——雷锋。

乙：雷锋？

甲：对，就是他。你看他：精神饱满，热情洋溢，谦虚诚恳，亲切和气，见啥干啥，事无巨细，抹桌擦窗，打水扫地，热了给你开电扇，决不给你开暖气。

乙：废话！

甲：我们的雷锋同志，他对谁都那么好。为人民服务，全心全意热情高。给老大爷让座，给老大娘提包，给婴儿洗净了尿片，给病人端来了面条，你要是淘气哭又闹，送给你一块鸡蛋糕。

乙：我呀！

甲：雷锋同志，对我特别关心，他说："同志，别老把头伸出去，小心出危险。"

乙：太好了。

甲：真是百闻不如一见啦！他的动人事迹，我亲眼看到了。他的亲切话语，我亲耳听到了。我决不能错过这个好机会,一定向他当面请教。于是,我就把他强按到我的座位上坐着。从我的挎包里拿出了香烟,拿出了鸭梨,拿出了火柴把烟点,拿出了小刀忙削皮,拿出一条毛巾给他擦汗,拿出把电扇给他……

乙:你变魔术哇,挎包里拿出了电扇?

甲:纸扇,唉,我是想叫它风大点儿。

乙:好嘛,全乱了。

甲:心里太激动嘛。我说:"雷锋同志,你辛苦了,快休息一会儿。你现在的唯一任务就是吃香烟,抽鸭梨。"

乙:不对!应该说抽鸭梨,吃香烟。……嗜,我也错了。

甲:他说:"谢谢你,好同志。你的东西我不能吃,车上的事我得做。为人民服务,是我们每一个革命者应尽的责任。但这些事,算不了什么。不过,有一点我必须对您说明:我不是雷锋。"

乙:不是雷锋?

甲:我一听纳闷了。"那你叫什么呢?""我叫中国人民解放军。""你家在哪儿?""我家在中国。"你看看,他言谈话语,所作所为,全跟雷锋同志一模一样,还说不是。

乙:到底是不是?

甲:没错,准是他!告诉你,这就是雷锋同志的美德:谦虚。做了好事还不肯让别人知道。对同志像春风一般的温暖,对工作像夏天一样的火热。我说:"雷锋同志,你别逗我了,我一定要虚心向你学习。"

乙:等等,我问你,雷锋同志戴着中士领章,二十多岁,矮矮的,胖胖的。这位同志长得怎么样呀?

甲:也差不多呀。衣领上缀着两个鲜红的领章,也就是四十多岁,高高的,瘦瘦的。

乙:咳!这哪儿是雷锋呀!

甲:"你不是雷锋,那你叫……雷什么?"

乙:没听说过,人家非姓雷不可?

甲:他一听乐了,说:"我是雷锋同志的学生!"我说:"你这个学生怎么比老师岁数还大呀!"他说:"雷锋同志是我们中国人民的优秀代表。毛主席号召我们全国人民'向雷锋同志学习',我们就按雷锋同志的榜样办事嘛!"

乙：对嘛!

甲：唉，你看我这人心眼多死呀！这就是雷锋的精神，处处开花结果，人人学雷锋，事事出雷锋，处处有雷锋，我们的时代就是一个共产主义精神发扬光大的时代，你无论走到哪儿都会遇到无数个活的雷锋。

乙：可不是嘛！

甲：下了火车，我马上到××候船室买了一张八点钟的船票，搁在上衣小口袋里，一看表，还有两个多小时呢，决定到街上逛逛，给我妈买点水果、点心。到了食品商店，从钱包里拿出十块钱来，给了钱，把剩下的钱跟船票放在一起，又把钱包用小手绢儿包好，放进裤口袋里了。

乙：可别掉了。

甲：隔壁就是百货商店，进去一看，嗬！百货公司真热闹，来往顾客满脸笑，品种繁多花色新，服务热情又周到，穿的用的样样有，还卖飞机、坦克、炮。

乙：还卖飞机、坦克、炮？

甲：玩具。

乙：他说话净爱绕弯儿。

甲：我走到绸缎布匹部，售货员同志很热情地说："同志，你买什么呀？"我说："我什么也不买，看一看。"

乙：你不买东西呀，靠边儿上站着去，别影响人家营业。同志说："不买，看看也行。看好了，下回来买。要是在货架上看不清楚，你要看什么，我给您拿。"我一边看，她一边拿。一会儿的工夫，我一看可就乐了。

乙：乐什么呀？

甲：柜台上面堆满了，货架子上可搬空了。

乙：好嘛，搬家了！

甲：你看人家是多么热情。接着我又帮她往货架上搬。一边搬一边说："同志，我想买的那种布，您这儿没有。"她说："没有哇？那么办吧：您要什么样的布，留个条儿，写上地址，以后货到了，我给您送去。"我说："谢谢您，可您送不到哇！""怎么呢？""我是出差的。"

乙：是没法送。来回旅差费怎么报销呀！

甲：她说："我们可以给您家里寄去。您爱人在哪儿住呀？"

乙：告诉人家吧！

甲："我还没找着对象呢！"

乙：嗐！

甲："那就给您工作单位寄去吧。"

乙：对啦。

甲："我在船上工作。"

乙：他就这么别扭！

甲：不是我别扭，情况特殊嘛。可是人家还有办法。她说："那我们就把货留着，您什么时候船到了，什么时候来取；实在没工夫，您来个电话，我给您送去。"

乙：太好了。

甲：真是耐心细致，热情诚恳，不厌其烦，体贴入微呀！

乙：一点儿不假。

甲：什么叫"你不买东西，靠边站着去"？

乙：唉，你就别提这个啦。我能跟人家比吗？

甲：应该好好学习人家这种全心全意为人民服务的精神。

乙：说真的，这位售货员同志服务态度真好。

甲：哪儿都一样。你没看见每个商店都挂着"顾客之家"的大牌子吗？

乙：比到了家里还好呢。

甲：这充分体现了党对人民生活无微不至的关怀，售货员同志有很高的社会主义觉悟。

乙：不错。

甲：离开百货公司，出事了。

乙：怎么啦？

甲：一个十来岁的小姑娘抱着一个两岁多的小男孩直哭。

乙：哭什么呀。

甲：小男孩头上割开了个大口子，满脸是血。

乙：哎哟！

甲：一打听，才知道：这孩子的爸爸上了班，妈妈走亲戚去了，叫小姐姐领着弟弟玩。没留神摔倒了，叫地上碎玻璃把头皮割破了。姐姐吓得没主意，意，只知道抱着弟弟哭。

乙：别哭了，快送医院吧！

甲：对，救人要紧。正好，过来两辆三轮车。前面那辆坐着一位孕妇，后面那辆坐着一个女大学生。看到这边围着一大堆人，全停下了。她们下来一问，那位孕妇就对三轮车工人说："同志，你赶快拉这个孩子上医院吧，我离家不远了，走回去得啦。"女学生掏出干净手绢儿给小孩把伤口包起来，对我说："走，咱们送这孩子上医院去！"两辆三轮车儿，掉转身拉着我们四人蹬得一阵风，飞快。

乙：这就叫：一人有难，众人支援。

甲：在车上孩子头上的血还往外沁，我掏出手绢儿不停地给他擦。到了医院，把孩子送到了急诊室。医生一边检查伤口，进行消毒，一边问："同志，这孩子多大了？"我说："不知道。"

乙：还没问呢。

甲："唉！你这个爸爸怎么当的？连孩子多大岁数都不知道！你们男同志呀，就是粗心。"

乙：这挨得上吗！

甲："医生，您弄错了，这不是我的孩子。"

乙：人家还没对象呢。

甲："哦，弄错了。"接着又向女大学生，"是你的？"

乙：又成她的了。

甲：把人家臊得满脸通红，连忙说："不是，不是……我……"

乙：叫人家怎么说呀！

甲：我说："医生，不是我们的孩子。我们在路上碰上了，就给送来了。"

乙：是嘛。

甲：医生一听说更多了："哎呀，你们这种精神，真是值得学习呀。哦，我明白了。"

乙：明白什么了？

甲："你们俩是一对儿呀，你看配得多好呀！"

乙：嗐，全乱了！

甲：正是这工夫，孩子的爸爸妈妈都赶来了，看到孩子的伤都包扎好了，感激得不知说什么好。我说："这就行了，再见。"我们就出来了。出门一看，我坐的那辆三轮车不见了。

乙：你找它干吗？

甲：还没给车钱呢。传达同志把一包水果、点心递给我，说这是刚才一位三轮车工人给我留下的。我说："唉，他忘了拿车钱啦！"

乙：是啊。

甲：旁边这位三轮车工人说话了："不是忘了，逢这种情况，我们都不收钱。"

乙：你看看。

甲：我一看表，糟啦！

乙：怎么啦？

甲：八点开船，现在已经七点四十分啦！医院离码头足有一里多路，船赶不上了。

乙：哎哟，这怎么办呢？

甲：女学生说："同志，快，你坐我这辆车去赶船吧。"说着把行李就搬下来了。

乙：快走吧！

甲：我说了一声"谢谢"就往车上跳，上去以后，又赶紧下来了。

乙：下来干吗呀？

甲：水果、点心忘了拿了。

乙：看这个乱劲儿。

甲：三轮工人蹬得满头大汗，只觉得风呼呼地直吹，两旁的房子树木一闪一闪都过去了。可真快啊！到了码头一看。

乙：赶上了。

甲：白跑了！

甲：都开出去四五百米了。我一边跑一边嚷："喂，喂，站住！站住！"

乙：马上停住了？

甲：越开越远了。唉！今天这船也特别：一直往前开。

乙：新鲜，有往后倒退着开的吗？

甲：急得我直抹汗哪。可是一回头我又乐了。

乙：没赶上船还乐什么呀？

甲：蹬三轮的同志还直向我道歉。

乙：他道个什么歉呀？

甲："同志，太对不起你了。没让你赶上船，没有尽到我的责任。"

乙：这能怨他吗？

甲：谁也不能怨，就怨这几件事赶巧都到一块儿来啦。我说："害你受累了同志。没关系，再买张票得了。"

乙：对。

甲：可是一掏钱包，哎呀！

乙：又怎么呢？

甲：钱包掉了。

乙：唉，你看看！

甲：什么全都在钱包里呀！四十斤粮票、七十五块钱、工分、布票、工作证，还有我妈得病，我弟弟打给我那份电报……咳，掉哪儿去了？（到处找）（问乙）：你拿了没有？

乙：我拿它干吗？再说当时我也不在现场呀。

甲：这是给我妈治病的钱和我的路费呀！再说现在我就回不了家，再买张船票钱也不够。这儿也没有什么亲戚朋友……这叫我怎么办呀？

乙：唉！是难办哪！

甲：什么，难办？这是在旧社会吗？我把情况跟客运站一反映，人家说："没问题。我们帮你联系到××方向去的汽车。等汽车装完货，你坐一段，到前面的码头上船，汽车比船跑得快，误不了！"

乙：那太好了。

甲：这才顺利地上了船，回了家。回家以后门上一把锁，我妈不在了。

乙：住院了？

甲：出工了。

乙：不是得了急病吧？

甲：是这么回事：我妈在公社里担任饲养员。早些日子，有几头猪得了瘟病，急得我妈茶不思饭不想，一连三天三宿没离开猪圈。

乙：哦。

甲：后来，猪倒是好了，我妈可病倒了。人事不省，水米不沾。

乙：病得不轻哪！

甲：要不，我兄弟怎么给我打电报呢！队里知道了，马上联系车把我妈接到医院治疗。等我回家的时候，我妈病基本上好了，医院留她再休养几天，她说什么也不干。她对医生说："我怪想它们的，晚上做梦都梦见它们，我得马上回去照顾它们。"

乙：谁呀？

甲：猪。

乙：好嘛，养猪入了迷。

甲：病刚好，她就回来了。

乙：太好了。

甲：还有一件事使我又兴奋了，又激动，又高兴，简直就要掉眼泪。

乙：什么事。

甲：钱包不是掉了吗？

乙：是啊。

甲：我没找着它，它可找到我啦！

乙：怎么回事？

甲：到家以后两天，收到一个包裹。

乙：哦。

甲：打开一看，就是我那个钱包。里面的东西一点没少，还多了一封信。

乙：写什么？

甲：（模仿孩子的语气读）"亲爱的叔叔：今天我在医院门口拾到了您的钱包。我等了很久，可是没有看到您来找。现在按照您电报上的地址给您寄到家里去。祝老奶奶早日恢复健康。此致少先队的敬礼。一个少先队员。"

乙：这孩子有多可爱！

甲：这是咱们祖国的花朵，革命的好接班人嘛！读了这封信，我想起了这趟回家一路上的经历见闻，真是激动万分：我们的祖国太伟大啦，我们的人民太可爱啦，我们的生活太幸福啦！想着想着，我又激动，又兴奋，又高兴。

合：简直就要掉眼泪。

乙：我知道你又要掉眼泪。我们的国家这样大，动人的事迹那么多，你要是动不动就掉眼泪，那可就供不应求了。

甲：你这个意见完全正确。我们应该用实际行动向雷锋同志学习，用毛泽东思想武装我们的头脑，指导我们的言行。

乙：对！

甲：什么叫"不买东西，靠边站着去"呀？

乙：咳！他还没忘了这句呢。我承认错误还不行吗？

甲：不仅要承认错误，更重要的是要向这些好人好事学习。你看看，你的这种思想，能赶上那位少先队员吗？

乙：差得太远了。

甲：这就对啦。虚心使人进步，骄傲使人落后。你应该首先向这位红领巾学习。好好学习，天天向上。

乙：啊？我成小孩哪！

（发表于《武汉演唱》1965年第11期）

故事

郑爷爷，您听我说

话说一九九七年的春天，湖南省凤凰县火炉坪村，那风雪弥漫的山路上，走来了一群人。走在前面的那位是一位五十多岁的爷爷。你看他，高大的身躯宽阔的肩，浓眉大眼胖胖的脸，脚踩积雪轻喘气，眉宇慈祥露笑颜。他们从县城出发，翻过了大大小小无数的山，拐过了高低不平无数的弯，直奔大山深处的我家而来！

这位胖爷爷他是谁呀？听说是一位大官。这官到底有多大？当时我也搞不清楚，反正不但比乡长大，比县长也要大。他的名字叫作郑培民。

大家肯定要问：这么大的官，到我们这个贫困的苗家来做什么？郑爷爷一走进我的家门，他脸上的微笑，马上变成了沉重的表情。也难怪，当时，我们家哪能算是一个家呀！一间破茅屋通天露地，伤残的父亲卧床不起，大小四口衣衫褴褛，一口米缸空空见底，母亲一旁无助地抹泪，弟弟和我哭哭啼啼。郑爷爷看了看那只空米缸和冷火秋烟的厨房，他的眼角湿润了，喃喃地说："对不起，真对不起！你们的日子过得这么苦，政府有责任，我有责任哪！"他对身边的工作人员说："解放几十年了，还有群众过得这样艰难，这是我们当干部的耻辱，我们失职了呀！"他坐在父亲床边，紧紧地握着父亲的手说："你们眼下确实困难，但只要有党和人民政府，你们就一定能脱贫致富！"那天晚上，郑爷爷对我爸爸妈妈说了很多很多，我爸爸一直在点头，妈妈呢，激动得一直在流泪。不知什么时候，我在妈妈怀里睡着了，妈妈的泪水滴答滴答落到我的脸上。我做了一个梦，梦见下了一场春雨，那雨在我头上脸上流淌，门前的小溪叮叮咚咚地流过，山上的花呀，草呀，树呀，噌噌噌地往上长，果树上坠满了又大又红又香又甜的果子，漫山遍野跑着雪白雪白的羊群，太美啦！

从那天起，我们家就成了郑培民爷爷的扶贫联系户。

第二天，郑爷爷就派人给我家买来了粮食，送来了衣服、蚊帐和家具。不久后，他又派人帮我家盖起了几间宽敞明亮的新瓦房，哎呀，我们一家人再也不愁刮风下雨无处栖身啦！可是，家里穷，烦心的事一桩接着一桩：开学了，我和哥哥哪有钱交学费呀？！我们急得蹲在屋门外哭泣。郑爷爷好像是从天而降，他帮我们擦干了眼泪说："别哭，孩子，我给你们送学费来了。要好好学习，学好本领，长大了建设家乡，建设国家，好吗？"说着，他就把八百元钱交给了父亲。这可是从他的工资里省出来的钱哪！

又不知过了多久，郑爷爷又来了。他摸着我的脑袋说："孩子，你猜猜，我今天给你带来什么礼物了？"我正在发愣，就像变戏法似的，随从的干部牵过来五头江南黄羊，那可是五头怀了崽的种羊啊！

我爸爸惊喜地说："郑书记，您这是……"郑爷爷说："有了这五头种羊，你们就可以繁殖成一群，还可以养一群鸡，在后山栽上果树，日子会一天比一天好起来的。"我妈就是好哭，她感激得一个字儿也说不出来。我爸爸连声说："谢谢，谢谢！"

从那天起，最高兴的就是我和弟弟了。放学后，我们就放羊，让它们吃上最鲜嫩的青草。没有多久，黄羊就增加到了二十五只，漫山遍野地跑。大羊、小羊"咩咩咩"地叫个不停，可爱极啦！后来，又养了一大群鸡，我和弟弟每天忙着到草丛里、山坡上去拣蛋，可把我们乐坏了。

当夜深人静的时候，我经常躺在床上想：眼前的一切，不正是我梦里的情景吗？这个梦，是谁帮我们实现的？是党和政府，是慈祥的郑爷爷呀！

郑爷爷几年来到我家来过多少次？我也记不清楚了。我听人说，第一次来时他是自治州州委书记，后来他就当上了省委副书记。他每来一次都给我们这个濒临绝境的家庭注入了生命的活力。我心里暗暗发誓：一定要刻苦学习，做一个争气的苗家孩子。我的成绩越来越好，还评上了"三好学生"。我把奖状挂在墙上，等郑爷爷来时，我要亲自向他汇报我取得的成绩和进步。

可是，我盼哪，盼哪，天天向那山口的小路尽头眺望，盼望看到郑爷爷的身影在那里出现。可是有一天，从那新买的彩电里传来噩耗：郑爷爷因劳累过度去世了。他永远不会在那条小路上出现了，他再也不可能到我家来了！

郑爷爷，您听我说：我知道您一直在牵挂着我们。郑爷爷，您放心，我爸爸的身体好多了，我家的猕猴桃林硕果累累，我们家日子红红火火，我们家的母羊又生崽了……这一切都是您给的呀！

郑爷爷,您听我说:我穿上了这身漂亮的民族服装,您还认得出我吗?我就是那个凤凰县大山深处的苗族小女孩。我有一肚子话要对您说,您听得见吗?

郑爷爷!

比我亲爷爷还亲的郑爷爷!!

我想念您!!!

(此作品由陈敬瑶演出,获"侯宝林奖",中华青少年曲艺大赛金奖,作品获作品奖。)

电视剧节选

评 职 称

本集人物：杨主任 敖大夫 皇甫大夫 小慧 副院长

1. 诊室内

皇甫兴冲冲地进屋，手里拿着几根油条，先找来一张白纸把油条包好放在敖大夫桌上，再打来一壶开水，取出自己的奶粉，泡上一杯牛奶，然后整理一下桌椅，之后自己满意地端详着这一切，笑了。

〔敖大夫上。

敖：咦？怪事，皇甫爹，今天早上是不是您开的门？

皇：对，我是第一个。

敖：中途哪个来过？

皇：绝对没有！

敖：这我就想不通了，今天什么日子？我生日？不对呀，我12月31号晚上12点生的。国际助残日？不对呀，我手脚没毛病，只是小时候得过轻微的小儿麻痹症，是七仙女下凡？不对呀，送两根油条就回去啦？（看皇甫大夫）

皇：（傻笑）你看我做什么？今天是什么日子，你看日历么。

敖：今天什么日子翻下看。哈！希特勒自杀！这来路不明的东西吃不得，吃不得，可别中了毒。（拿起油条扔进垃圾桶）

皇：哎哎！（拦住）莫倒莫倒，小敖，小敖哇！

敖：唉！皇爹……

皇：好肉麻啊。

敖：我一点都不觉得。

皇：小敖，你从来不吃早饭，你那胃迟早会出毛病，你爹娘又不在这里，谈恋爱又谈得不顺心，哪个关心你呢？我心里瞧着过不去，哎，把这个吃了，这个月的早饭我承包了！

敖：噢，原来是您给我预备的，那您太破费了。

皇：这有什么嘛？这不就是一四得四，四四十六，四五十块钱的事儿吗！主要是你要养成好习惯、好心情。看着你茁壮成长，我这心里感到无比的欣慰。

敖：皇爹，（端起奶）这不是一杯普通的牛奶，这里面饱含着老一辈无产阶级医学家对我们后生子的殷切希望，（拿起油条）这也不是一般的油条，这是一根对我们下一代无微不至关怀的老油条！

皇：我是老油条哇？

敖：（唱）临行喝妈一碗牛奶，浑身是胆老油条……

皇：算了！算了！言过其实，小题大做，这就是互相帮助，说不定哪一天我还要你帮忙。

敖：皇爹，您一句话，有什么事只管喊我。您没有米，我给您背；您没有煤，我给您拖；您断了气……

皇：嗯？

敖：我是讲您断了煤气，我去给您换。

皇：这些事用不着出动你，只是有个小事，我一直不好开口。

敖：您讲嘛！我上刀山，下火海，决不打折扣！

皇：（把门关好，神神秘秘）听说了吗？最近我们院里要评高级职称。

敖：这事我晓得。

皇：高级职称只有两个名额，参评的有三人：我、杨主任、副院长。那个副院长这是光脑壳上停的蚊子——明摆着的，只剩一个名额，不是我就是杨主任。最重要的是群众投票，哪个的票数多，哪个就去参评。我的情况你也了解，我这么一把子年纪了，还能干得多久了？屋里是祖传中医，我爷爷当过御医，御医你晓得是什么级么？相当于部长级。我爸爸还给袁世凯看过病。

敖：就那个大军阀？

皇：到了我这一代，就讲我出身成分不好，一生坎坷，又没学过英语，只评我一个中级职称。要是这次还评不上，我就到长沙市最高的旋转餐厅，有二百多米高吧？

敖：您准备往下跳哇？

皇：我准备吃一顿最后的晚餐，看一看长沙的美景。昭仓都跳下去了，唐塔也跳下去了，我皇甫……

敖：也跳下去？

皇：还是不敢跳。

敖：哎哎，皇爹爹，您千万莫往坏处想，我保证投您一票，您怎么能死呢？好歹也是一条性命啊！

［小慧上。

慧：敖大夫，今天轮到你搞卫生，扫把在这里！

皇：我来我来，以后这种事莫找他，找我啊，让他把时间腾出来搞业务。（拿扫把下）

慧：看不出，你还真有点狠啊，你怎么忍心让皇甫爹替你去做事呢？

敖：救人一命，胜造七级浮屠啊。

慧：什么糊涂？糊涂还评级呀？

2. 诊室内

［杨主任提着一纸盒，内装一双皮鞋，匆匆地上。

杨：对不起，对不起，来晚啦。（望了望桌上摆设）嘿！今儿怎么吃早餐啦？今天什么日子？

敖：希特勒自杀日。

杨：怎么着，表示庆祝。

敖：你不了解，这不是一般的早餐。

杨：这是最后的早餐。

敖：这是皇爹今天早上买的，体现了老一辈无产阶级医学家对我的厚爱。

杨：哟！他下手比我快多啦。

敖：我这一个月的早餐他给包了。

杨：好啊，老同志关心年轻人，我们应该形成这种互相帮助的风气，好啊！（围着敖大夫转）这油条颜色不对！告诉你，有些小贩炸的这油条都黑啦，还炸油条，这里边含有大量的……致癌物质！报纸上还有说的，用这种油炸油条，听说还有的往里面放洗衣粉，别看个儿大，个儿越大的洗衣粉放得越多！吃吧，吃吧，吃一根两根没什么，吃一个月后果我也不说啦。你也知道今天是希特勒自杀的日子，吃吧！吃吧！万一人家没放洗衣粉呢？你不就没事了吗？

敖：我的妈吔！我这吃得下去么？（作呕状）

杨：不要想那么多嘛！最近怎么样？工作怎么样？

敖：唉！情场失意呀！

杨：不要紧，旧的不去新的不来。

敖：哎！

杨：不，就是要打开思路，广种薄收。

敖：这都什么词呀？

杨：年轻人前程远大，日子还长着呢。敢问路在何方？路就在脚下。脚上得有双好鞋，（转身拿鞋）送给你。

敖：哟，你怎么送我一双皮鞋呀？

杨：你嫂子老批评我对你关心不够，就为这我回去经常挨骂。

敖：我嫂子？我可没见过我这嫂子，她怎么对我这么好啊？

杨：我一琢磨，怎么关心你呢？哎，送你一双鞋吧，有个象征意义，让你走路顺顺当当，足下生辉，步步登高，不走邪路。

敖：你这也太破费了。

杨：别说这话，意大利真皮啊。

敖：你这下可亏血本了。

杨：来来，穿上试试。（帮敖大夫穿）

敖：哎哎，主任别这样。

杨：穿穿！

敖：不，不！主任，您看我脚上的鞋穿着挺好的。

杨：你这哪是双鞋啊？你这是潲水油炸出来的油条啊！

敖：咳，主任，你莫提油条，一提油条我就总想吐。

杨：是不是，洗衣粉开始有反应了吧？来来，我给你穿上。

敖：主任，别别，我怎么好意思让你给我换鞋？

杨：别说这话，咱们哥们啊。穿穿，嘿，小伙子穿上这鞋多有精神！这才叫靓崽！穿上这双鞋，脚也火啦，个儿也大啦，眼睛也……小啦！

敖：我还以为眼睛会大呢！

杨：眼睛不在大小，主要是鞋要好，没听广告上说么，鞋好，胃口就好，身体倍儿棒，吃嘛嘛香。

敖：主任哎，我穿这鞋怎么老转圈呢？哎，主任，你看，你给我搞的这双鞋子是顺拐的！

杨：咳！这是优质服务日，给个同边顺。

敖：我还是穿我那双好些。哎？我的那双油条鞋子呢？

杨：让皇甫爹扫走了。

敖：这我怎么回去呀？

杨：先穿这双，待会，我给你换回来。

敖：我穿这个同边顺的鞋谈爱，别人会说我是缺心眼儿。杨主任，你别再转弯了，有什么话，你就直说吧。

杨：我这个事，也不算什么大事（看门外，把门关上，故作神秘）听说了吗？

敖：什么事？

杨：最近我们院里评高级职称。

敖：有两个名额，三个人参评。

杨：我、皇甫大夫、副院长。

敖：人家副院长那可是光脑壳上停的蚊子——明摆着的。

杨：只剩一个名额。

敖：不是你就是皇甫爹！

杨：哎？你怎么知道？

敖：我早知道了。

杨：最重要的是群众投票。

敖：哪个得票最多，哪个就去参评。

杨：对！我的情况你是了解的，我从小是个红孩子，是党把我培养成医科大学高才生，来到咱们诊所。

敖：你是有名的一把刀。

杨：一把刀，一把刀还不如一把手，有什么用？我还是中级职称，我的同学有当教授的，有当厅长的。

敖：也有进监狱的。

杨：对，也有。哎，我怎么跟他比这了？

敖：我就是同情你。

杨：你说啊，年底我们同学聚会，这次，我要是评不上副高，我有什么脸见他们？我还不如到最高的旋转餐厅，有二百多米高吧？

敖：吃最后的晚餐。

杨：昭仓不是跳下去了吗？

敖：皇甫也要跳下去。

杨：那我也……唉，皇甫怎么也跳了？

敖：你们两个怎么都选这地方？

杨：我哪晓得他先来了？

敖：算了，您也莫死，我投您一票，救人一命，胜造十四级浮屠。

杨：那叫七级佛陀。

敖：皇爹七级，你七级，还不是十四级吗？

3. 诊室内

　　［已经下班。用两张办公桌并起来摆上零食、酒菜，杨主任、皇甫、敖大夫在一块儿喝酒。

敖：来来来，不成敬意，两位领导，两位前辈，明天就要投票评选了，（对皇）我既想投您的票，（对杨）又想投您的票，投两票当然那是不可能的。没办法，我也是没办法，您的油条我也吃了，您的皮鞋我也穿了。今天晚上我把两位约到这里来谈一谈，摆一摆，看看我到底投哪一位更合适。

杨：这还用说吗？当然应该投皇甫大夫的票。

皇：哪里哪里，肯定要投主任的票。

杨：皇爹德高望重。

皇：主任一马当先。

杨：皇爹医术出众。

皇：主任妙手回春。

杨：皇爹敢于探索。

皇：主任不断创新。

杨：皇爹德才兼备。

皇：主任人财两空。

杨：嗯？

皇：步步高升。

敖：来来来，吃茶吃茶，看得出二位很谦虚，我看还是讲点实际的吧。

皇：为什么讲要投主任一票咧？我有事实根据啊。

杨：为什么说要选皇甫呢？我有群众反映。

皇：这是一个动人的故事。

杨：这是一个美丽的传说。

皇：在一个春光明媚的早上，我们的杨主任风尘仆仆，不远万里来到诊所。

敖：那是白求恩。

皇：突然，杨主任眼前一亮。

敖：怎么回事？

皇：地上一只蛤蟆。

杨：啊？

皇：仔细一看是个钱包。

杨：吓我一跳。

皇：打开一看，内有巨款。

敖：多少？

皇：二十五元。就在这个时刻，杨主任展开了激烈的思想斗争。

杨：我这还要斗争什么，交给警察叔叔不就完了嘛！

皇：不！他把钱放到口袋里。

杨：嗯？

皇：当然啰，这没人看见啰。最后经过多方打听，终于找到了失主。

敖：失主是谁？

皇：我！盘问了我两小时，才把钱包给我。他这种认真负责的态度、拾金不昧的精神使我万分感动。我拉住他的手，讲了一句话："外学雷锋，内学主任。"

敖：哎，皇爹，你别太激动啊！这事呢是个好事，就是跟评职称没什么太大的关系。

皇：哎，这怎么没关系呢？我们要把那些思想好的人评上去么。

敖：坐坐，吃茶吃茶。

杨：皇甫爹我说两句，谢谢您刚才对我这么高的评价。我的这些小事要跟您比起来可差远啦！我们的皇爹那是一位舍己救人的光辉榜样。

敖：哦？皇甫还舍己救人？

皇：我几时救过人来？

杨：去年，皇爹回乡下探亲。那是一个风高月黑、大雨倾盆的夜晚，只听见远处传来一阵阵的"呜……"

皇：这种时刻，我一般都不出去。

杨：突然传来一个消息，山上有一户人家孕妇临产，求皇爹到那去出诊。皇爹不顾年高体胖，二话没说，背起急救包就往山上跑。就听"叭叽"一声。

敖：怎么啦？

杨：摔田里去啦！爬出来继续往外跑，"扑通"一声，掉水池子里去啦！

皇：幸亏我还会游泳。

杨：他捞呀捞。

敖：捞什么嘛？还不快跑。

杨：他急救包掉水里啦！这时候皇爹展开了激烈的思想斗争，我是救人呢还是捞包？我救人，就捞不成包；我要是捞包呢，就救不了人。我要是不捞包了，也救不了人，我要是不救人也捞不了包……

皇：你看这多急人！

杨：你看这时候到底是捞包还是救人？

敖：我看先把皇爹捞起来再说。

皇：那是的，一旦淹死了，怪可惜的。

杨：最后终于捞上包，赶快往山上爬，他是爬呀爬呀，"刺溜"。

敖：怎么啦？

杨：滑下来啦！他又爬呀爬呀，"刺溜"，又滑下来啦！他又爬呀爬呀。

众："刺溜"，又滑下来啦！

杨：你们怎么知道？

皇：我横直爬不上去。

杨：皇爹爬呀，总算爬到啦！

敖：爬到山上啦？

杨：爬到家里啦。

皇：我回去啦？

杨：对面传来消息，小孩已经安全降生啦。

皇：那我一晚白挨累。

杨：所以皇爹就爬回家了，虽然皇甫没有去接生，满月酒皇爹还是喝啦，这是一种什么精神？

皇：这是不怕摔的精神。

杨：不！这是舍己救人的精神、敬业的精神，百折不挠，英勇不屈，他这种高尚的医德医风永远铭记在我的心中。每当我想起他的音容笑貌，我就激动不已，热泪盈眶，"向皇爹学习！"

皇：向主任致敬！

杨：学习！

皇：致敬！

敖：停，再喊我打110，搞什么名堂，你们两个那么大年纪了，尽讲些这空话，坐坐，吃茶吃茶。

皇：不吃了（感觉已经不太对头了），话又讲回来，今天这个事是个好事，幸亏小敖，为我评职称的事操心费力。

杨：那是那是，平时我们难得坐下来交流，小敖，你功德无量。

皇：你普度众生。

敖：阿弥陀佛，三个和尚。

杨：我是讲你前途无量，这次我要是评了副高，说不定工作会有新的安排，咱们诊所靠谁？

敖：我觉得我是不是年轻了一点？

杨：（一拍敖肩）靠的就是你们年轻人！你们是跨世纪的接班人，你们是早上八九点钟的太阳，比我强，我都十二点半了。

皇：我咧？

杨：你是夕阳无限好。

敖：只是近黄昏。

皇：小敖，你看你好幸福，这次我要是评上了副高，明年肯定退休，我这一身医术总要有个传人吧？

敖：那是的，这要是失传了，对我们诊所岂不是个巨大的损失？

皇：当然啰，医术事小，关键是我还有一本世代单传的宫廷秘方，这次我要是评了副高，我一定传给你。

敖：哎呀，（抱拳）老祖宗，我给您磕头了。

杨：我早就看出你是个好苗子。

皇：我头一眼就看出你是将才。

杨：虽然你有些小毛病，但是，人怎么能没有毛病呢？

皇：我对你的评价是三七开。

杨：对，我对你的评价是二八开。

皇：那我对你的评价是一九开。

杨：那我对你的评价是二十四开。

敖：我是一锭纯金哪？

皇：你比金子值钱。

杨：金子有价人无价。

敖：我没想到你们对我的评价有这么高，有了你们的评价我死了也值。

皇：向敖大夫学习！

杨：向敖大夫致敬！

皇：学习！

杨：致敬！

敖：停！你们把我吹得金光灿烂，是我评职称，还是你们评职称？

杨、皇：给我们评职称。

敖：你们评职称吹捧我干什么？

杨、皇：没有你我们评不上去。（二人作内急状）

敖：皇爹，您是内急吧？

皇：啊，那不是一般的急。

敖：您去上趟厕所来。

皇：我不去，人在人情在，天晓得我一走，这里会出现什么变故。

敖：那杨主任您先走。

杨：我不去，人一走茶就凉，等我回来以后说不定就改变了。

敖：要不我们三个人一起去。

皇、杨：好！

　　〔副院长上。

院：你们都在。

众：副院长好！

院：怎么还没走？

众：我们正在评职称。

院：哦，气氛不错嘛，小敖，你的意见怎么样？

敖：我觉得杨主任合适。

皇：嗯？

敖：当然，皇爹也应该上。

杨、皇：等于没讲。

院：我同意小敖的意见。

众：啊？

院：他们两位是我们医院的骨干，都应该上，我今年不参评了，两个名额都给你们。

敖：（抓院长手）有您这句话，那就皆大欢喜了，你先等一下。

院：你们干什么去？

众：上厕所！

〔杨、皇急忙往外跑，敖大夫仍在诊室内转圈。

杨：（回头）哎，小敖，你怎么还不来？

敖：还不是你这双同边鞋害死人，害得我光转圈出不去！

〔定格。

（此剧与何庆魁、奇志、大兵合作，由中央电视台、长沙电视台联合录制播出。）

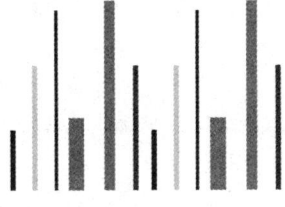

理论类

相声创作浅谈

（一）关于相声

广大工农兵爱听相声，许多业余作者喜欢写相声。相声是人民群众喜闻乐见的曲艺形式之一。

相声以讽刺见长。在这一点上类似漫画和讽刺喜剧。形成这一特点是有其历史根源的。新中国成立前的相声，基本上是劳动人民的口头创作，生活于旧社会底层的相声作者（演员），把深受帝官封压迫的体验，凝聚在自己的作品之中，对人民所憎恨的旧制度加以无情的讽刺和鞭笞。因此，产生了一些基本倾向性较好的作品。如讽刺日寇侵略统治的《牙粉袋》，揭露军阀专横和愚昧的《关公战秦琼》，控诉封建帝王压迫的《改行》，等等。新中国成立后，专业和业余相声工作者继承了这一传统，拿起了讽刺的武器，出现了一批战斗性较强的相声，如《美蒋劳军记》《牵牛记》等。粉碎了"四人帮"以后，长期受"四人帮"歧视和压制的相声进一步发挥了讽刺的特长。广大相声作者，用相声作武器，把对"四人帮"的仇恨像火山爆发一样地倾泻出来。《帽子工厂》《舞台风雷》《送瘟神》《狗头军师张》《"四人帮"办报》等，像一支支闪亮的投枪、一把把锋利的匕首，直刺"四人帮"的心脏，无情地剥开了他们的画皮。相声发挥了轻武器的战斗作用。

毛主席教导我们：讽刺是永远需要的。但是对不同讽刺也有不同态度，有对付敌人的，有对付同盟者的，有对付自己队伍的。我们并不一味地反对讽刺，但是必须废除讽刺的乱用。相声作品除了对敌人进行辛辣的讽刺以外，对人民内部的缺点和错误也进行满腔热情的批评和教育。《夜行记》批评了那种不遵守交通规则的人，而《女队长》则在歌颂大公无私的女队长邵桂英的同时也批评了"我"的自私。这些作品都对人民内部进行了讽刺，但在分寸上掌握得比较好。

相声用于讽刺只是它战斗作用的一个方面，它同其他艺术形式一样，同样应该表现新的人物、新的世界。新中国成立以来，火热的革命斗争生活、层出不穷的工农兵英雄形象，为相声完成这一光荣任务提供了很多很好的素材。新相声在塑造工农兵英雄形象方面取得了很大的成绩和宝贵的经验。《公社鸭郎》《画像》《小画家》《海燕》《高原彩虹》《无限青春》《山区医生》里塑造的那些可爱的人物形象，受到了广大观众的赞扬和热爱。

无论讽刺也好，歌颂也好，相声作者任何时候都不要忘记使自己的作品成为团结人民、教育人民、打击敌人的有力武器。

当然，相声要逗人笑的，如果忽视了相声的娱乐功能，就不能称之为相声。我们的责任是让观众开心地笑、健康地笑，在笑声中接受作品的主题。

（二）相声的种类

相声分三种：单口相声、对口相声和群口相声。以对口相声为最常见。因此，也是我们要讲的重点。

一、单口相声

单口相声又叫"单活""单春"，是由一个人表演的。

传统的单口相声多为民间笑话改编而成的。故事性很强，有头有尾，由演员充任叙述者及故事中的各种人物，并把各种人物的神态相貌惟妙惟肖地表现出来。

单口相声与评书有相同之处，但又有各自不同的特点。二者都讲故事，但结构方法各异。评书用"扣子"（悬念）扣住观众，在观众注意力高度集中的情况下，从容不迫地叙述故事；而单口相声则用贯穿始终的"包袱"线索吸引观众，在观众不断的笑声中开展故事情节。《追车》是"文化大革命"以前的一段单口相声。作者热情地歌颂了新社会的新风尚。整个段子在"追"字上做文章，追车也是全篇的"包袱"结构线索。节目分两大段。前面写三叔在旧社会的一段遭遇：自行车被盗，小偷在他小舅子巡警的庇护下逍遥法外，而被盗者反要挨骂受罚。后面是段子的主体，写新社会的另一次丢车追车的喜剧：三叔骑新车到商店去买西瓜，街上有一位复员军人见一个骑自行车的人丢了皮包,为了追赶失者,急中生智骑着三叔的新车追车。三叔出门见车被人骑走,以为又遇偷车贼,于是抱着大西瓜追车,而售货员为送还应找给他的零钱又在后面追他,造成了一系列的误会和笑话。最后真相大白,皆大欢喜。体现了新社会人与人之间相互关心的新风尚。

　　一个节目两段故事,但这两段故事并不是并列的,前者是铺垫。旧社会车子被盗,三叔记忆犹新,观众也留下了深刻的印象。这样,在新社会车子被人骑走就极容易使人产生被盗的联想。不是被盗而被误认为被盗,这就构成这段单口相声的包袱线索,许多笑料也就从这根主线上产生出来。

　　单口相声的表演者,担子是很重的。他不仅要叙述故事,而且要扮演故事中的各种人物,还要代表观众提出问题、回答问题。请看《追车》中的一段:

　　那天,他下班骑着这辆车往回走。走到食品商店门口,隔着窗子往里瞧呵,有新到的三白瓜,这么大个儿!我三叔好吃个新鲜,把车往门口一摆,进去买瓜去了。(叙述)等他把瓜挑好,钱交到售货员那里,再一想:哟,车在外面还没锁哪!(交代,为后面的情节作铺垫:车要是锁了,复员军人就没法骑走了)虽说是新社会了,可还得警惕有个别坏分子呀。(把观众注意力往坏人偷车上引)再说,我这辆车骑着对心思呀!想到这儿,还没等找钱就抱着瓜出来了。(没等找钱就出店门,为售货员追他送钱铺垫)到门口一看哪,哗,一脑门汗下来了!怎么,车真的没了!(叙述)

　　是不是有人偷车了?(代表观众心里发问)没有。(回答。但观众还是要问:到底是怎么回事呢?下面是具体的解释)是这么回事:就在我三叔挑瓜的时候,店里出来一个人,这个人就是城东××公社的会计。(叙述)这个同志什么都好,就是耳朵有点背。其实也不很背,反正打雷能听得见。(正因为他耳朵不好使,丢了皮包,别人喊,才听不见,为后面的情节铺垫)今天晚上他们社里要发工资,他骑着自行车到银行取款来了,取完款路过食品商店,下车来买了点东西。买完出来一看,哎呀,天快黑了,肚子饿了,离家还有五六里地!再说社里等着发薪哩,快走吧!他把手里提的皮包往车把上一挂,一蹁腿上车了。哪知道车一斜,啪嗒,皮包滑下来了。他没听见哪,一按车铃走了!(叙述皮包掉了的经过)就在这工夫,打商店里又出来一个人。这是个复员军人。这个复员军人出门听见"啪嗒"一声,咦!谁的皮包掉地下了?(内心独白)捡起来一看,嚄,沉甸甸的净是钱!往前后看没有别人,就有一个骑自行车的,甭问,皮包一定是他的。(叙述)就喊:"喂,同志,你的皮包掉了!"(进复员军人角色)你想,这位会计面对面还得跟他大声说话呢,离着五六十步他能听得见吗?(解释)复员军人越喊他跑得越快!复员军人急了,追吧!(叙述)腿没有车子跑得快,怎么办?(提问)一回头,噢,门口放着一辆崭新的自行车,没锁。好!甭管谁的先骑骑再说。把皮包往车上一挂,一蹁腿把我三叔这辆车给骑跑了!(叙述。矛盾就从这儿产生了)我三叔可不知道呀!(铺垫。知道了就不会追了)出来一见车没了,就嚷:"哎,车哪儿去啦?……(三叔)他这一嚷车,打那边过来个蹬三轮车的:"同志,车来了,您哪儿去呀?"(这不添乱吗?)"我……哪儿也不去,找我自己的车!"(三叔)"噢,您也是蹬三轮的?咱们是同行嘛,您哪!"(三轮车工人他误会了)"啊,我又成蹬三轮的了!告诉你,我是蹬两轮的……也不像话呀……"

从以上例子中可以看出单口相声在写作上的一些特点。

二、对口相声

对口相声是大家比较熟悉的形式,由二人表演。甲叫逗哏,乙叫捧哏。在一般情况下甲的台词要多一些,乙要少些。但乙的台词少,并不意味着乙不重要。他们之间是有主有从的关系。二人相辅相成,构成一个整体,拧成一股劲,共同完成开展矛盾、推动情节、结构"包袱"、刻画人物、表现主题的任务。

在有故事情节的节目中,甲是故事的主要叙述者;在议论性的节目中,甲是议论的主要发表者;甲也是各种人物的主要扮演者。

乙是甲的热情支持者。他的任务是:为逗哏提供方便,"过河搭桥,上楼搬梯",使矛盾逐步开展,故事层层深入;对甲的叙述及时给予肯定和否定;站在观众的立场,向甲提出怀疑和质问,把矛盾暴露在观众的面前;扮演故事中的人物和甲扮演的人物展开戏剧性的对话。

(1)一头沉

顾名思义,"一头沉"就是一头重一头轻。这类相声中甲的台词分量要比乙重得多。在传统的"一头沉"节目中,有相当数量是由单口相声发展而来的,它保留了说故事的特点。甲常以第一人称或第三人称将自己亲自经历或耳闻目睹的故事,亲切自然地讲给乙听。(实际上是讲给观众听)其实,这故事并不一定是自己的经历或见闻。这样做,目的是增强观众的亲切感和真实感。而乙则以极大的兴趣听故事,并对甲的叙述时而肯定,时而否定,时而反问,时而解释，时而又加以强调或夸张渲染，推波助澜，开展矛盾，揭示主题。

这类节目，要讲故事，但并不一定要求像评书和单口相声那样，有一环扣一环连贯而完整的情节。它的情节常常是断断续续、时隐时现的，在叙述中常常是夹叙夹议。

《无限青春》写高中毕业生于得水被分配到洗澡堂工作。他的理想（当海员）与现实（到澡堂当服务员）之间发生了矛盾。在他父亲浴池党支部书记老工人老于师傅的帮助教育下，转变思想，决心与旧的传统观念决裂，当好服务员，接好革命班。请看其中的一段：

甲：我从小就想当海员。我八岁的时候，就用纸糊了个望远镜，挂在脖子上，幻想驾驶祖国的远洋巨轮，登船出海。（瞭望）"同志们，前方到达港是个外国港……"

乙：什么港？（代表观众发问）

甲：稀里糊涂港。

乙：……（乙莫名其妙。观众在想：没听说过，哪有这么个港？）

甲：看不清楚。（自圆其说）

乙：怎么？（进一步设问）

甲：我那望远镜不是纸糊的吗？（进一步解释）

乙：唔，我把这茬忘了。（提醒观众）

甲：可现在，我想的是大海洋，干的是洗澡堂，两码事呀！

乙：这洗澡堂跟大海洋矛盾上了。（帮甲补充）

甲：矛盾大极了，那海上有的，澡堂子都没有呀！

乙：是吗？（代表观众发问）

甲：你看，大海上，风光多么壮丽。

乙：澡堂子——（给甲搭桥过渡）

甲：腾腾一片蒸气。

乙：废话，没蒸气水就凉了。（代表观众评论）

甲：大海里，波涛千万丈。

乙：澡堂子——（搭桥过渡）

甲：水才到腰上。

乙：水要没了脖子谁敢洗呀！（评论）

甲：大海里，船到外国港，又是鲜花又是礼炮。

乙：澡堂子——（搭桥过渡）

甲：除了毛巾就是肥皂。

乙：嘿！

甲：大海里，海鸥贴着海面儿飞。

乙：澡堂子——（搭桥过渡）

甲：木板拖鞋一大堆，哪只也飞不起来。

乙：没听说拖鞋乱飞的。（评论）

甲：就是诗人写诗，一开口也是："啊，大海呀！"没有一提笔："啊，洗澡堂呀！"

乙：没听说过！（否定）

甲：所以，当我拿到了分配通知书的时候，我的心情就可想而知了。（继续往下叙述）

乙：思想有斗争了。（补充）

甲：我回到家，妈说："哟，水儿回来了。"（进母亲人物）

乙：水儿？（替观众发问）

甲：我大名儿叫于得水，简称水儿。（解释）

乙：小名儿。（补充）

甲："水儿分配到哪儿啦？"（母亲）"我分配到……水利厅呀！"（小于）

乙：还水利厅哪？（否定）

甲："水利厅管什么呀？"（母亲）"管洗澡。"（小于）

乙：水利厅管得着洗澡吗？（否定）

从这一段可以看出甲乙各自不同的地位和作用。

（2）子母哏

"子母哏"的节目中，甲乙的关系，如同母子一样的亲密不可分割。乙的作用比"一头沉"就显得更为重要。在这类节目中，两人台词的分量差不多，有时甚至乙的台词更多些。他们常常围绕着一个问题互相议论、争执。一会儿取得了妥协，一会儿又产生分歧，一个矛盾解决了，另一个矛盾又接着产生。

在传统节目《阴阳五行》里，甲是一个不懂科学但又要以科学家自命、自以为是、强词夺理以求自圆其说的人物。他说世界上的事物都体现了阴阳五行之说，并以桌子为例：桌子面为阳，因其受阳光照射；桌子里为阴。五行（金木水火土）在桌子上也有体现：木匠做桌子用刨用锯，这是金属做的，为金；桌子是木头做的，为木；木头里有水分，为水；木头生在土地上，为土；桌子不用了，劈成柴火烧了，为火。乙觉得这些解释太荒唐，又举出苹果和山里红来让甲用他的"理论"说明，结果甲虽然强词夺理，东拉西扯，仍不免捉襟见肘，无法自圆其说，出尽了洋相。这是一个典型的"子母哏"节目。

《帽子工厂》基本上是一段"子母哏"。

"四人帮"开办"帽子工厂"，手里捏着帽子，想给谁戴就给谁戴。

甲：要让你戴，不要也不行，不管合适不合适，非戴不可。

乙：怎么就戴不上？……

甲：凡是粗腿子抱得紧，报告打得勤，谎话说得多，马屁拍得响的都戴不上。

乙：拍马屁啊！

甲：他要说"煤球是白的……"

乙：煤球是白的？

甲：就冲这质问的态度，也得戴个小号帽子。

乙：那……

甲：得顺着说。

乙：对呀，那煤球，我看跟元宵一个模样。

甲：他要说"皮球是方的……"

乙：凡是球都是见棱见角。

甲："外国的月亮中国的亮……"

乙：对！一个地方一个月亮。

甲："说得多准确呀！"

乙：（旁白）我亏心不亏心啊！

紧接着下面还有一段甲乙都进入角色的：

乙：……那我要听从他们的指挥，给他们办事——

甲：江青老板就能介绍你入党。

乙：我？

甲：一句话的事儿。

乙："我爷爷是老托派……"

甲："没有！"

乙："我爸爸是叛徒……"

甲："不算！"

乙："我这历史……"

甲："清白！"

乙："考试我都交了白卷……"

甲："真有反潮流的精神。"

乙："你真是旗手。"

甲："你可以当个副部长。"

乙："谢谢妈！"

从以上两段中可以看出"子母哏"中捧逗之间关系是何等亲密，二者可以说是融为一体了，甚至第二段中乙的词比甲的要多些。

（3）贯口

"贯口"就是一气贯通的意思，要一口气把要说的事说出来。在大段的贯口中，音韵铿锵，朗朗上口，有时抒情，有时叙事。演员充满激情，显示出机敏的头脑和清晰的口齿，准确生动地表达内容，使观众受到教育和感染。

过去的贯口活，有的历数众多的地名，有的背诵长长的菜单，多为文字游戏。新中国成立后专业和业余相声作者，纷纷利用这一形式表现新的内容。《社会主义好》便是一例。

《明天》通篇都用韵文，把抒情味很浓的朗诵体与叙事、论说结合起来，在相声中别具一格。我们试举几个不同特点的段落。

论说体的段落：（省略）

再看抒情段落。

甲：那一年——一九四九年，红旗卷万山，老杨树下歌声起：（唱）"解放区的天是明朗的天……"

乙：你怎么唱起来了？

甲：解放了，高兴啊！

乙：（唱）"解放区的天……"

甲：你唱什么呀？

乙：我也高兴啊！

甲：解放了把身翻，一轮红日照人间，老杨树下成立合作社，老杨树下，人民公社锣鼓喧天。

下面是叙事的段落：

甲：你再看这一边，朝霞满天，层林尽染，公社就像百花盛开的花园，绿树成林，果木满山，红旗招展，战歌冲天。

下面是介绍事物的并列体：

甲：厂那边还有站。

乙：什么站？

甲：发电站、排灌站、广播站、气象站、文化站、宣传站、血防站、医疗站、畜生兽医站、农机站、水泵站、科学试验站、植保站、种子站、各行各业支农站、大车站、小车站、汽车站、板车站。你每个站里站一站，准得站出一身汗。

乙：我干吗出汗呀！

甲：站得太多了，光农机站你得站两个多钟头。

一段贯口活中，常常把各种形式的贯口，交替使用，使之富于变化，更好地表达内容。贯口与绕口令结合，贯口与对春联结合，都是贯口活的变种。《送瘟神》就是这两种结合构成的节目。

在贯口活中，一头沉的情况更为突出。乙的台词较少，通常是以简短的话过渡，使甲缓一口气以后，再往下说，使人有一气呵成之感。

传统节目中，大家最为熟知的就是《地理图》《菜单子》。

（4）柳活

以唱为主，或以学唱贯穿始终的节目叫"柳活"。传统节目中有《戏剧杂谈》《改行》等。

《改行》写帝制时代，皇帝死了，全国停止娱乐活动。许多著名艺人被迫改行了，但是，长期的艺术生涯，使他们忘不了自己所熟悉的唱腔和表演动作。唱大鼓的刘宝全，改行卖粥和烧饼油条。旧社会做小买卖要吆喝（叫卖），他不会吆喝，就把他要卖的东西编成鼓词唱出来，手拿勺子当鼓槌，把煮粥的砂锅当鼓，边唱边敲，结果敲碎了砂锅。唱老旦的龚云甫担小菜上街，走着蹒跚的步子，把菜名编成戏词，用老旦的唱腔唱出来。一位老太太来买黄瓜，挑肥拣瘦，每条都要掐一块尝尝，不甜不要。龚云甫一见，不觉感慨万千，又一摸肩膀，怪痛的，想起来一出戏里的叫板："唉，苦哇！"老太太以为黄瓜苦，不要了。著名的花脸金少山改行卖西瓜。拉开花脸的身架，手持菜刀，把西瓜的好处编成京剧摇板，边唱边做，吓得路人谁也不敢过来。

这段"柳活"唱的并不多，但以唱贯穿其中。

《劳动号子》围绕着铁塔上的工程，学东北、四川、广东、湖南、湖北、陕西等各地民工的号子声，表现了亿万人民参加社会主义建设的热烈情景，抒发了革命人民改天换地的壮志豪情，其中唱的成分更多一些。

对口相声的几种形式，在一段节目中常常同时出现，根据内容需要，有时用"一头沉"，有时用"子母哏"，有时又运用"贯口"和"柳活"。总之，应以形式服从内容，而决不应被形式缚住手脚。

三、群口相声

群口相声由三人以上表演，一般较常见的是三人相声。三人相声中甲为逗哏，乙为腻缝，丙为捧哏，这种相声已接近于喜剧。因为甲、乙、丙三人都进入了各自不同的固定角色，具有不同的身份和性格特征。这种相声有人物、有故事、有情节和矛盾冲突。这与单口、对口相声自由进出人物、夹叙夹议有着显著不同的特点。也不像喜剧那样有布景，化妆成特定的人物，并做大的舞台调度。仍然是以站着说为主。并采用相声的结构与"包袱"法。传统节目中以《扒马褂》为代表。

（三）相声的结构

一段相声由三部分构成：垫话、正活、收底。

一、垫话

垫话，应该理解为铺垫的话。在相声正活没有开始以前，说上一段话，作为节目正式开始的必不可少的铺垫。以交代时间、地点,渲染环境气氛,或为点明主题而埋下伏线。

请看《海燕》:

甲:(唱渔歌)呜喂……呜喂……呜哟哟罗嘿!呜喂……呜喂……呜嘿哟罗嘿,哟罗嘿呀!

乙:(接唱)哟罗嘿呀!哟罗哟呀,哟罗哟罗呦罗嘿罗嘿呀!

甲:(接唱)快下网,把鱼网,虾儿壮,鱼儿肥,咱为祖国打鱼虾,战天斗海心里美……心里美呀!

乙:你唱的这是海上渔歌啊!

甲:哟,你还真有点渔民的生活。

乙:我从小在海边长大的。

甲:这么说,你驶过船?

乙:驶过!

甲:你也摇过橹?

乙:摇过。

甲:你也出过海?

乙:出过。

甲:你也翻过船?

乙:翻过……没翻过!

甲:我说的是带帆的船!

乙:帆船也驶过。

甲:全驶过!那好哇,有机会到我们船上指导指导。

乙:你在哪个船哪?

甲:我就在……妇女船。

乙:妇女船?!

甲:这么回事,我们大队党支部为了支持妇女们的革命要求,组成了一对妇女船,从此打破了千百年来妇女不能出海的习惯,为妇女海上作业闯出了一条路子来。

从开头到乙说"妇女船"为垫话,点明主人翁活动的环境,几句渔歌,一段对话，就把观众带到了海边的妇女船上，这就是海燕生活战斗的场所。

紧接着甲对妇女船做了进一步的说明，自然地向正活过渡。

请看《游击小英雄》的垫话：

甲：立正！向右看齐！向前看！齐步走！（唱）"八路好，八路强，八路军打仗为哪桩？八路军打仗为老乡，日本鬼子……"（对乙）站住！干什么的？

乙：我来演出的！

甲：从哪儿来？

乙：从团里来！

甲：到哪儿去？

乙：到剧场去！

甲：有路条吗？

乙：路条，没有！

甲：来人哪……。

乙：别喊了！你这是干吗哪？

甲：我正在回忆我们当年儿童团时候的战斗生活哪！

乙：我说怎么还查路条呢！

从开头到乙说"别喊了！你这是干吗哪？"为垫话，这个垫话很短，激昂的抗日歌声，查路条的行为，巧妙地渲染了抗日战争的气氛，也点明了主人翁儿童的身份。接着甲就开始讲儿童团打日寇的故事了。

再请看《献"哈达"》：

甲：哈达是什么，知道吗？

乙：知道。哈达是藏族同胞当礼品用的一种丝巾，比如我对你表示敬意，就送你一条哈达。哈达越宽越长表示敬意就越深越重。

甲：哟！知道得挺详细呀！

乙：哪里，只是一点粗浅的了解。

甲：哈达怎么献，会吗？

乙：献，这个不会。

甲：哈达怎么织，学过吗？

乙：织，这更没学过啦！

甲：这么说，我比你多知道一点。

乙：噢，你学过？

甲：老班长带着我学了好几年，每天就是织哈达、献哈达。

乙：嚯，你还学过这个。

甲：对啦，要讲学这个，那得从上房谈起。

这段垫话从哈达谈到献哈达、织哈达，给观众的印象开始是谈论藏族当礼品表示吉祥如意和崇高敬意的白丝巾。但是，正活中要说的是中国人民解放军织的一条越过崇山峻岭、长达几千里的"哈达"——翻过喜马拉雅山的公路，是子弟兵献给边疆人民的最贵重的"银色哈达"。

垫话白色的哈达与后面的"银色哈达"再呼应，对于深化主题有着重要作用。这样的垫话，是整个作品中必不可少的组成部分。

垫话可长可短，一般不宜过长。有时为了内容的需要也可以不要垫话，开门见山，径入正活。

《保卫西沙》就是没有垫话的例子。

甲：报告大家一件激动人心的大喜事！

乙：什么大喜事？

甲：咱们在西沙群岛打了个大胜仗。

垫话是作品的有机组成部分，需要精心设计，也要避免千篇一律的陈词滥调。如：

甲：今天咱们给大伙说段相声。

乙：哎！

甲：相声讲究说、学、逗、唱。

乙：对啦！

相声的垫话就如文章的开头，要根据主题和内容精心设计，要求起笔不繁，为正活作好必要的铺垫，并把观众注意力尽快吸引过来，为作品中的矛盾开展和故事的叙述创造有利的条件。

垫话向正活过渡要自然，不然的话，就像平整的大道上挖了一道沟渠，观众即使能够过去，也要感到费劲了。

二、正活

正活是一段相声的主要部分，是故事的主体、人物活动的主要场所、矛盾斗争的主要战场、作品主题思想的主要体现部分。一段相声的好坏，主要要看正活部分的质量如何，如同一个西瓜的好坏主要看瓜瓤一样。在行话中正活就叫"瓤子"。

垫话中既然作了必要的铺垫，入活以后就要开门见山地在矛盾中刻画人物、突出主题了。而完成这个任务，既不能急于求成，也不能漫无边际地东拉西扯，堆砌无聊的笑料。

正活是有段落、有层次地逐步完成刻画人物、展现主题的任务的。

如《保卫西沙》可以清楚地看出两个段落来。

前一部分描绘祖国的海上明珠——西沙群岛的美丽富饶，后一部分刻画以老船长为代表的西沙人民同南越伪军的斗争。前面着重写景，后面着重写人，先写西沙的美丽富饶，就为西沙人民誓死保卫它，提供了逻辑上的必然性，因而更具有说服力。

《无限青春》写青年于得水与旧的传统观念决裂，做浴池工人。有四个层次：小于理想和现实的矛盾；父亲的言传；父亲的身教；收底。

正活是一段相声的主要部分。它牵涉到的许多问题，还要在相声的构思、"包袱"等部分中详细介绍。

三、收底

收底就是一段相声的结尾。俗话说得好："编筐织篓，全在收口。"收底好坏直接关系到节目的完整性。

好的底，可能是整个节目情绪上的高潮，也可能是矛盾冲突的结果。反面人物的失败下场，正面人物胜利结局，也可能是作品主题的引申和抒发。总之，作品的收底可能是多种多样的，根据作品的内容，采用相声特有的喜剧艺术手法，设计比较理想的底。

《海燕》的底是在胜利热烈气氛中出现的：

甲：经过三天三夜的战斗，妇女船满载鱼虾胜利返航，支书和贫下中农来到码头上欢迎。码头上红旗招展,锣鼓喧天,锣鼓声把贫下中渔的喜悦心情表达出来了。

乙:真够热闹的。锣鼓声怎么表达的?

甲:大锣一瞧这鱼呀!(学大锣声)一筐,一筐,又一筐!一筐,一筐,又一筐!

乙:小锣呢?

甲:(学小锣声)抬,抬,抬,快抬!快抬!

乙:大鼓呢?

甲:(学大鼓声)高兴!高兴!

乙:小喇叭呢?

甲:(学小喇叭声)呜儿哇啦……(唱山东柳琴)海燕啊!姑娘人小志气大,闯渤海,捕鱼虾,海上盛开大寨花,大寨花……

乙:嘿!

胜利了,不用人们的语言来表达,而用拟人的手法,让锣鼓来抒发喜悦的心情,并在最后点明学大寨的主题,这是很巧妙的。

《友谊颂》的底,是耐人寻味的。坦赞铁路勘测任务完成了,中国勘测队启程回国。

甲:这时我代表全体勘测队员送给非洲朋友一面锦旗。

乙:上面写的什么字?

甲:中非人民心连心,携手并肩向前进,坦赞铁路结友谊,万紫千红满园春。

乙:好!

甲:这时候,我们的汽车马上就要开动了,你看,欢送的非洲朋友热情地高呼:"夸嗨利尼!夸嗨利尼!"

乙:"夸嗨利尼"是什么意思?

甲:再见,再见。

乙:(比画)这个动作呢?

甲:男的"再见"。

乙:这个动作呢?

甲：女的"再见"。

乙：嗨！

甲：我们在汽车上也高呼："夸嗨利尼！"

乙："夸嗨利尼！"

甲："夸嗨利尼！"

乙："夸嗨利尼！"

甲：……

乙：怎么没声了？

甲：汽车拐弯了。

朋友离别了，但共同斗争建立起来的友谊长存，是不会被海洋和崇山隔断的。

《无限青春》的底是老于师傅评上劳模去北京。

《舞台风雷》则是将"四人帮"的黑干将赶下舞台为结束。《帽子工厂》是帽子工厂的老板被戴上了资产阶级野心家的帽子，以其人之道还治其人之身，真是大快人心。

相声到了底，矛盾解决了，故事讲完了，问题说明了，切忌拖沓，而应急转直下，用精练的语言写出深化主题或使人回味的结束语来。

四、相声的构思

一栋楼房的质量好坏，首先决定于它的设计；一段相声的基础如何，首先取决于它的构思。如果说深入生活是相声写作的第一道工序的话，那么构思就要算第二道工序了。

要想节目好，首先打腹稿。一段相声反映哪方面的生活，选取哪方面的题材，确定什么样的主题，刻画什么样的人物，用什么样的情节或结构线索把它穿起来，构成一个整体，这些都是应该事先深思熟虑的。

反映哪方面的生活，选取哪方面的题材？当然首先是人民群众的斗争生活和各行各业重大题材。用相声直接反映人民群众的斗争生活、歌颂英雄人物，这是新中国成立以来新相声创作的一个革命性变化，也是今后相声写作中的一个重要课题。

但是，社会生活是极其丰富多彩的，许多有意义的主题，不仅孕育于重大题材里，也包含在一些看来平凡的事件中。每一个作者，都有权选取自己所熟悉的生活中那些有意义的事件进行创作。

相声要反映人民群众的生活，但并不是所有题材都适合于写相声。试问，有谁会想到把"收租院"和"白毛女"的材料写成一段相声呢？各种艺术形式都有自己的特点和局限，作者要善于选择那些有喜剧因素的题材来写相声。

由于相声是演给广大观众看的（演出），说给听众听的（广播），在写用时不能不考虑到，这段相声的内容广大观众听不听得懂，是不是他们所熟悉而能引起共鸣的。如果，你要写的事，观众根本很陌生，而且听不懂的话，那么，你就不必费力而不讨好了。试问，如果听一段相声之前需要作一番详尽的解释和说明，或者看一堆参考书。那么，又怎能够引起他们的强烈共鸣，造成喜剧的效果呢？

相声要反映的内容，如果不是广大观众所熟悉的，起码也应该是听得懂的，不费解的。

选好了题材，还要确定最有意义的主题，然后再围绕这个主题剪裁生活素材，去表现这个主题。

《无限青春》是写服务行业浴池工人生活的作品。这个题材可以写为人民服务的主题、学雷锋的主题，也可以写技术革新中革新与保守斗争的主题。但是，作者确定了与旧的传统观念决裂的主题，这就使主题更有意义，使作品避免了一般化，有了较高的格调与感人的力量。

用一个主题来统帅有关素材，使作品成为一个有机的整体，就可以避免"散"的毛病。

确定了题材和主题后，就要想好用什么结构和"包袱"的线索来写这段相声。

好的相声，结构都是很严密的。《喇叭声声》的结构和"包袱"线索就是"汽车的喇叭，司机的嘴巴"，以"嘀嘀嘀"的喇叭声来模拟人的语言。《山区医生》的结构是解说式。乙问甲那个山区医生的姓名、年龄、职业、性格和高矮，甲先回答了五个"不一定"，然后再逐条加以解释，在解答中采用对比手法介绍了动人事迹和思想境界。《帽子工厂》的结构，紧紧地扣住了"扣帽子"，从帽子工厂的老板给工农兵和广大革命干部扣帽子，到最后搬起石头砸了自己的脚，被押上了历史的审判台，革命人民给他们扣上了一顶不大不小正合适的帽子——资产阶级野心家。《斗"鸡公"》的结构就是在"鸡公"上做文章，写如何在光秃秃的鸡公山上治山治土治水、开石造田，治了鸡身治鸡头，治了鸡头治鸡尾。最后，死鸡公变成了羽毛丰满、五彩缤纷的活鸡公。

有的相声虽然没有明显的结构线索，但是，它有清楚的层次、内在的逻辑联系，如同一根弯弯曲曲、摇曳多姿的藤，在层层绿叶掩映下，结了许多可爱的、香喷喷的瓜儿。

相声的结构切忌"平"而"直"，让观众一下子看穿，就索然无味，难以听下去了。好的相声自始至终是让观众"出乎意料"之外，又在于情理之中，叫人总是觉得"山重水复疑无路，柳暗花明又一村"。

《闯新路》里着重刻画了一个回乡知识青年大搞科学种田，创造油稻棉一年三熟的经验。一开始要介绍他的年龄、文化程度和经历，如果按一般的方法介绍就得说：我说的这位青年啦，他今年二十一岁了，十八岁高中毕业，在农村锻炼了三年，搞科研可热心哪，贫下中农都称赞他！

这样说，也说清楚了，但是太平淡了，在相声里是这样写的：

甲：……油稻棉的试验成功，是科学种田的一朵新花。

乙：这个发明创造了不起。

甲：当然，一般的人搞不出来。

乙：发明人是谁？

甲：发明人？那是一个农业大学的毕业生，曾经多次出外留学，现在是科学研究院的院长。

乙：哎呀，他那岁数一定不小。

甲：不小啦，过年都满二十一啦！

乙：二……

甲：这位同志最大的一个特点……

乙：等等，多大岁数？

甲：二十一岁。

乙：二十一岁大学毕业？

甲：啊。

乙：出外留学？

甲：是。

乙：还是科学研究院的院长？

甲：……那意思你有点半信半疑？

乙：不，不，我绝不是半信半疑——我完全怀疑！

甲：你对新生事物怎么抱怀疑态度？

乙：你说得太悬啦？

甲：哪点悬？

乙：二十一岁就大学毕业？

甲：这有什么奇怪，一个回乡知识青年，十八岁高中毕业，在农村锻炼三年，受到贫下中农的赞扬："小伙子，你搞得不错，你在我们这个农业大学里，可以算毕业啦！"这不是"大学毕业"吗！

乙：嘿！还真毕业了。那"出外留学"呢？

甲：外地有什么先进经验，我们就派他去取经，他到那儿以后，虚心向人请教，老老实实地留在那里学习——"留学"。

乙：噢，这么个"留学"！那"科学研究院的院长"呢？

甲：学了外地经验，回来以后大搞科学种田、科学试验、科学研究嘛。

乙：我没问你这个。

甲：你问什么？

乙：我问他当院长那事。

甲：是院长。

乙：怎么个院长？

甲：他从小在我们那院子里长大的。

乙：在你们院子里长大的？

甲：他要不在我们院子里长大，我能对他那么了解吗？

不直接介绍他的年龄、经历，而有意从甲的话中暴露出"二十一岁"和"大学毕业""出外留学""科学研究院的院长"的矛盾，乙代表观众层层提出疑问，甲用"曲解"的"包袱"手法把它介绍出来，这样就能紧紧扣住观众，达到了应有的艺术效果。

《主人和主任》里解决喇叭车间的噪音问题，前面用附近居民的反映来证实噪音的危害，有这样一段对话：

甲：连附近居民都有意见。

乙：太吵了。

甲：那天来了一位山东大嫂给我们提意见。

乙：他说什么？

甲："喇叭车间噪音多，吵得晚上睡不着，俺两口子昨天上医院——"

乙：什么病？

甲："看的都是精神科。"

乙：怎么啦？

甲："神经衰弱呀！"

乙：吵的。

最后，"无声喇叭校验机"试验成功，噪音问题解决了，最后的底还是由山东大嫂的反映结束。一般地写就让山东大嫂正面说上几句好听的。但作者却让山东大嫂来"提意见"。

甲：……这时候，那张大嫂也来了。

乙：祝贺来了。

甲：提意见来了。

乙：怎么还提意见？

甲："王副主任，俺给你们提个意见，这喇叭怎么不叫啦？"

乙：不叫也有意见。

甲："这一年多，俺天天听喇叭叫，喇叭催俺起床，喇叭催俺上班，喇叭就是咱家的小闹钟，昨天喇叭不叫了……"

乙：怎么样？

甲："俺上班迟到啦！"

（四）相声特有的艺术手段——"包袱"

相声是要让观众发笑的。不让观众发笑，那不叫相声。

"四人帮"及其爪牙，胡说什么"相声要严肃，不许笑"。这本身就是一个荒谬绝伦的笑话，其目的就是要扼杀相声这朵花，取消相声艺术本身。

问题不在于相声该不该引人发笑，而在于这种笑是否健康，于人们有益还是有害。因此，相声作者要敢于让观众笑，爽朗地笑，痛快地笑，只要这种笑料对表现作品的主题和刻画人物有利，能够达到"团结人民、教育人民"的目的。健康的笑是和"噱头主义""插科打诨""哗众取宠"等是没有共同之处的。

相声既是文学艺术的一个小品种，自然也有为人民服务的责任，相声作者演员必须拒绝低级趣味。使用"晕口"，尽管也可以博得廉价的笑声和经济利益，但那是不可取的。相声里的笑料叫"包袱"。"包袱"是相声特有的艺术手段。相声通过"包袱"来展现主题、揭露矛盾，并推动故事情节的开展。

"包袱"在一段相声里，不仅垫话中要有，收底里要有，在正活里更应该一波未平，一波又起，不断地掀起观众情绪上的波涛，笑声不断，妙趣横生，在笑声里去爱作者和演员之所爱，恨作者和演员之所恨，受到深刻的教益。

"包袱"要求出乎意料，寓于情理之中。如果不是出乎意料，观众就难以产生浓厚的兴趣；如果不是寓于情理之中，观众就不会相信，不可能引起共鸣。请看《半边天管天》：

乙：小动物还能报天？

甲：当然，就说泥鳅吧，就是很不错的晴雨计。

乙：看哪儿？

甲：你注意观察，泥鳅要是安安静静沉在水底，表示天晴。

乙：唔，这就是晴天的表示。

甲：泥鳅要是飘在水面来回游动。

乙：表示什么？

甲：即将下雨。如果泥鳅身体垂直，流动剧烈。

乙：表示什么？

甲：要刮大风，如果泥鳅飘在水面，两三天都不动。

乙：要刮台风。

甲：泥鳅死了。

乙：死了？

甲：不死能两三天不动吗？

前面讲泥鳅预报天气的三种表现，给观众留下了深刻印象，而第四种表现却是泥鳅死了，使观众一下子转不过弯来，感到十分意外。但转念一想：泥鳅飘在水面两三天都不动，不是死了，还能是什么呢？觉得完全在情理之中，观众在笑声中信服了，不禁要钦佩作者的幽默与机灵。

"包袱"要求铺平垫稳。只有这样，才能使"包袱"抖得响，抖得脆，产生强烈的喜剧效果。

《"四人帮"办报》里刻画了一个"四人帮"派来的黑爪牙——瞎总编的形象，一开始就作了充分的铺垫。

甲：可别小看这个瞎总编，有两下子呀。

乙：那当然啰，总编嘛。马列主义理论肯定是——

甲：一窍不通。

乙：哦，那么历史知识？

甲：不学无术。

乙：文化水平？

甲：别字连篇。

乙：讲起话来？

甲：语无伦次。

乙：写篇文章？

甲：狗屁不通。

乙：天文地理？

甲：活了五十多年，弄不清东南西北。

乙：咳，大草包哇，你不说他有两下子吗？

甲：啊，耍阴谋，出诡计，制造反革命舆论，搞复辟迫害干部整群众，结党营私，拍马屁都有两下子。

乙：有这么两下子呀！

接着还有一段"瞎总编"的自白："首长，不瞒您说，我是从小学到中学一直交白卷的。"

这两段铺垫是刻画这个反面人物的纲。虽然是比较概念的、抽象的，而为后来全篇具体生动的叙述打下了基础。其中有这样一段："我"（记者）去年深入部队采访了一位老红军，写了一篇报道《记一位勤勤恳恳艰苦奋斗的老红军》，说什么他也不用，不仅不用，瞎总编还大发雷霆：

甲:"你是怎么搞的?嗯?你要和文元唱反调吗?你写的这个老的,多大年岁了?"

乙:今年五十多岁。

甲:怎么没揪出来呀?

乙:哦,五十多岁就该揪出来呀?这谁的规定哪?

甲:春桥思想嘛。

乙:告诉你,这位老同志很早就参加了革命。

甲:"嗯,正好,民主派,到现在必然是老走资派嘛!"

乙:这就是"四人帮"的反动政治纲领。

……

甲:马上他就向姚文元汇报,在我们部门召开了一个紧急会议,非要把我揪出来不可。

乙:哟,那给你定个什么罪名呢?

甲:"现在我宣布一个包庇走资派的坏人。"

乙:这罪名还不轻啊。

甲:"他赤果果的暴露出来……"——白字连篇

乙:吃果果?那就该排排坐了。

甲:我早已发现他鬼鬼崇崇的,我们不怕,任凭风浪起,稳坐勾鱼船。——白字连篇

乙:行啦,行啦,别说了。

甲:"我说瞎总编,你这不是斗我,你这是逗笑话哪!我先给你纠正几个白字吧!你说我什么吃果果?我就吃了一嘟噜葡萄,那叫赤裸裸;应该念鬼鬼祟祟没有念念鬼鬼崇崇的;你说什么勾鱼船,那字念"钓",没有勾什么事。"

乙:这倒好,斗争会改文化课了。

甲:我这么一解释呀,他还不乐意了。

乙:哦?

甲:"这就是勾嘛!没有勾怎么钓?"——强词夺理

乙:他还有理了。

甲:"这无关大局,你不要吹毛求屁!"——白字连篇

乙:吹毛求屁?!

甲:"你们看:他这篇报道是极其反动的。一开头编的这两句诗,完全是针对我们首长的。"——不学无术,毫无历史知识、文学修养

乙:这怎么联系得上呢?

甲:"首长要在部队放火烧荒,他说野火烧不尽,"——张冠李戴,语无伦次

乙:不打自招。

甲:"报社有一股风,他说春风吹又生。"——语无伦次

乙:咳!

甲:"我说瞎总编,这两句诗不是我编的。"

乙:那是唐诗。

甲:"好,欢迎你揭发呀!反戈一击有功嘛!"我说:"这是白居易写的。"

乙:白居易。

甲:"白居易?嗯,白居易站出来!"——胡说八道

乙:啊?让白居易站出来呀!

甲:"打倒白居易!"——可笑至极

乙:好嘛!

甲:"打倒白……跟着一起喊标语!"——语无伦次

乙:那叫喊标语呀!行啦,别吵啦!

甲:那秘书一听:怎么打倒白居易呀?

乙:不像话!

甲:告诉他吧,离的又远。

乙:怎么办呢?

甲:冲他打一个手势。

乙:哦。

甲:"总编!"(暂停手势)

乙:哦?那意思是让他别说了。

甲:"哦,白居易打球去喽!"——哪儿跟哪儿呀!

甲:他秘书直跟他嘀咕:"总编,白居易,唐朝……"

乙:唐朝的。

甲:"嗯,上唐朝啦?上哪儿也得把他揪出来,马上派人外调一下。"

乙：外调白居易呀！

甲：大伙哈哈一笑，一哄而散。

由于前面对瞎总编"大草包"作了充分的铺垫和精确的勾勒，后面瞎总编不学无术、白字连篇、语无伦次、层出不穷的笑话，才是十分自然而且可信的。

这是一种明铺垫，就是让观众明白无误地对一个特定的问题，留下深刻印象，为后面抖响"包袱"打下良好的基础。另一种是暗铺垫，作者巧妙地不动声色地在观众不注意的情况下，设下伏笔，直到矛盾解决，"包袱"抖响，才恍然大悟。

请看《山区医生》靠近底的一段：

甲：……老张同志采药刚走，张大娘提了一罐鸡汤就来了，"老张同志天天在自己身上扎针太辛苦了，煨了罐鸡汤，给他补补身子吧。"

乙：贫下中农就是热爱自己的医生。

甲：我说：大娘这鸡汤我们不能收哇，谁知大娘搁在桌子上扭头她就走了。——铺垫。注意：有一罐鸡汤搁桌子上了。

乙：那怎么办呢？

甲：只好等老张回来再处理吧。一直等到晚上十一点半，老张同志才采药回来。

乙：这么晚。

甲：我一看老张的脸色不对。"怎么哪，老张同志，不舒服吗？"

乙：有病了？

甲："啊，没什么。"

乙："你怎么哪？"

甲：我吃地蕾了？

乙：吃地雷了？

甲：也没吃几个，就吃了七八个。

乙：你吃一个也受不了哇。

甲：哪啊，老张同志采的那种中草药叫地蕾子，猛一听，吃地雷了。

乙：啊，地蕾子这药有毒啊！

甲：老张说："我吃了七八个生地蕾子，反应不太强烈，你把这个熬熟了，明天早上我大剂量服用，看看效果怎么样？

乙：亲自尝尝。

甲：说完老张上床睡觉了。

乙：休息了。

甲：我把地蕾子熬好了，把药罐子搁在桌子上我也睡觉了。——铺垫。注意：药罐子也搁在桌子上了。

乙：你也睡了。

甲：怎么也睡不着呀！

乙：为什么呀？

甲：想想老张同志这种全心全意为人民服务的精神，这种勇于革命、勇于实践的劲头，跟我自己比，我差距太大了，老张同志身体这么不好，在自己身上练扎针，明天还要亲自尝药，不，这药应该我替他喝！

乙：你做得对！

甲：睡到半夜，我从床上爬起来，摸到桌子跟前，抱起那罐地蕾子，仰起脖子我就喝呀！

乙：喝得好！

甲：刚喝了一口，哎哟，我不喝了。

乙：怎么哪？

甲：还是留给老张同志喝吧。

乙：这药太苦了。

甲：苦倒不要紧。

乙：药力太大了。

甲：多大也没关系。

乙：来得太猛。

甲：多猛我也不在乎。

乙：那你为什么样不喝呀？

甲：我喝的不是地蕾子。

乙：是什么？

甲：是那罐鸡汤。

乙：咳！

鸡汤和地蕾子是分两次交代的，因此，不动声色，不露痕迹。直到最后甲告诉观众他喝的不是地蕾子而是鸡汤。观众才想起来：鸡汤罐和药罐都搁在桌子上了，怪不得拿错了的，虽是意料之外，仍在情理之中。

还有一种铺垫"包袱"的方法：作者有意地把观众的注意力引向一个方向，但其结果却突然在相反的方向出现。在相声行话里，这叫"支"。

相声小段《猪尾巴》里，说某国因对外扩张，对内压榨，劳动人民生活艰苦，连猪肉也吃不上。好容易等到大年初一猪肉店开门，却只有一根猪尾巴，为抢这根猪尾巴，两个小丑大打出手。

甲：正打着呢，外头停下来一辆小汽车，打汽车上下来一个人。

乙：这是谁呀？

甲：据说是该国的一个什么商业部长。一看这里头好多人打架呢，匆匆忙忙走进猪肉店，经理原原本本向他这么一汇报，当时他就发火了："唵？堂堂的国家，具有高度道德文明观念的首都，居然出现这种抢猪尾巴事件！这在国际上影响是多么不好？唵？给外宾看到之后，对我们印象是多少糟糕？唵？你们在……唵？"

甲："为一根猪尾巴值得这样吗？没吃过猪尾巴什么滋味吗？唵？你们打什么？你撒手，你也撒手吧！"

乙：哦，他给解决了。

甲："这猪尾巴，我拿走了。"

部长一来道貌岸然，官腔十足，振振有词，把两个为猪尾巴而打架的人骂得抬不起头来，观众想：这问题看"部长"怎么解决吧。却万万没有想到解决办法竟是部长自己拿走了这根猪尾巴。"我拿走了"四个字把"部长"道貌岸然的画皮剥得一干二净。观众用轻蔑的笑声嘲笑苏修头目们的伪善与贪婪。

"包袱"这个词是相声中的行话，比喻"包袱"的结构好像作者和演员拿一块包袱布，把要告诉观众的事，一件一件放在包袱之中，包得严严实实，并加以渲染和强调，然后把包袱打开，使观众看到包袱里那些东西究竟是些什么。

以上三例，都是比较典型的"包袱"结构。但是，相声作品中有许多"包袱"并不是都要事先作充分的渲染和铺垫的。有的是语言上的"包袱"，如俏皮话、歇后语等，有的是表演上的"包袱"，而有的则是生活中自然而形成的笑料，稍一加工都可以成为为主题服务的"包袱"。

在一段相声里，要尽量避免"包袱"形式的重复，以免单调，而丧失新鲜感。

曲解：对明白无误的意思做出出乎意料的曲解。如《舞台风雷》中，胡部长审查地方戏，一上来就发表议论：

甲："你们这四句唱词就有错误！"
乙：哪句呀？
甲："第一句，是……是什么来着？"
乙：好嘛，还没听清楚就批上了。第一句是"战天斗地学大寨"！
甲："站天斗地学大寨？站天？你们都站到天上去了，把我们首长放在什么位置上？"
乙：这挨得上吗？
甲："第二句是什么词？"
乙："革命豪情满胸怀。"
甲："革命豪情满胸怀？满胸怀？反骄破满嘛！"
乙：这纯粹是胡批呀！
甲："尤其是第三句！"
乙："老汉何惧年纪迈。"
甲："你们听见了吧！老汉连锯一块卖，还干不干？"
乙：什么呀！老汉不怕年纪大！
甲："他怕又有什么办法？年纪大了嘛，就换年轻的。"
乙：这简直不像话！
甲："最后一句是什么词儿？"
乙：最后一句是……他一句都没听清楚！"五十八岁上阵来！"
甲："五十八岁上阵来？五十六岁不许来吗？我四十多岁了，我来了，你把我怎么样？"
乙：这不是鸡蛋里头挑骨头吗？

这一组曲解的"包袱"，把胡部长不学无术、专横跋扈的嘴脸刻画得入木三分。

传统节目《改行》里有这样一个曲解的"包袱"。

甲：有这么一年，艺人最倒霉。

乙：哪年？

甲：光绪三十四年，皇上死啦。

乙：唉，那年头要是这么说，你就有欺君之罪。

甲：那说什么呀？

乙：你得说皇上驾崩啦。

甲：什么叫驾崩啦？

乙：驾崩……大概就是架出来把他崩啦！（枪毙）

这个"包袱"表达了劳动人民对封建帝王切齿痛恨的心情。

夸张：把经过夸张了的事物，呈现在观众面前，如同让观众从显微镜里观察事物一样，使之看得更加清楚。例如《公社鸭郎》中的青年鸭郎十分疼爱鸭子。

甲：我养鸭子为公社，我爱鸭子心如火，冬天记着鸭子冻，夏天挂着鸭子渴，吃饭惦着鸭子饿，走路担心鸭子跛，我做梦都梦见鸭子，鸭子做梦也梦见我。

乙：鸭子会做梦吗？

鸭子做梦是一种夸张，因为鸭子是低级动物，根本就不会做梦。不过，观众只要想到青年爱鸭子无微不至的事迹，就会引起联想：青年同鸭子之间建立了深厚的感情，如果鸭子有思想，能做梦的话，鸭子做梦梦见它可亲可敬的鸭郎也是可能的。

《梦中女皇》中写江青等人到大寨，姚文元有一段话：

甲："我们要关心旗手，不仅让她吃好，还得让她休息好，因为她身体不好，她有神经病……不，她有神经衰弱的病，晚上睡觉不能有任何响动，为了保持晚上绝对安静，做出以下几项规定："

乙："以旗手为核心，三十里之内不许搞生产，不许放广播，机场飞机不许起飞，坐火车的都下来推着走！"

误解：这种包袱形式在相声中很常见。这里介绍一个由于名词简化谐音而构成误解的包袱：

　　甲：我们那地方老地名是游家湾、游家村、游家店，姓游的比较多，先进人物当中好多都姓游。

　　乙：是吗？

　　甲：共青团员游大庄，他的事迹我一说，你几天都睡不着觉。

　　乙：我听了以后非常激动。

　　甲：妇女队长游凤兰，她的事迹我一说，你一个星期都睡不着觉。

　　乙：我非常兴奋。

　　甲：老贫农游向东，他的事迹我一说，你半个月都睡不着觉。

　　乙：我非常高兴。

　　甲：赤脚医生游金旺，他的事迹我一说……

　　乙：你呀，你别说了。

　　甲：怎么？

　　乙：干脆，我别睡觉啦！

　　甲：你着什么急呀！

　　乙：你说位具体的。

　　甲：具体的？可以，那就说说我们那儿的"油稻棉"吧？

　　乙：哎，这游道绵同志是干什么的？

　　甲：什么叫油稻棉同志吧？

　　乙：你不是说游道绵……

　　甲："油稻棉"，是科学种田的一件事，一亩田种三样庄稼：油菜、稻谷、棉花，这叫"油稻棉"。你怎么连这都不懂？！

前面三番说的都是人，后面说的是物，造成了误会。

　　提问：遇到了难以解决的问题，甲向乙反复提问，引导观众思考求得答案。相声小段《送鸡蛋》中有这样一个提问的包袱：

　　甲：大娘给我们送来了煮熟了的鸡蛋，非让我吃不可。

　　乙：是吧。

　　甲：你说，你们是为贫下中农服务来的，来了就吃行吗？

乙：那不能吃。

甲：不吃？这是贫下中农的深情厚谊，不吃对不起大娘一片心意。

乙：那就吃。

甲：吃？违反了三大纪律八项注意，怎么办？

乙：不能吃。

甲：不吃？大娘说你没把她看成自己人，她生气。

乙：那就吃。

甲：到底吃不吃？

乙：你问我干吗！

甲提出的问题都有道理，弄得乙左右为难，无法得出结论，只好一推了之。

比喻：通过打比方把事物生动形象地表现出来。《高原彩虹》中有这样一段。

甲：人家铁道兵战士，志在四方，发扬艰苦奋斗的政治本色，成为喜马拉雅山上的开路先锋，就是由于人家站得高看得远哪！

乙：对，向解放军学习。

甲：在这样一个战斗集体里，看看自己觉得太渺小了。

乙：那是啊。

甲：渺小的我就像大海里面的一滴水，粮仓里的一粒米，原始森林里的一棵幼苗，喜马拉雅山上的一棵无名草。

乙：行了，行了，你就别形容啦！

《当兵》中，有一连串的比喻表达"我"不愿当步兵的心情：

甲：……那么多兵种为什么单让我干步兵呀？

乙：革命分工不同嘛。

甲：我真是打鼓没打到点儿上，吹笛子没吹到眼儿上，坐凳子没坐到板儿上，点蜡烛没点到捻儿上，吃甘蔗没吃到杆儿上，照相片没照到脸儿上。

乙：这都挨得上嘛。

甲：简单一句话：叫我这高中生当步兵，真是高射炮打蚊子——

乙：这话怎么讲？

甲：大材小用啦！

乙：这么认识可就不对了。

移接：用文学上拈连的方法，把不同的人物、事物、环境、唱腔巧妙地串联起来，有移花接木之妙。下面举个例子：

甲：上个星期天我到公园去，碰见你们家谁了。

乙：谁呀？

甲：长得跟你差不多：中等身材，穿着蓝上衣。

乙：你说长得跟我差不多，那是我兄弟。

甲：对，是你兄弟，大眼睛，红脸膛，梳着两条大辫子。

乙：啊？！我兄弟留着辫子？梳着两条大辫子的那是我妹妹。

甲：对，是你妹妹，戴着眼镜，留着胡子。

乙：嘻，不对！留胡子的那是我爸爸。

甲：对，是你爸爸，围着红领巾，拿着……

乙：行了，行了，你到底碰见谁啦？

甲：碰见了你爸爸和你兄弟、你妹妹，带着你那孩子一块上公园去了。

乙：好嘛，全合一块啦！

这里要注意的两点是：乙纠正甲的错误时，甲必须顺着他说，以造成观众进一步的错觉；两个事物的特征区别应是十分明显的，观众一听就知道是十分错误的，如果违背了这个规律是难以构成包袱的。

甲：上个星期天我到公园去，碰见你们家谁了。

乙：谁呀？

甲：长得跟你差不多：中等身材，穿着蓝上衣。

乙：你说长得跟我差不多的，那是我兄弟。

甲：不是你兄弟吧，他胡子比你长，皱纹比你多……

如果没有很大的跌宕，没有两件截然不同事物的连接，这就成为一段平铺直叙的对话了。相声小段《锻炼》里，通过了一系列的移接歌颂了连队众多的英雄人物。

乙：你忘啦，有一回修桥打桩，天突然下起大雨来了，我干得怎么样？

甲：对对对，你要是不提这事，我还给忘了。

乙：就是。

甲：有一次修桥打桩，因为机器一时运不上来，就靠人用锤打，有的战士一口气打五十锤，他是连打百锤不停。

乙：哎！

甲：几个战士去抢着换他，也没换下来，大伙都说，我们王班长是打锤能手。

乙：谁呀？王班长啊！（乙让甲说他，说了半天是王班长）

甲：王班长。

乙：我还以为你说我呢，说我。

甲：说你，你也不简单，一边打锤一边带徒弟，做示范，讲要领，积极带头干。一干一身汗，大伙都说：向连长学习，向……（答应说乙，但压根没说乙，去介绍了连长的事迹）

乙：怎么又说连长啦，说我呀！

甲：是说你呀，说你呀……一边打锤一边当基本功练习。

乙：就是啊。

甲：天气虽然那么冷，穿着单衣服干，那真是挥汗如雨，大伙表扬他，他非常谦虚地说了一句。

乙：说什么来的？

甲：（四川话）"这算个啥子嘛！"

乙：我怎么说话这味？

甲：这是我们那个四川新兵。（还是没说乙）

乙：谁让你说四川新兵啊，说我，下雨，下雨那回。

甲：对对对，有一次我们大伙正干得热火朝天的时候，忽然下起雨来了，可是我们战士们表示，为革命架桥，宁肯让衣服湿透，当时是披着雨衣继续战斗。两个多小时之后，每个战士汗雨交加，就如同从水里钻出来一样，唯独他，两个多小时也没披雨衣，他一点都没感觉累。（注意：这回真说乙了）

乙：那是我练出来啦。
甲：他在帐篷里瞧着来的。
乙：我呀！

乙让甲说他，甲偏不说，于是移花接木引出好几个施工英雄来，这是形式为内容服务用得较好的一例。

谐声：用同音字构成的"包袱"，也可归入"曲解"，这在相声中是屡见不鲜的。《女队长》中有一例是比较典型的：

甲：她办这样的事，不是一次两次，上个礼拜她"挪用公款"，我还批评她呢。
乙：挪用公款？
甲：啊。
乙：怎么个挪用公款？
甲：上个星期，她进城开会，我爸爸给她两块钱，叫她带烟叶，结果在街上碰见什么改良白菜种子了，她把买烟叶的钱给队里买了菜种了。
乙：花你爸爸的钱怎么叫挪用公款哪？
甲：我爸爸是她什么呀？
乙：公公呀！
甲：这不挪用"公"款吗！

《"四人帮"办报》中有一例是用得很巧妙的。"四人帮"的爪牙——报社的瞎总编不学无术偏要不懂装懂、牵强附会地发表"宏论"：

甲："嗯？武则天当了皇帝以后，那就是革新派战胜了保守派的一个标志嘛，她是一位了不起的数学家啰！"
乙：啊？！武则天是数学家？
甲："是的，是的，小数点要是算不尽就要四舍五入嘛，那就是她的发明创造啰！"
乙：她的创造？
甲："四则舍，五则添（武则天）嘛！"

乙：闹了半天是这么个五则添哪！

抬杠：以捧逗之间抬杠构成包袱，在子母活中最为常见，请看《挖宝》是怎样通过抬杠来突出"猪身藏百宝，重在利用好"的主题的：

甲：……就连你的衣食住行都跟猪有密切的联系。

乙：我跟猪有什么联系？

甲：有啊，比方说，你早晨起来，穿上猪毛线织的毛衣毛裤，套上那猪毛粘胶抽丝的混纺制服，系上猪皮带，蹬上猪皮鞋，拿过猪鬃牙刷子漱完了口，用猪胰子洗完了脸，提着猪皮包，你到早点部来碗馄饨，排骨汤特别的肥，那馅儿是猪肉的。

乙：尽是猪啊？

甲：你是不是跟猪有联系？

乙：是有联系。哎？下班以后我去看电影，有联系吗？

甲：有啊，你一进电影院就坐在猪……

乙：啊？

甲：不，就坐在那猪皮面的椅子上了。

乙：你倒是说清楚了！我坐的那椅子没面儿，是木头的。

甲：木头的？

乙：还有联系吗？

甲：有啊！那电影胶片有的就是用猪皮做的。

乙：猪皮能做电影胶片？

甲：不但能做电影胶片，还可以用来照相，这是工人同志发明创造的成果。

乙：好！我要是参加体育活动打打球呢？

甲：足球、篮球、排球都有猪皮的。

乙：我打的是乒乓球。

甲：乒乓球？

乙：啊。

甲：那跟猪也有联系。

乙：猪皮乒乓球？一打"噗噗"的，怎么打呀？

甲：你在什么上打球？

乙：在球案子上。

甲：球案子是什么做的？

乙：木头哇。

甲：那么大案子哪有这么粗的树哇？

乙：那不是一块板，是一块一块粘上的。

甲：用什么粘的？

乙：猪鳔哇……

甲：这不联系上了吗？

逗说猪的综合利用十分广泛，捧不信同他抬杠，通过抬杠介绍了综合利用的情况，观众对工人阶级的创造精神逐步加深了印象。

归谬：用逻辑上的归谬法，对错误的东西加以引申和推论，使之更加明显地暴露出来。

《劳动号子》中有一个例子：

甲：我听到一种奇怪的说法。

乙：哦。

甲：世界上最原始、最高明、最了不起的音乐创造者只有一个。

乙：谁呀？

甲：上帝。

乙：上帝呀……！

甲：哎呀，那话说得玄啦！说上帝不仅创造了音乐，而且创造了天，创造了地，创造了人类，创造了万物生灵。你说这可能吗？

……

甲：哪位同志在晚会上听过那上帝编的歌儿呀！

乙：也没有这样的晚会。

甲：哦，出来一个报幕的这么讲：下面一个节目：大合唱。作词：上帝；编曲：圣母；合唱队员：五百罗汉；领唱者：灶王爷。

相声作者除了学习借鉴一些行之有效的包袱手法外，更应注意从生活中去吸取营养提炼包袱，设计构思新颖意味深长的包袱。

惊乍：在生动有趣的叙述中，突然一惊一乍，使人感到意外。《劳动号子》中学唱川江号子，歌声由远而渐近，然后出现惊乍：

甲：（轻轻地唱）哎……
乙：来了。
甲：（唱）"千条江河汇大海，亿万人民创世界，双手改造天和地，小小木船哟，运来了大钢材。"（音渐强）
乙：（细听，张望）
甲：（特强地唱）"革命路不平……"
乙：（惊）怎么回事？！吓我一跳！
甲：船到跟前了。
乙：你跟我说一声呀！

《新桃花源记》作者用浪漫主义的方法，让一千多年前的古人陶渊明参观社会主义新农村，陶每到一处，对所见事物都感到新奇万分，出现了一连串的惊乍包袱：

乙：咱们再看看桃源新貌。
甲：呜呀！（大声，惊奇地）（包袱）
乙：怎么了？
甲：前面是座大山。
乙：山有什么大惊小怪的？
甲：昔日秃岭荒山，今朝绿水青山；昔日虎狼遍野，今朝花果满山；昔日荆棘丛生，今朝层层梯田。真乃天翻地覆之变！
乙：这是桃源人学大寨的成果。
甲：呜呀！（包袱）
乙：怎么了？
甲：山中一条白带，蜿蜒盘绕，莫非是万里长城？
乙：万里长城在北方。
甲：何时搬到此地？
乙：昨天……什么呀？那是治山过程中修的盘山公路。

……

甲：呜呀！

乙：又怎么啦？

甲：山下一个大棋盘，一格一格真美观，好像上面铺绿毯，还有棋子在动弹。

乙：那是桃源人建成的大寨田。

三番四抖：这是相声中常用的结构方法，也是最常用的"包袱"手法之一。它的特点是在前面垫上三番（即用意思相近，句式相似的句子铺垫三次或三次以上，把观众的注意力引开），然后在第四番时抖响包袱（因此叫四抖）。

请看例一：《我们的司务长》

甲：司务长拿着手电，房前房后直绕圈儿，"哟！三排的窗户没关！"（关窗户，一番）"这靶板还在外边放着哪！"（抱靶板，二番）"谁的鞋呀？全淋湿啦！"（拿鞋，三番）"怎么房檐底下还有顶皮帽子？"（欲拿）"嗷！"

乙：怎么啦？

甲：是只猫！（四抖）

乙：嗐！倒是看清楚哇！

前面垫三番都是不会叫唤的物件，第四件却是个会叫的活猫，出乎观众意料之外。

这一例是由逗哏自垫自抖的。

再看例二：《友谊颂》

甲：为了多快好省地勘测出这条铁路，朋友们和我们一块与山斗！

乙：翻山越岭，披荆斩棘。（一番）

甲：一块与水斗！

乙：顶风雨，斗恶浪。（二番）

甲：一块与人斗！

乙：戳穿敌人的一切阴谋诡计。（三番）

甲：一块与牛斗！

乙：要把牛斗得……唉！斗牛干吗呀？！（四抖）

这一例是捧逗共同铺垫，由捧活抖的。

还有例三：《山区医生》

甲：有一位同志，我们在一块工作十几年，直到现在我还不认识他……

乙：啊？

甲：不，我还不完全认识他。

乙：怎么这么难认呀？

甲：因为这个同志思想境界高，内心世界丰富，与我自己比，差距大，对英雄不够理解，所以说我还不完全认识他。

乙：那没关系，我帮你认识认识。

甲：你帮我认识？

乙：啊，你先说。他叫什么名字？

甲：名字……不一定。（一番）

乙：不一定！没准名字？他多大岁数？

甲：岁数……不一定。（二番）

乙：他个头高矮？

甲：不一定。（三番）

乙：他什么性格脾气？

甲：不一定。（四番）

乙：他搞什么工作？

甲／乙：不一定！（抖）

乙：就知道你要说这句。

前面垫上了四番，第五番由捧逗"碰托"抖响了包袱。

双关： 一语双关，一句话有两层意思。如《无限青春》中小于到浴池上班后思想又有了反复。

甲：理论上我是懂了，革命需要第一，可一接触到具体工作，那具体的思想问题又出来了。

乙：什么问题？

甲：当我接过第一顶顾客的帽子，举起第一件顾客的大衣，我想得很多：我是学过数理化、ABC的人哪！就干这个！

乙：又想不通了。

甲："唉，大海呀……波涛呀……巨浪呀……理想呀……就像这件大衣一样……"

乙：怎么样？

甲：就这么给挂起来了。

乙：啊？！挂起来了？

甲：实现不了啦！

这里有虚有实。甲挂起来的是顾客的大衣，还有那实现不了的当海员的理想。

对比：对比的包袱用以揭露事物的矛盾，使先进与落后、美好与丑恶、真理与谬误活生生地呈现在观众面前，产生强烈的对比效果，表现了作者的强烈爱憎。

如《公社鸭郎》：

甲：……主要是放鸭子跟我的理想有距离。

乙：我看是你的思想跟时代的距离。

甲：我想的是开坦克、开拖拉机，轰轰烈烈，惊天动地……可现在叫我放鸭子……

乙：……

甲：我想的是骑着高头大马奔驰在无边的原野。可这鸭子怎么骑呀？

乙：有骑鸭子的吗？

甲：再说，唱起来也不好听呀！（唱）"我骑着鸭子过草原……"

乙：别唱啦，那骑得动吗！

《无限青春》里想当海员的小于当了浴池工人，也有一段很典型的对比的包袱。

打岔：乙说一件事，甲有意无意地把它岔开。如《双喜临门》中老奶奶耳背，构成了一组打岔的包袱。

甲："奶奶，说了半天究竟是什么样的四害呀？"
乙：这"四害"就是王、张、江、姚。
甲："什么？"
乙：王、张、江、姚！
甲："唔，破葫芦烂瓢，那扔垃圾堆得了。"
乙：咳，是"四人帮"！
甲："大粪缸？多臭呀！"
乙：你没听清楚，这"四害"是四个人，四个人篡党夺权，四个人结党营私，四个人搞反革命宗派，四个人抱得很死……
甲："我明白啦，就是四类分子！"
乙：四类分子呀！
甲："奶奶，这'四人帮'比四类分子危害大多了。"

打岔应注意三点：
①谐音；
②岔说的字数大致相等；
③要合情合理，不要为追求包袱效果而装聋卖傻！
这里用在老奶奶身上，老人岁数大了，耳背比较自然可信。

手势：相声是语言与表演并重的艺术形式。手势是靠表演而出包袱的。如《主人和主任》中"我"为了解决喇叭车间噪音对工人健康的损害，为实验"喇叭无声校验器"和爸爸（车间主任）展开了辩论。

甲：就为这个我跟爸爸在车间里展开了激烈的辩论。
乙：你说什么？
甲：我一句话没说。
乙：你爸爸呢？
甲：他半句话没讲。
乙：都没张嘴怎么辩论哪？

甲：我们没用嘴辩论——动手了。

乙：打起来啦？！

甲：不，打手势辩论。

乙：怎么不说话呀？

甲：不是在喇叭车间吗？噪音太大。

乙：唔，说话听不见。

以上为下文铺垫，正因为噪音太大，说话听不见，打手势才成为十分必要的事。

甲：全靠打手势表达意思。

乙：那怎么表达？

甲：我爸爸这样。（手势）

乙：唔，你爸爸是说：你要听我的，跟我学游泳，我会狗爬式、蝴蝶式……

甲：咳，胡猜呀！

乙：你爸爸是什么意思？

甲：他是说：你怎么搞的？我是副主任，我说了算，你刚会爬就想飞，你飞得起来吗？

乙：唔，这是飞呀，你怎么回答的？

甲：我这样。（手势）

乙：我懂了，你是说：我不会游泳，我要打太极拳。

甲：我打太极拳干吗！

乙：你是什么意思？

甲：我是说：你是什么思想？你别忘了，你的权力是谁给的，你不相信群众，你右倾保守！

乙：这里哪有右倾保守呀！

甲：有。我这是往哪边歪？（动作）

乙：右边。

甲：我这是保护什么？（动作）

乙：保护手。

甲：哪只手？（动作）

乙：右手。

甲："右倾保守"嘛！

乙：咳，这谁懂呀！

手势要有特定的环境或条件，不在特定的环境条件下听不清或耳背是用不着打手势的。

误会：由于语言或情节上的跳跃，把两件不同的事物衔接在一起，使观众误会吃惊，继而误会解除，恍然大悟，才放心地笑了。

如《闯新路》中外号叫"钉子"的青年要搞科学实验，"我"（生产队长）不同意：

甲："钉子"看我不同意，气呼呼地转身往外跑，一会儿的工夫他把"斧头"找来了。

乙：哟，要动武？

甲：没动武。

乙：他不是找斧头来了吗？

甲：什么呀！"斧头"啊，公社书记张铁斧，外号"斧头"。

乙：怎么叫这个名字？

甲：他这人办事，一向都是旗帜鲜明，大刀阔斧的。

乙：噢，这么个"斧头"。

甲："钉子"平时最爱"斧头"了。

乙：怎么？

甲：斧头一敲，他钉子站得更稳哪。

钉子一生气去找"斧头"，乙（代表了观众的心情）以为拿的是真斧头，要动武，不禁担心起来，但是来的却是外号叫"斧头"的公社书记张铁斧，观众这才放心。

这种包袱常用于情节的发展与转换，这里用于介绍新人物出场。

自嘲：这种包袱多用于反面人物的自我揭露。常用独白揭示其内心世界。如《白骨精现形记》中江青的话：

甲：（江青）"反对我也不怕，他们整了我几个月……欲加之罪，何患无辞。我最恼火的是他们攻击我有野心，这是冤枉我，我不就是一颗贼心吗？"

乙：是啊，你是贼心不死呀！

甲："他们造谣说，我想夺权，我可以发誓：我根本不想夺权！"

乙：你想干吗？

甲："我就想篡党！"

乙：这不一样吗？

甲："他们还说我公开反对党中央，这是无中生有！我反对党中央，从来没敢公开呀！"

她竭力否认的都用自嘲的方式肯定下来了。

自嘲还用于人民内部的，如《无限青春》中青年于得水被分到澡堂工作，他父亲向他祝贺：

甲：这时，我爸爸又高兴又严肃地说："祝贺你呀，得水。"

乙：你怎么说？

甲："都掉进澡堂子了，还得水呢，这回水得的太多了，够我泡的！"

谐音：《喇叭声声》的包袱基本上都是用谐音构成的。

甲：……我的嘴巴就会一个字。

乙：哪个字？

甲："嘀——"

乙：嗐！这不是嘴巴，这是喇叭！

甲：对！汽车的喇叭，司机的嘴巴。

乙：喇叭和嘴巴不是一回事。

甲：在我们来说是一回事。行车途中，我们驾驶员的心里话都是通过喇叭说出去。比方说你坐在车上，我告诉你要开车了，叫你坐好喽，一按喇叭"嘀嘀——""注意！"

乙：噢！车要通过人行横道呢？

甲：告诉行人慢点走。

乙：啊！

甲："嘀嘀嘀——""别着急！"

乙：嚄！俩车相会？

甲：互相礼让啊。我这车一按喇叭"嘀嘀嘀——""我躲避！""你再听对面那车的回答"嘀嘀嘀……"

乙：什么意思？

甲："请过去！"

乙：嚄！俩汽车说上话啦！

甲：还没说完呐！错车的时候我一按喇叭"嘀嘀嘀……"

乙：什么意思？

甲："谢谢你！"

乙：那车？

甲："嘀嘀嘀……"

乙：说什么？

甲："别客气！"

乙：嘿！真是喇叭说话呀！

顺着说：在传统节目中，这种形式用于刻画那些阿谀逢迎、吹吹拍拍的人物。相声《帽子工厂》中有运用得很成功的例子：

甲：他要说"煤球是白的……"

乙：煤球是白的？

甲：就冲你这质问的态度，也得戴个小号帽子。

乙：那……

甲：得顺着说。

乙：那煤球，我看跟元宵一个模样。

甲：他要说"皮球是方的……"

乙：凡是球都是见棱见角。

甲："外国的月亮比中国的亮……"

乙：一个地方一个月亮。

甲:"说得多准确呀!"

乙:(旁白)我亏心不亏心啊!

这段刻画了"四人帮"指鹿为马、极端专横的嘴脸,也表现了乙的矛盾心情。乙顺着说是饱含着反嘲和讥讽意味的。

大实话:《公社鸭郎》中有这样一个大实话的包袱:

甲:晚上我躺在床上琢磨这放鸭子的事,有几点体会。

乙:什么体会?

甲:第一点体会:过去我把农村看得太简单了,现在看来要在农村扎根还得付出艰苦的劳动,你瞧,连放个鸭子都有学问,真所谓:看着容易做着难。

乙:这是实话。

甲:第二个体会——

乙:什么?

甲:放一天鸭子真累。

乙:这是实话。

甲:第三个体会:放鸭子比吃鸭子麻烦。

乙:这是废话。

其实这三点体会都是通过鸭郎实践后得出来的,然而第三点是人尽皆知不言而喻的,"我"偏以庄重的语气同前两点并列提出,包袱就响了。

(五)相声的语言

相声的相,指的是表情;而相声的声指的是语言。相在前,声在后,是不是说明语言从属于表演而处于次要地位呢?当然不是!

在一段相声里,人物,靠语言来刻画;故事,靠语言来叙述;矛盾,靠语言来开展;包袱,靠语言来结构。语言,是相声表演的基础和依据,是思想内容的主要表达手段。

由于相声缺乏戏剧、歌舞等艺术形式那样可以借助的辅助手段(灯光、布景、服装、道具、音响、伴奏等），运用准确、鲜明生动而又幽默风趣的语言，就显得更为重要了。相声的语言有如下几个特征：

一是通俗易懂。这里有一个群众观点的问题。相声是演给群众看，说给群众听的。每个字每句话都得想法子让观众当场听得清清楚楚，而不能有任何"拦路虎"和"障碍物"。否则，观众听不懂就必然要问：他说的是什么呀？等他弄明白这个问题，后面的又没听清，他就会感到气馁而没有兴趣听下去了。因此学习劳动人民通俗易懂的口语，让观众一听就懂，这乃是相声语言应该具备的起码条件。为了达到这个要求，作者对语言应严加选择和提炼，尽量避免把费解的古汉语词汇、生僻的语言、难懂的专门术语和使用范围狭小的方言词语用到相声中来。相声的语言要求明白如画。

二是形象生动。仅仅是通俗易懂还是远远不够的。相声的语言以形象性和生动性扣住观众的心弦。为了做到这一点，相声作者几乎动用了所有的修辞手法来为表现主题服务。不过相声使用这些手法同其他文学作品有所不同，它是以相声特有的包袱形式出现的。因此这就要求作者不断从丰富多彩的生活中提炼语言，努力地学习相声的包袱手法，把节目写得形象生动、亲切感人。

三是风趣幽默。相声语言应该富于幽默感。整个节目应该妙趣横生，波澜起伏，给人以极大的美感，把人们带到欢快愉悦的意境中去。在笑声中明白一个道理，懂得应该爱什么恨什么，支持什么反对什么，切忌直统统、干巴巴的说教。政治名词术语的堆砌、政治观念的简单说明和翻译，是不可能成为一篇好相声的。

毛主席教导我们："语言这东西不是随便可以学好的，非下苦功夫不可。"我们要下决心向人民群众学习生动丰富的语言，在生活中发掘和提炼富有喜剧性的题材和人物情节，再用相声的表现方法来结构每篇相声作品。

（六）学习与借鉴

谈到学习，首先就是要学习马列著作、毛泽东思想。其次就是要恭恭敬敬地向人民群众学习，要向自己所服务和表现的对象学习，虚心地当他们的小学生。除此之外，还有一个向优秀的传统节目借鉴的问题。毛主席教导我们要"古为今用"。对于传统要"去其糟粕，取其精华""推陈出新"，使之为社会主义服务。许多优秀传统节目是艺人们多年来口头流传下来的，在流传中又不断地加以丰富和提高。它们基本思想倾向较好，在当时有积极的意义，艺术上经过了千锤百炼，有较高的成就，值得我们学习和借鉴。

在创作实践中，许多专业和业余作者是很重视借鉴的，如《五台风雷》就借鉴了《关公战秦琼》的结构，《送瘟神》借鉴了《对春联》的形式，《帽子工厂》里也借鉴了《顺情好说话》的包袱手法。

借鉴不等于照搬，而要根据内容的需要去改造旧形式，推陈出新，使之恰如其分地为新的内容服务。

(本文与董铁良合作，在湖北《布谷鸟》上连载12期)

中长篇评书创作谈

本文要讲的是中长篇评书创作的一般规律和要求，对于学习中长篇通俗小说创作的作者，也有重要的参考价值。

老百姓喜欢中长篇评书。当年刘兰芳一部《岳飞传》风靡神州，全国六十几家电台广播，听众竟达几亿人次，这真是曲艺史上空前的盛举。

在那电视尚不普及的年代，中长篇书的主要载体是广播电台，他们靠中长篇书来招徕听众。听众必须按时收听，人们为书中的人物命运和精彩故事所吸引，急书中人物所急，忧书中人物所忧，不穷其究竟不肯罢休。这就是一部好书的艺术魅力！

当时另一重要载体是报刊。报纸上常有长篇连载，这是维系其销售量的法宝之一，还有如《今古传奇》《传奇故事》《文艺生活》等杂志为其提供发表园地。那些刊物读者面广，销售量大，其读者常有几十万，甚至上百万。好的中长篇书，后来又为改编电视连续剧提供脚本的基础，进而成为视觉艺术，进一步扩大了观众面。

人们喜欢好的中长篇书是有道理的，因为他们从中学到许多社会知识和历史知识，懂得了谁忠、谁奸、谁好、谁坏，从这些形象联想现实，使他们爱憎更加分明，特别是新书中那些具有鲜明时代特征的新人物，使他们激动，使他们备受启迪和教育。当然，作品的思想内容是寓于生动活泼的艺术形象中的，听书的同时，也得到了丰富的艺术享受。

创作的题材是没有限制的。中国几千年的历史，那里面的故事浩如烟海，隋、唐、元、明、清几个朝代的农民起义，有很多英雄人物还没有成书，就连李自成、黄巾和太平天国也都没有像样的大书问世，我们可以一试身手。

现代题材中，北伐战争、土地革命战争、长征、抗日战争、解放战争、抗美援朝我们都可以写，在开国元勋中，彭德怀、贺龙、陈毅等的事迹极富传奇性，我们也应给予关注。

当然，作为当代的曲艺作者，更应把主要精力放在当代题材的创作上。祖国经过了三十几年的改革开放，经济飞速发展，新人新事层出不穷，这是一个英雄辈出的时代，有多少感动国人、催人奋进的故事天天在我们身边发生。写新英雄的故事，更富时代性，更能吸引当代人，特别受当代青年的关注。塑造当代英雄，把他们的故事写成中长篇评书，是我们曲艺作家的光荣责任。

当然，无论写哪方面的题材，要构成几万字甚至几十万字的中长篇评书，谈何容易！首先要解决的一个是生活的问题，另一个是技巧的问题。

写大部头的书，没有丰富的生活和历史知识是难以想象的。书中常要刻画几十个人物，要安排上百个情节、细节，关在屋子里是编不出来的。反映历史的题材，更要做大量的采访调查，查阅成堆的书籍、文献，工作非常艰苦。但这艰巨的工作，是无法找人代替的，是值得我们去做的。

除了扎扎实实的生活，那就是写作技巧了。不了解中长篇书的写作规律和技巧，是无法把书写好的。从生活讲，巧妇难为无米炊；从技巧讲，拙妇也难做好有米之炊。即使勉强敷衍成篇，也是非驴非马，难被读者和听众认同。因此，努力掌握中长篇书的写作规律和技巧，也是必不可少的。下面谨就我这些年与书坛的一些老前辈和曲艺界的同仁们接触的学习心得，谈些写中长篇书的一般知识和技巧，供大家写作时参考。

一、完整合理的"书纲"

"书纲"是书的大纲。艺人叫"书梁子"，也是全篇故事的梗概。

构思一篇中长篇书，首先要看有无完整的"书纲"，也就是说，有没有一个完整的比较曲折的故事梗概。有了完整的故事，哪怕只是个粗线条的故事梗概，这篇书就算有了基本的骨架，就可以看出全书的基本轮廓。如同一栋高层大厦已打好了地基，并竖起了雄伟的钢筋水泥的骨架。小的情节、更小的细节、人物性格、形象化的语言等，犹如大楼的墙面、门、窗、地坪、室内外的装饰等，都可以各得其所，各有其发挥余地。可见，构思中长篇书，首先要郑重其事地把这个大架子搭好。有了这个大架子，然后你不妨把要写的故事对热心的听众与行家多讲几次，或分段讲，或整本的讲，把它有根有叶地讲下来，如果大家听得津津有味，认为你讲的故事既引人入胜，又合情合理，找不出大的漏洞，"书纲"大概就初具规模，甚至说是比较完整了。

一般地说,"书纲"可以是作者的腹稿,也可以把它写作提纲。一个较为详细的创作提纲,有经验的艺人就可以敷衍成为故事,这就是"纲书",北方叫"条书",湖南叫"桥书",和过去戏曲艺人唱的"搭桥戏"的"桥"是一个意思。

有些曲艺艺人说的书,初听起来,故事也较完整,但多听几次,就会发现,他这篇书多数是用可以拆卸搬家的"零件""部件"装配成的,这些"零件",今天用在《岳飞传》,明天则可用于《杨家将》,今天说张飞是这个长相,明天讲牛皋还是这个模样。他口袋里有一些各式各样的人物、情节的"套子",随时进行组装、搭配、拼装。这是因为我们的艺人过去学艺时,由于文化水平低,甚至没有文化,师父因材施教,告诉他一些组织"书纲"的方法,并教给他一些"套子",以便随时"组装"。这是不得已而为之。今天,我们的青年都有了文化,就不需要这样做了,组织"纲书"的方法可以学,"套子"也可以学,那只是为了借鉴,这种方法一定要"推陈出新",并根据新的生活进行创造。对于艺人来说,这种"组装方法"也只能用于传统故事,而且要"组装"得合情合理。"组装"得合情合理,也算一种创作,可以进行演出。"组装"得不合情不合理,不但情节七拼八凑,而且内容也缺乏思想性,甚至有毒素,那就不要演出。不负责任的演出,必将毒害群众,造成恶劣影响。

"书纲"是一部书的骨架,也是一部书的灵魂,它不能离开书的结构、"书胆"、人物、语言、环境和"扣子"而存在。"书胆"是书中主要人物和他的活动,各种人物,包括正反两方面的人物,围绕这个主要人物而活动。这个主要人物的活动能不能吸引听众,决定"书纲"的成败。可见"书纲"和"书胆"是书的生命线。此外,陪衬人物的典型化,语言的性格化,环境对情节的烘托,各类"扣子"的安排,特别是"总扣子"的安排等,都对"书纲"有影响,都是在结构"书纲"时。不能不加以考虑的,下面我将分别详谈这些问题。

"书纲"反映作品的主题思想。好的"书纲",主题思想健康,对人们就有教益;主题思想不健康,甚至有毒素,就将毒害听众。这种书尽管听起来也许会很动人,但故事性越强,吸引力越大,对人的毒害也就越深。因此,"书纲"的形成,其内容健康与否,每每反映作者的世界观,这就给作者提出了一个学习政治理论、树立正确的世界观与文艺观的问题。

"书纲"的形成靠生活的积累,靠作者有丰富的历史知识和社会知识。这就是毛主席说的"源"与"流"的问题,创作需要丰富的历史知识,或从书本上得来的间接生活，但主要靠作者本人有丰富的生活。他人讲的故事、报纸上的新闻报道，能给你启发，能引起你的联想，但如果没有你自己的生活，是无法"消化"这些材料的。不能凭空捏造，捏造和虚构是两种完全不同的构思方法，虚构是将众多的生活素材加以抽象、提炼，然后构思成"书纲"；而捏造则是完全违背生活的假想，因此，作者必须深入生活，向社会学习。

"书纲"是以一条主线为好，还是以多条线为好？这当然要看作者所掌握的资料而定。按照传统书的规律，还是以一条主线为好，多条副线围绕主线展开，一部书总是要描写几个或几十个人物，甚至上百个人物的，其中常有几个重要人物，但总得以一两个人物为主。一切活动都围绕这些主要人物而进行，这就是我把要说的"书胆"。主线最好是一条，主线越集中，听众听得越清楚，越能引人入胜。多条线附属于主线，则越多越能使情节更丰富，故事更曲折。

二、严谨清晰的结构

中长篇书是与短篇相对而言的。短篇一般演半个小时左右；中篇可演一个晚上或连演几个晚上，俗称"巴棍活"；长篇书则可演十天半月甚至数月一年，俗称"蔓子活"。

下面分别谈谈中篇书和长篇书的结构。

先说中篇。

以中篇苏州弹词《真情假意》为例，此书四万多字，能演一个晚上。作品着力刻画了俩外貌极其相似而内心截然不同的孪生姐妹琴琴和佩佩对爱情的不同态度。全书分三个回目。第一回，患难见真情。写在闵行工作的青年技术员俞刚因追捕盗窃犯而被土枪打伤了两眼，好心的姑娘佩佩陪姐姐琴琴从上海到医院来看望俞刚，琴琴见俞刚伤势严重，自己的"理想""幸福"即将破灭，竟忍心抛弃了过去自己主动追求的情人俞刚扬长而去。佩佩为姐姐的自私和轻率而气愤，更同情见义勇为的俞刚，怕他在这关键时刻得知琴琴变心会更伤势恶化，于是就毅然决然"李代桃僵"，假装琴琴，留在医院照顾俞刚。第二回，假意换真心。俞刚并不知其中原委，一直以为在医院里对他体贴照顾无微不至的就是琴琴，于是更增加了对琴琴的感激与爱恋。佩佩呢，她决定留下来本来是关心和同情俞刚，也为了姐姐能对俞刚回心转意，将来有个回旋的余地，却又怎料想在患难之中，看到了俞刚美好的心灵，悄悄地对他产生了爱慕之情。第三回，真假全分明。一个月后，佩佩假期已满，见俞刚伤势好转，就回上海工作了。不久后，俞刚伤势已痊愈，解开了绷带，不仅没有影响视力和容颜，而且被提升为工程师，事迹登了报，获得了很大的荣誉。他热情洋溢地向"好心"的琴琴提出要求，回上海就举行婚礼，琴琴此时又是一个一百八十度的大转变，一边要求妹妹永守"李代桃僵"的秘密，成全她的"理想"和"幸福"，一边积极操办婚事，等待新郎来临。谁知俞刚无意中看到了佩佩的日记，真相大白。此时，佩佩忍受着内心的矛盾和痛苦，在他们即将举行婚礼之时毅然离去。

作品自始至终围绕着《真情假意》的题目做文章，多层次地开展情节，展示人物性格，真情——佩佩对俞刚、琴琴的一片真情，舍己为人的社会主义高尚情操。假意——琴琴待俞刚和妹妹的虚情假意，朝秦暮楚，瞬息万变，一切都浸泡在利己主义的冰水之中。

中篇弹词《新琵琶行》也有四万多字，分为四回：琵琶行、琵琶恨、琵琶进、琵琶颂。写的是一段抗日战争时期的革命斗争故事。

中篇书的回目，是情节大段落的划分，它们的长短不要过于悬殊，要围绕主题与中心事件，起伏跌宕，峰回路转，及至高潮。

再讲长篇书的结构。

前面说过，长篇书短则能说十天半月，长则能演一年半载，人物众多，情节复杂，内容浩繁，这就决定了它的结构是比较复杂的，常由若干大单元（垞子），许多小单元（回目）和许许多多小情节（小回目）结构而成。

比如，《水浒》是一个长篇，《武松》就是其中之一的"垞子书"，下面又分为"景阳冈打虎""杀嫂祭兄"等十个回目，回目以下为小段落，如"杀嫂祭兄"一回包括"挑帘裁衣"等十六个小段落，也叫小回目。每个回目中的小回目多少，依内容多少、情节繁简而定，少则两回，多则达一二十回，有话则长，无话则短，不受什么框框的限制。

回目按情节发展先后顺序安排，回目之间联系紧密，前一回之果，为后一回之因，环环紧扣。武松如不在景阳冈几拳打死猛虎，又怎能荣任都头，又怎能见到兄长武大郎？如没有武松公差外出数月，又怎能有大郎惨死？怎能有武松杀嫂祭兄，斗杀西门庆之举？

三、统领全书的"书胆"

"书胆"就是书里的中心人物,全书情节都围绕着他展开,写书时,一般说不能同时写两个"书胆",同时写一个或两个以上的人物,总得有主有从,有重有轻,使中心突出,听众注意力能够集中。有的书可能不止一个"书胆",根据情节发展也可以换"胆",如《岳飞传》全书一百回,六十六回以前的"书胆"是岳飞,六十七至一百回则是岳雷。具体到每一回目,可能又有不同的中心人物,但故事的主要情节,都是围绕"书胆"而组织的。扬州评话《武松》只有一个"书胆"——武松,十回书贯穿到底。但在小回目中,武松有时并未出场。如第二回"杀嫂祭兄",从"挑帘裁衣"到"何九焚柩"这六个小回目,都没有武松,写的是西门庆如何与王婆勾结、与潘金莲通奸,以及杀害武大郎焚尸灭迹的全过程。但这几回书是武松杀嫂祭兄的契机。武松与武大郎兄弟情深,怎能不为惨死的兄长报仇雪恨!这一事态发展,使打虎英雄成为长解孟州的配犯。从此厄运当头,终于被逼上梁山。第六回"大闹飞云浦"包括十二个小回目,其中第七回"施蒋斗手",第八回"康文辩罪"也没有武松出场,可是这两回书与武松的命运关系密切。"施蒋斗手"写武松被陷入狱后,施恩又与蒋门神遭遇,由于失去了武松这个坚强的后盾,再遭蒋忠毒打,施恩知道,他的仇不能公报。因为张都监、张团练都是蒋忠的硬后台,他父亲不过区区营管,正在二张属下,他只能寄希望于武松,只要武松不定死罪,他施恩总有报仇雪恨之日,因此,不惜花费三千银子买通关键人物书办康文,利用知州陈君谋与张都监的矛盾,揭穿这桩冤盗案,将武松的案子搞活。恩兄武松得救,他报仇自然有望了,这就是第七回"康文辩罪"的内容。由此可见,没有"施蒋斗手"就没有"康文辩罪",没有"康文辩罪"则武松必死无疑,后面的戏也就没法唱了。所以说,从局部看,这两个小回目的"书胆"分别是施恩与康文,但从全局看,还是为全书的"书胆"武松服务的。

由此可见,写一部中长篇书,要从全局出发来安排"书胆",选中了"书胆",全书的主题才得以充分地表达,全书的情节都靠他穿针引线,得以合乎情理地开展。

四、生动鲜明的人物

文学是人学。中长篇书要写的是人物的悲欢离合、人物的命运。

书中的主要人物，自然应该着力把他写好，使他具有典型环境中的典型性格，除此以外，还有众多次要人物，也应努力写出他们的个性，给人们留下生动鲜明的印象。

中长篇书刻画人物的方法很多，常用的有以下一些：

（1）人物肖像描写

戏剧里的人物什么长相什么打扮，观众一望可知，书中的人物则必须借助语言来描述。这种描述，艺人们叫"开相"或"开脸"。

肖像描写切忌滥用传统书中的"套子"，避免脸谱化，而应力求刻画人物性格。

好的肖像描写，能使人产生"如见其人"的真实感，对人物的外形留下深刻印象。

《桃花庄》中鲁智深出场时并未"开脸"，直到他去酒店开门，从门里冲出来一个老头，手拿菜刀，一头撞在鲁智深肚子上，才通过店主老头儿的印象来描写花和尚的相貌穿着。

"老头抬头这么一看哪，'哎呀，我的天哪！原来是个大和尚，活这么大岁数了，也没见过这么大的和尚呀！'看鲁智深身高过丈，膀阔三停，头如麦斗；身上穿着青僧衣，白护领，腰系丝绦，大红的底襟儿，开口僧鞋，高靴白袜子，左肋下带着一把戒刀，绿鲨鱼皮鞘，金吞口金兽面儿金饰件儿；大红刀袍三尺长，随风飘摆；斜肩带背，背着十八颗人面骷髅骨的铁数珠——就是和尚老道拿的那个手串儿，他有十八颗，可是铁的，那一颗呀，四斤沉，老头刚才那一脑袋正撞在数珠上，要不怎么起个包呢！手里拎着一条镔铁禅杖，是一百二十斤沉，这和尚站在那儿，老头觉得这个屋哪，都有点矮了，这道有点窄了，大门也显得小了。"

这段"开脸"有几个特征：1. 这和尚身高体壮，相貌奇特；2. 此人力大无穷——光脖子上的数珠都有七十二斤重；3. "开脸"前一部分采用"白描"，后面有了一系列夸张，不是由说书人直接描述，而是通过书中人物之感受描写,不仅结构紧凑,而且更有真实感。

这段是用散文,而书中用韵文"开脸"的更多,下面举两个例子:

《武当山传奇》中主要反面人物均州守备兼均光谷三县团练练总王三盛,是通过农民英雄秦海山的眼睛来描绘的。

"只见此人,三十冒尖,细高个子,瘦骨嶙峋,一张又瘦又长的驴脸,几根又稀又黄的野猫胡;驴脸上吊一钩铁青的鹰嘴鼻,嵌一对血红的鹞子眼,好一副恶相!真所谓:鹞子眼,吃人心,挖人胆!"

这里用了许多比喻和夸张,形象奇丑,色彩对比强烈,黄胡子,铁青的鼻子,血红的眼,只几笔就勾勒出这个杀人魔王的特征,用的是"言前"辙,但不是很严整的。

秦海山的小徒弟秦天柱的"开脸"是十分可爱的。

"这娃娃,看年纪不过十一二岁,瞧个头顶多四尺二三;细条条身腰大手大脚,机灵灵传神欢眉大眼;胖墩墩云盘脸儿,说长又圆,有红似白,如新月出云般亮,比春花带露还鲜;滴溜溜两只酒窝儿,旋起来脸蛋乱颤,如流蜜,似沁泉,笑得分外甜;逗人爱,惹人怜,不亲两口,心尖痒痒难熬煎!"

这段用的也是"言前"辙,注意对仗,语言流畅清新,朗朗上口,没有"脸谱"的痕迹。

(2) 人物的行为描写

长书也好,短书也好,总离不开曲折的故事情节,更离不开人物在故事情节中的所作所为。

一部《武松》听完之后,人们经常议论,印象最深经久难忘的,不是哪个人物的"开脸",而是武松的英雄行为。景阳冈上打猛虎;杀西门庆、潘金莲,伸张了正义,为武大郎报仇雪恨;快活林醉打蒋门神;鸳鸯楼怒杀张都监、张团练;蜈蚣岭除掉凶僧吴千,救出武金定……这些是他的主要英雄业绩。正是这些英雄行为铸成了武松这个古代人民勇敢、正义、智慧的化身。

听过《岳飞传》人们经久难忘的是什么?是岳飞枪挑小梁王柴桂,大闹武科场;是出奇制胜,以少胜多,八百破十万,沉重打击了侵略者金兀术的嚣张气焰;是朱仙镇大捷,在逆境中力挽狂澜……当然,人们为他惋惜,他的愚忠,使他父子三人惨死风波亭,从此国事日益颓危,朝廷内群小当道,忠良遭害,终于不可收拾。以上一系列行为构成了封建时代爱国民族英雄岳飞的形象。

除了主要人物在主要事件的大动作外,还要细致生动地写好人物在情节和细节中的行为，多方面展示人物性格特征。

《武松》第六回中写了一个州衙门里的书办康文，此人精通刑律，老谋深算。他知道武松在受刑时高喊"栽赃冤盗，冤枉难招"其中必有冤情，在施恩答应给他三千两银子报酬的前提下，决定为武松的案子出力。但他的对手是三品大员张都监，自己不过是一名州衙门里的小吏，绝不是张都监的对手。公道话不是那么好讲的，白花花的银子也不是那么好拿的。但他凭着五十年当差的经验，善于利用各种矛盾，变不利为有利，他抓住了张都监栽赃陷害武松色厉内荏的本质，利用知州陈君谋这块招牌去都监府和张都监展开了一场以柔克刚、十分精彩的舌战。张都监指斥他有意为武松开脱，他则推说，案子本身破绽百出，你硬要报上去，上级也可能驳回，为什么本事平庸的强盗逃得一个不剩，而武艺超群的武松反被活捉？为什么武松身轻如燕，从几尺高的墙上跳下反会失足？……这些问题，个个一针见血，问得张都监张口结舌，无言以对。这时，他不失时机地发动进攻，提出要将都监府的更夫，兵丁带两名回州府审问。这样一来，饺子就要露馅了。张都监完全处于被动之中，这时，老练的康文胸有成竹，对张都监说："大人，您若要坚持治武松死罪，必将落得个三罪并罚的下场，那你可是吃不了兜着走啊！说不定要闹个身败名裂呢！一、你既知武松是杀人的配犯，为什么要任用他为都监府的老师。这是条'目无皇上'的欺君之罪。二、你这个行伍出身（不会有殷实的家底）的张某，到都监府才两年，在姨太太房里一次就有一万两银子的私蓄被盗，你家里到底有多少家财？这些银子都是从哪里来的？你得交代出来！要不，这说明你平日'克扣军粮'，而'克扣军粮'是要杀头的。三、你都监府是维护地方治安的官员（有如'警备司令'的职务），你倒来报盗案，你连自己家都守不住，你是干什么吃的？起码要判你个渎职罪！"这番话，使不可一世的张都监像只斗败了的公鸡，除了冒冷汗之外是再也没有什么本事了。他只好叫康文牵着鼻子走，乖乖地向康文求救请教，按康文的主意，把原来移文上的"涂面挂须、带刀劫杀"改为"捕盗不力，贪拾盗赃"。武松的命保下来了，康文的银子到手了，后来，张都监自己的脑壳反而掉了。

这一段康文辩罪，写人物的行为，几个人物性格鲜明，层次清晰，逻辑性强，入情入理，栩栩如生，令人折服。康文、张都监简直呼之欲出了，这是《武松》中的神来之笔。

（3）人物的心理描写

书中刻画人物，除借助行为和语言外，还常用心理描写，以提示复杂的内心世界。好的心理描写，不仅丰富了人物形象，而且推动了情节的发展。

苏州评话《赠马》写关羽苟安曹营之时，有一次曹操请他在五匹好马中选一匹最好的，要送给他，关羽都看不上，并一一指出这些马的毛病，只好又牵来五匹，关羽还是不中意，突然传来一声"疯马"的长啸，他偏说这匹"疯马"是好马，曹操无奈，只好令人将"疯马"带出来，但派去抓马的一百名兵卒都制服不了它，关公见了此马，听人介绍了此马的来历，赞不绝口，"好马啊好马！"紧接着有几段心理描写。

曹操暗暗好笑，想如此疯马，你还要称好，我手下多少大将都称好，后来被它咬得头破血流，鼻青脸肿，就是我自己也领教过的。

"云长公，你看这许多军卒也不能近前，如何能降伏此马？"

关公被曹操提醒，想到自己身旁有个马童名唤华吉，他父亲和祖父都是关外辽东马贩子，华吉在十二岁的时候，就随父贩马，辽东是出好马的地方，他都跑遍，到过混同江、松花江、长白山等地，不但练就一身武艺，还懂得马的性格。他投了关公七年，经常把伏马的要领讲给主人听，关公此时想到了他。

"丞相，我手下有一名马童，善能驯马，可要命他前来一试？"

"这倒甚好。"心里却想：我这许多大将都试过，难道不及你的马童？

关公回头向辕门外高叫一声——

"马童华吉！"

华吉正在辕门口代主人执着青龙刀，看主人关将军和丞相立在土墩上，不知在看些什么，现在听主人呼唤，就把青龙刀交给家将，向土墩走过来。曹操一看这马童，顿时一呆，想主人何等威风，今看这马童人不出众，貌不惊人，一身骨瘦如柴，他与这疯马去搏斗，只怕被马掼下来，必然跌死。莫说曹操轻视这马童，众将也担心，因为马童生得瘦小，身上又是轻装扎束，莫怪大家看他不起了。

"二将军在上，小人华吉在。"

"代我之劳，速即上前，将此马拿来见我。"

"小人遵命。"

曹操和众将听得好笑，有这种主人，出这种马童，关公讲得出，马童应得下。

曹操和他手下众将都等着看笑话。

明明是一匹"赤兔胭脂"宝马，曹操偏不识货，让它在马棚里关了三年，只因为极难驯服就说是匹"疯马"，可见曹操眼拙，关公只听到一声嘶鸣就连呼"好马啊好马"，及至亲眼见到了它，更是喜不自禁，连声称赞，对此，曹操是颇不以为然的。

这里有三段曹操的心理描写。

第一段是暗笑关公不识货，"想如此疯马，你还要称好！"

第二段是对于关公提出让他的马童驯马，深感不快，"我这许多大将都试过，难道不及你的马童？"觉得关公藐视了他。

第三段是写曹操见到了马童华吉后的心情，由不快，到震惊，以至轻蔑，你关羽派这样的马童去驯"疯马"，简直是拿我曹某开玩笑！谁知关公煞有介事地偏要命华吉"速即上前，将此马拿来见我"。曹操此时的心情更是愤愤然了！

这里关公也有一段心理描写，穿插了华吉的来历，莫看他个子矮小，其貌不扬，但他是从小在马背上长大的，怀有一身绝技，对此，他心中有数。因此，在关键时刻，他想到的是华吉而不可能是别人。曹操与众将的心理活动，关公能不察觉出来？但他胸有成竹，从容大度——这才是真正的大将风度。当然更重要的是他慧眼识宝——这是他比曹操高明的地方。他认出了"赤兔马"并非"疯马"，而是"宝马"，信得过其貌不扬的华吉是能驯服"宝马"的能人，而不是庸人。他们二人的心理描写形成了鲜明的对比！

其结果如何呢？华吉像玩杂技似的驯服了宝马，曹操心服口服，对关公更加敬佩。先抑而后扬，这一段是十分精彩的。

评书《林海雪原》"舌战小炉匠"中，杨子荣巡山时遇见匪徒押解栾平进山，有一系列心理描写。

他仔细一看被押的这个人，"啊！是他！"自己险一些喊出来，被押的这个人正是已在九龙堰抓的那个小炉匠——匪徒栾警尉。"哎呀！他怎么来啦？怪呀！糟啦！我认识他，可是他也认识我呀！容他见了面，说出我的来历，我们的全盘计划就都完了。"这工夫，三个人已经走进威虎厅去了。"我看我以司宴官的身份瞒过座山雕。我毙了他？不成，这样引起匪徒们对我的怀疑。那么我们要是见了面呢？见了面还是先用舌战，舌战不行的时候，嗯，单凭我腰里的二十响净面匣子和几颗手榴弹，我跟他们拼了！我也杀他个人仰马翻。可惜，我没完成党交给我的任务。"这时候就听身后，噔噔噔……跑过一个匪徒来，"九爷，三爷有请。"子荣一转身，"哼，你回禀一声，说我马上就到。""是。"小匪徒走了，子荣用手一搓脸，这工夫才察觉出来，手上出了两把滚汗。"呸！"啐了一口。胆小鬼，怕什么？！二〇三首长曾经指示过，越遇到大的变故，越要镇静，想到这儿，把两肩一抖，大踏步奔威虎厅来啦！

一番心理描写把杨子荣见到小炉匠后如何应付突变形势时的思想活动表达得淋漓尽致。一切都是为不暴露自己的身份，不使全歼顽敌的计划受到干扰。这就是在威虎厅上化险为夷，致小炉匠于死地的思想准备，也是尔后情节发展的依据。

书中的心理描写不宜啰唆，求其细腻，也要恰到好处，否则就会使人厌烦。

五、通俗、生动、诙谐、形象的语言

书中的语言分四大部分组成：叙述、描写、评论、人物对话（在有唱的曲种中，还是唱词一部分）。由于中长篇书是长篇叙事体，叙述就显得特别重要，书要采用各种方法把故事叙述清楚。常用的叙述笔法有正笔、倒笔、伏笔、补笔、暗笔、擎人笔等。书中的描写能使听众如见其人，如临其境，感到十分真实可信。描写又分肖像描写、行为描写、心理描写、景物描写。评论，是作者（演员）直接对书中的人物、事件直接发表议论的部分。以上三个部分除有些心理描写之外，都是采用第三人称。人物对话，是书中的各种人物用第一人称进行交谈。性格化的对话常使人"如闻其声"。

书的语言要求通俗、生动、诙谐、形象。通俗就是要用经过提炼的、生动活泼的群众口语，切忌使用只宜阅读的文学语言；避免使用生僻、晦涩难懂的词语；除非出于刻画人物或某种特殊需要，不要使用文言词语。总而言之，要为听众着想，使他们听得懂，听得清，尽力清除听书时的"拦路虎"。语言生动，是吸引听众的重要手段之一。语言干巴，叙述呆板，往往使听众昏昏欲睡，甚至拂袖而去。诙谐是相声的基本特征，在评书中也是重要的语言特色，有时评人论事一针见血，有时叙事状人妙趣横生。夏雨田同志在《各顾各》中刻画了一个自私自利者的典型，书中批评他是十分诙谐而且含蓄的。

这胖子是哪一个？是一个肉食店的负责人，十年浩劫，供应紧张，他呢？却是一天比一天胖。他经常对排队买肉的顾客说："唉，看到你们一个个黄皮寡瘦，我就晓得肉太少了。"有个顾客说："唉，看到你家这胖，我们就晓得肉为什么少了。"

肉为什么少了？跟他这一类的胖子有关。十年动乱中，民不聊生，肉本来就比较少，再加上他各顾各，尽可能地养肥了自己，自然顾客们就要黄皮寡瘦了。

湖北评书《夜走长湖》中，我军侦察员沈俊为送重要情报到百里长湖边的一个小草房中和地下交通员老渔民李振跃大爹接头，与国民党特务徐金苟遭遇。三人短兵相接，有一场搏斗。

"……徐金苟刚刚站定，后门口'唰'闪身进来一个黑影，徐金苟暗自高兴，想不到只打了这两个就来了人，赶快叫他们来帮忙。'喂，上！'只听黑影说：'嗯，来了！'一说来了，果然跟在他的身后，接着一支'枪'比到徐金苟的腰根上去了，'不许动！'徐金苟一听，'喂，搞错了，帮我的忙，怎么帮他的忙？！'现在不能犟吵，你一犟，他手一扣，这里就出来了！先把手举起来再商量，也可得，不动就不动。再回头一看，啊，难怪，是李大爹转来了，有点不服气，咦？看不出来，这个老头子他还带枪，我还冇看出来……嗯，难怪看不出来，这枪蛮小，小口径的……嗯，只怕是小'八音盒子'，哪里是么'八音盒子'，是李大爹的水烟袋！"

与敌特搏斗，本来是十分紧张的，但作品用夸张的手法、诙谐的语言，写得十分轻松风趣，真是别开生面，给人留下深刻印象。

叙述的各种笔法，各种描写方法和评论，本文有关各节中还要详细介绍，这里着重谈谈人物的对话。

人物对话要求符合人物的身份、教养和性格，尤其是主要人物对话一定要个性化。

《拳打镇关西》中，有一段鲁达和史进遇见打虎将李忠的对话，就是比较典型的例子。

史进一瞧，认得是当初学拳脚时的启蒙老师，名叫李忠，绰号打虎将，这才叫了一声："师傅，好久不见啦，你老一向可好？"

李忠见是史进，慌忙叫道："大郎，你怎么到这里来啦？"

当时鲁达在一旁插言便道："既然是史大郎的师傅，走吧，咱们一同去吃酒。"

李忠常在渭州城里关外做生意，认得鲁达，笑着说："好好，提辖稍等一会儿，我卖完了膏药，咱们一块儿走。"

"哎，谁耐烦等你，要去就去！"

"提辖别生气，我的买卖还没做完哪，怎么能去呢？这么办吧，大郎，你同提辖先行一步，我随后再找你们去，好不好？"

史进尚未答言，鲁达就跟那些买膏药看热闹的人说："今天不练啦，膏药也不卖啦！散散吧，哪一个不走开，俺是现打不该着！"说话之间，连推带搡，把众人赶得一哄而散了。

李忠是史进的拳脚启蒙老师，史进见了自然十分客气，开口"你老"殷勤问好，李忠是个卖艺人，靠卖膏药献艺混饭吃，因此当鲁达提出请他一同去吃酒时，他既想与史进叙旧，又想吃酒，更舍不得就此收摊，想多赚几个，所以才提出请他们稍等一会儿，卖完了膏药就一同去，这样才能三全其美。鲁达呢，是军官出身，生性耿直，与李忠素不相识，只是碍着史进的面子才请他喝酒，见李忠不爽快，打小算盘，就不耐烦了，于是连骂带吼，连推带搡，把围观者赶散，采用这种方式请人喝酒，生动地表现了他直爽、豪放的性格。

六、逼真的环境与气氛

书中的环境描写要求逼真，有时采用白描，有时则极尽夸张渲染之能事，使人物活动于典型环境之中，情生于景，情景交融，使听众如临其境。

扬州评话《挺进苏北》"陈毅拜客"一回中，写陈毅轻装简从到国统区海淀镇拜访国民党元老——有民族气节的爱国人士韩紫石。说服他对顽固派施加影响，打破伪江苏省主席韩德勤企图吞掉新四军的阴谋。但韩紫石心存疑虑，又不敢得罪专程来访的陈司令员，于是精心布置了一个奇特的环境，表明自己的心迹，给陈毅一个软钉子碰，请看书中怎样描写。

"陈毅步入花厅，只见迎面是两幅白纱帷帐，挑起帷帐，对面是六扇暗红色屏门，屏门正当中挂了一幅中堂，是扬州八怪之一郑板桥画的松、竹、梅《岁寒三友图》，两边配着一副对联，是韩紫石自己撰写的，上联：'苟全性命原非计'；下联：'饱看兴亡亦可哀'……对联底下，是一色海梅桌椅，就在花厅正当中，放了两张白木长条板凳，上面搁了一口油漆得乌光锃亮、上有十三朵圆花的黑漆大棺材，棺材前面是一张供桌，供桌上放了个黑漆描金托盘，一块红绸子盖着，里面不知放的是什么东西，棺材旁边放了一张竹藤躺椅。躺椅上睡了一个人,但见他年过七旬,瘦骨嶙峋,高眉寿目,红光满面,颔下一把银须。他穿一身夏布褂裤,胸前盖一条毛巾,双眼微合,似睡非睡,似醒非醒。"

你看,迎接陈毅的竟是这样一副"布景"和这样一个人物!

这客厅里的布置除了白就是黑,白纱帷帐,黑漆棺材,分明是个灵堂!而棺材的主人并没有死,他就睡在紧靠着棺材的竹藤躺椅里,意思是说,我是个行将入木的人,你陈毅来找我干什么呢?但是这个怪老头"高眉寿目,红光满面",不但不会死,也没有打算死,他是个在极其矛盾的心情下活着的国民党老政治家。陈毅从那中堂和对联中一眼就看穿了他内心的秘密:松竹贵在四季常青,腊月隆冬,傲霜斗雪;梅花最恨招蜂引蝶,数九寒天,怒放吐香。这"岁寒三友",用来表示韩紫石的心迹,这副对联的上联"苟全性命原非计",是说他乱世偷生,并非本意;"饱看兴亡亦可哀",是说国家将亡,他自己无能为力。反映了他身虽退隐,但仍忧国忧民的矛盾心情。这一环境描写是很有特色的,它生动准确地刻画了韩紫石的性格,也使陈毅找到了打开这把大锁的钥匙。

评书"李逵迎娘"中写李逵辞别宋江去山东沂水县沂临山百丈村接老母亲上梁山,他离家多年,家究竟是个什么样子呢?寻了半天没寻到,"嗯?那边两间草屋倒有点像自家屋里的,七歪八倒,东一个窟窿,西一个洞,破败不堪,屋面上还生满青苔……再看门前,一棵大树,有两人合抱粗,树下有只树桩。"不错,这个树桩是我搬来的,熟悉,因为穷,连只凳子也买不起,只好去搬只树桩来好扶娘到外面去坐坐,冷天晒晒太阳,热天乘乘风凉。这是屋外的情况,屋内是什么样子?望到里面,看见房子里只有一只桌子,桌子只有两只脚,怎么摆得平?一面靠墙,其他一无所有。桌子一边一只破板床,床上一条破棉絮,已经烂成一块一块了,根本没法盖,只好钻进钻出。再看下去,才看到坐在床沿的老人,一头白发,骨瘦如柴,衣衫破烂,这就是李逵的娘。

这景是由远及近,由外到内而展现的。它就像电影的镜头,由远景、中景、近景到特写组成,突出了一个"破"字:荒村、破屋、破桌、破床、破絮,再加上一位形容枯槁、身无完裙的老妇,这就是宋代农村的风俗画,这也是千万个李逵难以在家乡安身而要揭竿而起的注脚!李逵是个孝子,看到了老母在这里受苦,更增加了对她的敬爱与自疚,也更坚定了接她上梁山的决心!

环境、景物的描写,都是为主题服务的,是与人物、情节紧密相关的,决不能为写景而写景,要求"景为情设""情自景生"。

书中说表部分常用口技渲染环境气氛，侦察员急促的马蹄声由远而近，风驰电掣的列车呼啸而过，静夜的枪声，夏夜的蛙鸣，警车尖厉的汽笛，摩托车飞驰的喧嚣……只要用得其所，都可以使情节更加紧张，气氛更加热烈，使人如临其境，而不知不觉地为主人公的命运担忧。

七、扣人心弦的"扣子"

中长篇书重在情节和人物，而"扣子"是连接情节环扣，是制造悬念的技巧。"扣子"又叫"关子"，所谓"卖关子"就是要使书中主要人物的命运引起听众的强烈关心，使他们对人物产生深挚的感情。如果听众对人物毫无感情，漠不关心，就引不起悬念，成不了"关子"，当然就谈不上扣人心弦了。

"扣子"是说书的重要特点之一，也是写书的基本技巧。"扣子"有大有小，大"扣子"贯穿全书，一扣到底；小"扣子"到处都有，随扣随解。"扣子"有单扣子、连环扣之分。单"扣子"扣在一处，连环扣盘根错节环环紧扣。

一部书中，如果没有造成强烈悬念的矛盾，没有贯穿全书的"扣子"，没有许多星罗棋布于全书中的大大小小的"扣子"，是不可想象的。如果没有许多出奇制胜的悬念，不能引起听众对人物命运的关切，要想使听众每天按时坐进书场，让听众按时打开收音机来听你的书，那是绝不可能的，俗话说的"看戏看轴，听书听扣"就是这个道理。

《武松》贯穿全书的"扣子"是什么？就是英雄武松的命运。他一表人才，力敌千钧，武艺超群；他为人正直，品德高尚，想要报效国家，造福民众，为什么偏为那黑暗的社会所不容，几致身陷绝境，最终被逼上梁山。

有的"扣子"是回目中的贯穿线索，如湖北评书《三杰八俊十二雄》中沈家店的张胜，打死了作恶多端的南京镇南镖局的老镖头王鼎鳌和二镖头龙光。王鼎鳌的女婿杨定杰一反常情，不但不带领哥儿们去为岳父报仇，杀死张胜，反而千方百计主动接近张胜，甚至同张胜结成金兰，解除了张胜理所当然的疑虑，这究竟是为什么呢？这个大悬念，听众是无论如何也放不下来的。后来，情节发展到了张胜担任了镇南镖局的二镖头，杨定杰请他张胜亲自押送五万两镖银走北路而去。及至张胜的人马走远，杨定杰仰面笑道："哈……！张胜哪，我的儿呀，你要想留得性命，那除非是转世投胎再来！啊呀，哈……"杨定杰何出此言？原来这是他定的借刀杀人计，这个"扣子"一直到张胜被擒，九死一生之时才解开，差点糊里糊涂做了刀下之鬼！

《武松》第八回"夜走蜈蚣岭"，武松路过蜈蚣镇时，听说蜈蚣岭大寨主飞天蜈蚣吴千、二寨主李二头陀狼狈为奸，烧杀奸淫无所不为，附近百姓深受其害。今日又在光天化日之下抢走了武金定，武松大怒，决定上山除掉二害，救出武金定。但吴千这恶贼可不是一般人，两年前，武松和师傅鲁智深分手之时，师傅告诫他江湖上能人多，切不可轻敌，特别提到飞天蜈蚣吴千，使一对双股剑，勇不可敌，连师傅都不是他的对手，而现在武松明知山有虎，偏往虎山行，要和吴千一决雌雄，你想，哪位听众能不为武松见义勇为、奋不顾身的精神所感动，不为他的命运安危而担心呢？武松上山后同他斗智斗勇，确实不是吴千的对手，被杀得只有招架之功，而无还手之力，眼看他命在旦夕，绝无生路。谁知绝处逢生，失足一跌倒跌出来个"醉八仙"的绝招，杀了吴千，观众这时放下了心，解开了"扣子"。

"扣子"有"明扣""暗扣""单扣""连环扣"之分。

"明扣"故事情节的发展，观众心里明白，人物却蒙在鼓里，因此，观众都为人物担心着急。

《岳飞传》里奸相秦桧施毒计陷害岳飞，将岳飞父子三人下狱，但他还不放心。因为，只要有岳家军在，他就一日不得安宁。于是，他向昏君赵构要下旨意，命钦差将御酒三百罐、牛羊各三百头送往前线，犒赏三军。秦桧命人在御酒中全都下了毒药，企图把岳家军一网打尽。钦差一出发，听众就为岳家军众将担心，直到余化龙、何元庆等众将先尝御酒，中毒身亡，这才揭穿了秦桧的阴谋，以较小的代价换取了广大将士的生命。"扣子"到此才得以解开。

岳飞上京考武状元，枪挑小梁王柴桂，使张帮昌谋反的阴谋成为泡影，因而屡遭暗害。后来，秦桧害死岳飞父子后，为了斩草除根，又利用了这一矛盾，将岳家三百余人充军发配云南，途经巴龙山时经过小梁王之子柴排福防地。柴排福报父仇心切，将岳家人全部抓获，准备开膛摘心祭奠先父亡灵，正在这千钧一发之时他母亲柴夫人对儿子说明原委，晓以大义，不仅释放了岳家人，柴夫人还与岳夫人结为姐妹，并将女儿柴玉香许配岳霖为妻，至此听众才如释重负，悬念解除，皆大欢喜！

以上是两个"明扣"。

"暗扣"有两种：一种是情节的发展中，剧中人明白，听众却不明白。

《水浒》里"横海郡柴进留宾，景阳冈武松打虎"这一回书的结尾是很典型的"暗扣"。

……那一日，武松心闲，走出县前来闲玩，只听得背后一个人叫声："武都头，你今日发迹了，如何不看觑我则个？"武松回过头来看了，叫声："阿也，你如何却在这里？"

不是武松见了这个人，有分教：阳谷县里，尸横血染，直教钢刀响处人头滚，宝剑挥时热血流。正是：只因酒色忘家园，几见诗书误好人。毕竟叫唤武都头的正是甚人，且听下回分解。

来者究竟是谁？为什么他的出现竟要使"尸横血染""人头滚""热血流"呢？这回书里他不说，非要"且听下回分解"不可，请问听众，你能不来听了扣人心弦的下回书吗？

还有一种"暗扣"，是剧中人物和观众对于情节发展都一无所知。

《桃花庄》写鲁智深来到桃花庄一家酒店门口，只见酒幌迎风摆动，但大门紧闭，叫门无人答应。"鲁智深侧耳这么一听，'嗯'由这院子里传出来，隐隐约约有人哭的声音，他更觉得奇怪了。"此时，鲁智深大声呼喊，并擂了大门一拳，这一来，"就听院里'腾腾腾！'传出一阵脚步声，'咯吱'这么一声，大门开了，打里面出来个老头，六十几岁的年纪，腰里系着个围裙儿，手里拎着把菜刀，老头眼睛都红了，出得门来大喊一声：'哼，老夫我和你们拼了吧！''当！'上去就给鲁智深肚子上来了一羊头……"

大白天酒店正好营生，为何关门闭户？为什么院里隐隐传来哭声？这里出了什么事情？冲出来这个老头与鲁智深素不相识，为什么拿菜刀同他拼命？老头大喊："老夫我和你们拼了吧！"这个"你们"是谁？这一系列的问号不仅鲁智深一无所知，听众也不明不白。

下面一例中的"暗扣"更是轻描淡写，不露声色。《桃花庄》中那小饭铺的店主对鲁智深诉说他女儿被二龙山的强人"小霸王"周通抢去的经过，鲁智深吃饱喝足之后，对老头说了一条制服周通的妙计。他对老头说："附耳过来，你这么办这么办。"老头听了大喜："哎呀，大师父，太好了！你歇着吧。"说完老头就去做准备了，鲁智深的妙计当然是告诉老头了，不然老头怎么会"大喜"，这是作者故意"卖关子"，暂时不让听众知道，此计到底妙在哪里？周通人多势众，鲁智深真能制服他吗？构成了强烈的悬念。

从"扣子"结构的特点看，"扣子"分"单扣子"和"连环扣"，"单扣子"比较容易掌握，它是随时结，随时解。以上举的几个例子都是"单扣子"。这里着重要讲"连环扣"。什么叫"连环扣"？在书中设置一个总的悬念，但又不急着解开，在这个总悬念中又支出许多小"扣子"来。把总"扣子"按下不表，先逐个地解小"扣子"，最后再解总扣。这种"连环扣"，艺人们又叫"金丝盘球"。湖北评书《五英传》中有一段十二金钱响马大反莱州的故事，就是用的"连环扣"。黄三太弟兄八人，准备劫法场营救蒙冤的忠臣王少堂和镖局兄弟谢永年。弟兄们化装潜入法场，约定以放响箭（箭杆上带有几个铜钱，射出后发出响声）为行动暗号，并商定由黄三太放最后一支响箭，八支箭放完后，证明人已到齐，就一齐动手，四面八方朝法场中心奔去，黄三太来到法场，混入人群之中，翘首盼望，到了紧急时刻，只听得当啷啷，当啷啷，一支二支……七支响箭依次飞向空中，黄三太正准备放第八支响箭时，谁知当啷啷，空中又响起了一支响箭，黄三太心想，我们只来了八个人，已放了七支响箭，这第八支该我放呀，怎么又钻出一支来了呢？这一支是谁放的呢？正思考间，当啷啷，当啷啷，接连又有两支响箭飞向空中，黄三太纳闷呀，这就起了另一个悬念，说书人把劫法场这个悬念搁置在一旁，开始交代这三枝响箭的来历。这三支响箭原来是金头蜈蚣哈云合、赛毛遂杨香武和盗金冠方正放的，这三人是从哪里来的？如何来的？这里引出了许多情节，一一交代完毕。黄三太正准备放响箭，突然，当啷啷，空中又响起了一支响箭，这一支又是从哪里来的？原来是小金仙万里云放的。于是，又得搁下劫法场来交代万里云的来历，引出了许多情节。其中异峰突起，跌宕起伏，不由你听众不为之惊奇、焦急，非要求根究底不可。因为，听了半天，法场还没有劫，忠臣义士还没有得救，他们是不肯走的。于是，说书人把线头又拉回来，落到黄三太身上，黄三太计算了一下，已经有了十一支响箭了，索性再等一会，看还有没有人放箭，等了一会儿，没有再放箭了，才放出第十二支响箭，大家一齐动手，齐心合力，劫了法场，反出莱州，群雄聚会，真相大白，总"扣子"解开。

八、精彩准确的评论

说书讲究"说法中之现身"，进出人物自由，还常以第一人称叙述和评论。书中的评论是十分自由的，有时三言两语，一针见血，有时口若悬河，引经据典,其目的不外乎渲染环境,塑造人物,增强故事的生动性和情节的曲折性。

《赠马》一回书中曹操送给关公一匹赤兔宝马,关公喜出望外,翻身下马,一再拜谢,使曹操感到奇怪,"云长兄,我平日送过你许多美女金银,你从来没谢过,为何一匹马要再拜称谢呢?"

曹操疑得有理的,关公还未回答,说书人先来了一段评论,揭示了关公内心的秘密。

"关公是有道理的,因为所有礼物将来全部要奉还的,唯有这匹马要带走的,一旦大哥刘备有了信息,好骑了它去赶路。"

这段后两句,刻画了关羽对刘备忠贞不贰、身在曹营心在汉的内心世界。

《南包公》第五回嘉靖皇帝派人强抢豆腐店的姑娘张玉芳进宫,奸贼严嵩为虎作伥,叫太监马上送进宫去,叫张玉芳欲死不能,下面有一大段评论。

老严嵩这一手利害呀,怎么?那张玉芳愿不愿意进宫去呀?当然不愿意。各位想封建皇帝按他们的制度规定,皇帝老儿应该有六宫三夫人,九妃二十七命妇,八十一御妻,一共有一百六十二个老婆。一般人们常说什么皇帝有三宫六院七十二妃,那是随口打哇哇的说法,我唱书的讲这一百六十二个老婆是经过查证出来的封建制度的正式规定。哪位同志要是不信的话,请你去翻翻《明史》第一百一十四卷,第三千五百三十一页,正数第四行上面记载的白纸黑字,除了正式规定的一百六十二个老婆外,皇帝老几想要多少就有多少,要不,唐朝诗人白居易怎么会在他的名诗《长恨歌》里说"后宫佳丽三千人"呢?三千人哪,能够编一个旅了,所以人一进了宫就像进了大监狱,判了无期徒刑,能见皇帝一面就不容易,即便受到宠爱,他老小子不高兴就可以把你打入冷宫,他要特别喜爱你,你也倒霉,为什么?他一死,你也得跟着殉葬,什么叫殉葬?就是把你也活埋了,好让你做鬼也得伺奉他。所以,皇帝只要一选妃,老百姓家家躲都躲不及,这倒霉事儿偏让我们这玉芳姑娘碰上了,她当然不肯去。

这一段评论有四百多字,它引经据典,揭露了封建皇帝的荒淫无耻与后宫的黑暗,女孩进宫如不得宠幸就是"判了无期徒刑",如得宠幸则更须以死殉葬,说得有根有据,分析得实实在在,以此刻画严嵩用心险恶,玉芳处境之艰难,观众不禁要为她担忧了。

评论有时能够起到夸大矛盾、把故事推向高潮的作用。

比如景阳冈打虎,当时哨棒已折,情况万分紧急,此时听众急于知道武松如何才能化险为夷,但说书人偏不往下讲了,而要停书评论:"列位,你们看,武松哨棒已折,这回要赤手空拳打虎了,这多危险哪!那位说,从前不也有过打虎英雄?有,不过,他们谁也没有今天武松打虎这么危险!最危险的是武松今天酒喝得太多,这酒是三碗不过冈的烈酒呀!试想,能喝酒的人,三碗下肚都要醉倒冈下,连冈都上不去,可他今天喝了三十八碗,他真醉了,要不醉,怎么会在打虎时不注意头上的树枝,把哨棒打折的呢?可见他醉了!武松醉了,但是老虎可没醉,这只兽中之王,又饥又渴,在山上早就等得不耐烦了!这样一来,武松真是万分危急了,不过,列位不必担心,武松不是平常人,他勇力过人,身怀绝技,刚才叫老虎这一吓,酒随汗流了出来,他要赤手空拳打这吃人的野兽!"

这段评论,用在节骨眼上,用一个"扣子"扣住观众,再从容不迫地评论、分析。这段评论分析与人们最关心的事——武松能否逢凶化吉、战胜恶虎是紧密相关的,因此,就坐得住,听得进,这段评论着重分析了武松的两个不利条件:一、赤手空拳;二、酩酊大醉。唯其在这两点不利条件下战胜了饿虎,方更显英雄本色。

评论应掌握好时机,要评到点子上,评论的方式有多种多样,有时旁征博引,有时介绍知识,有时解释题意,但无论怎样评,都不能离题万里,不着边际,卖弄才学,游离人物,为评而评。

九、叙述常用的笔法

中长篇书采用叙事体,以叙述故事为主,叙述的方法很多,应根据内容需要,灵活运用。常用的笔法,有如下几种:

"正笔",在文学上叫顺叙,按事件发生的顺序或时间先后顺序叙述故事,要求层次清楚,井井有条。这是叙述故事的基本笔法。用它搭好作品的基本骨架,使听者有清晰明了的印象。可见,用好"正笔"是写好中长篇书的基础。

比如《景阳冈打虎》,先交代武松是哪里人氏,因为惯打不平,在家乡打死了一个恶霸离家避祸,在小旋风柴进家住了二载,因思念哥哥前往阳谷,这才路过景阳冈,成了打虎英雄,为知县器重,做了都头。后来披红挂花游街与大郎邂逅,于是,应兄嫂邀请住进大郎家里,才引出金莲戏叔的情节来。书沿着"书胆"武松的经历这条主线叙述下来，一个小故事接一个小故事，情节一环扣一环，前因搭后果，秩序井然。这都是用的正笔。

"倒笔"，又叫"倒插笔"，文学中叫"倒叙"。由于使用了这种笔法，可以把许多并列的繁杂的头绪变为简单而清晰的线索，把许多盘根错节的故事纳入主要故事的序列，使它为主题和人物服务。如在小说《红岩》中，同时写了许云峰、江雪琴、刘思扬等几条线索的发展，最后都集中到白公馆、渣滓洞中，改成评书后，确定了许云峰为作品的"书胆"，他的故事为全书的主线，就把江、刘的故事按下不表，直到许云峰同他（她）们见面时，才逐个地采用"倒叙"追叙他们的来历和以往的活动经过。这就把几条平行的线索，变成了适合于说书的单线。另外，有的书，先从故事的高潮说起（往往是故事的结局），然后再讲故事的经过，这也是"倒插笔"。

"伏笔"是使作品结构严谨、情节前后呼应的方法。分为情节结构伏笔与叙述中的伏笔两种。

情节伏笔：《武松》"醉打蒋门神"一回，武松发配到孟州，去管驿报到，管驿就是犯人服刑的劳改营，管驿官的儿子施恩听了武松杀嫂祭兄发配孟州的遭遇，不觉伤心落泪，什么道理？这使他想起他的哥哥来了，接着插叙了张都监的侄女婿蒋忠打死施勇、打伤施恩、霸占快活林的经过。接着，武松痛打了蒋门神，夺回了快活林酒店，但事情并未了结，张都监、张团练、蒋忠再施毒计，要置武松于死地而后快，为第三回书"大闹飞云浦"、第七回"夜杀都监府"埋下了情节上的伏笔。

叙述中的伏笔，就是为情节发展所做的必要的铺垫。《武松》第八回"夜走蜈蚣岭"，写武松斗杀飞天蜈蚣吴千，救出武金定的故事，吴千比武松武艺高强，为什么却死在武松之手？就是因为武松从鲁智深那里学得了绝招"醉八仙"，这一点，一开始就作了交代，后面绝处逢生手刃吴千才觉得可信。

"补笔"，在"正笔"中穿插"补笔"，以交代有关情况与人物的来龙去脉，武松见到了武大郎，大郎向武松报喜，说他娶了个便宜老婆。下面补叙了潘金莲的身世与经由：潘金莲是大户人家的丫头，因主人潘太公垂涎而遭主母的忌恨。因此，宁愿倒赔嫁妆赏给了相貌奇丑的武大郎以示惩戒。金莲出嫁后不安于室经常倚门卖笑，招蜂引蝶，致使大郎屡受其气，这一段补笔，实际上后来"杀嫂祭兄"这回书情节上的伏笔。

"暗笔"，暗笔是构成"扣子"的方式之一，说书人对书中某些情节故意不做交代，只说"如此如此，这般这般。"

"擎人笔"，此种笔法，常使故事平地起波澜，情节大起大落，紧扣人心，大摆百鸡宴，杨子荣一切安排就绪，就等部队上山全歼顽敌，但小炉匠突然上山，使风云陡起，这是擎人笔。武松被张都监请进府去传授武艺，两个半月来，都监待之甚厚，一向平安无事，但中秋夜突然发生"盗案"，武松奋勇捕"盗"被擒，就如奇峰突起，此又是一擎人笔。

"分笔""花开两朵，各表一枝""此事按下不表，且听我讲这段故事"，把并列的情节，分先后一一讲来，此为"分笔"。

十、书中的赞赋

书中常用诗词歌赋来集中描绘事物以求渲染环境气氛。这些赞赋，有的直接用词牌填词，有的采用了类似骈丽文的韵文，句式参差，音韵铿锵，朗朗上口，富于音乐的美感。

《烈火金刚》一开头就用"西江月"点名主题和故事的背景：

日寇侵略猖狂，
人民群起反抗。
领导全靠共产党，
胜利灿烂辉煌。
战争似火燃烧，
人民如铁顽强，
八年抗日非寻常，
烈火炼成金刚。

除了描绘人物外貌的"人物赞"（"开脸"）外，还有描绘战争场面的"疆场赞"，描绘坐骑、兵器、野兽的"虎赞""马赞""刀赞""枪赞""水赞"等，举不胜举。

《武当山传奇》一开书就用大量笔墨描绘武当山的奇景，气势磅礴，行文精巧，引人入胜。请看"山赞"。

看山峰，峰峰奇姿妙态：蹲踞的，如虎如狮；蜿蜒的，似枪似旗；金童峰、玉女峰，娴娜多姿，婷婷秀立；旗杆峰，展旗峰，挺拔中天，翻卷跃动；蓬莱峰、飞来峰，飘云荡雾，飞烟流霞；仙人峰，天马峰，昂首行空，奋鬣扬鬃……

接着是"水赞"。

观涧水，涧涧怪状异形，悬挂的，如垂帘；平依的，似铺草；曲行的，如龙游；直走的，似箭穿；宽的像布，窄的若带；粗的像碗，细的若线；处处飞瀑，遍地流泉。

几段赞赋，突出一个"奇"字，就在这种神奇莫测的武当山中，演出了一段惊心动魄、令人拍案称奇的故事！

请看"马赞"。

眼观这匹马，
疑是蛟龙变。
狮子口，
骆驼面，
牙郎脖子耳朵，
门鬃炸摇竖电线，
头尾高丈二，
身高八尺半。
前腿奔弯月，
后腿蹬直箭。
铁腕蹄子扫尘土，
呼呼急风耳里灌。
夜走八百天不明，
日行千里天不暗。
能渡扬子江，
敢跳秦山涧，

翻过摩天岭，
冲开烈火圈，
山河驰骋路千万，
刀山火海它敢探。
好匹宝马名赤兔，
遍体纯毛赛火炭。
金鼓助神威，
能征又惯战。
夺斗七日夜，
浑身不见汗。
性急冲山两军阵，
逮住兵卒囫囵咽。
三天不喝生人血，
它灰儿灰儿的浑身颤！

一系列的比喻、夸张，写其形，状其神，好一匹渴望征战的胭脂赤兔宝马！再看"刀赞"。

老君炉内炼宝铁，
金光闪闪照日月。
神锤打成这把刀，
剐龙杀虎不沾血。
能削金刚断宝玉，
劈石头像把豆腐切！
寒光只一闪，
世上除妖孽！
风响刀无声，
筋断骨头折。
砍山山崩，
砍地地裂。
神也怕，

鬼也怯，
九霄云里刀光闪，
南天门上柱子折。
人间留此刀一口，
妖魔鬼怪尽消灭！

这哪里是一把刀？分明是以刀拟人，就是那持刀荡涤妖邪的英雄了。

下面再请看一段"疆场赞"，这里写的不是大的战争场面，而是短兵相接的一场小规模的恶战，写的是《武当山传奇》中农民英雄秦海山孤胆战清兵，神勇异常。

舒臂展腰，手脚并用；上面宝剑挥，下面扫裆腿。剑击七十二路，白光闪闪，左右翻飞；腿扫四面八方，一拧一固，打出丈二方圆。剑挥处，人头纷纷落地；腿扫处，人身唰唰栽倒。眨眼间，打倒校尉一片，杀出血路一条！

赞赋只是刻画人物、渲染环境气氛的辅助手段之一，不可滥用，用时力求准确、精练，不可随意堆砌，写现代题材的书，也可以用赞赋，但要考虑新的人物、新的环境和现代生活方式，不要瞎搬乱套，闹出笑话。

（此稿为省地市曲艺班上写的讲稿，省曲协曾于20世纪80年代印发，2014年发表于《湖南曲艺》杂志。赞赋词引自内部资料《赞赋选》）

花儿为什么这样红

——谈夏雨田成功之道

雨田在他的相声《山区医生》里有一段耐人寻味的话，大意是：认识一个人不容易，有的人你一见面就能认识他，而有的人你和他在一块儿工作了十几年，你还不能完全认识他。后者用在我与雨田的相识与相知上，是十分恰当的。我们同学共事达十年之久，演过他的一些节目，读过他的不少作品。连有的作品他是怎么写出来的，我都一清二楚。应该说，我对他是很了解，很有认识的吧，然而，我又确实没能完全认识他。你看，他从事曲艺创作表演三十多年，写了三百多篇作品，在国内外产生了那么大的影响，关于他的为人，又有那么多堪作创作素材的动人故事——在这一切面前，我对他的了解认识只能是片面而肤浅的，因此，我不揣冒昧来谈夏雨田成功之道，显然是给自己出了个难题，很难说中肯，只能算一孔之见吧。

夏雨田作为我国曲艺创作（特别是相声创作）的重要作家之一，无疑将在中国曲艺史上占有重要的地位。他的《女队长》堪称新相声创作的里程碑式的作品。他的相声《无限青春》《农老九翻身记》《花花世界》《归国记》、唱词《难忘的一课》等等一经问世便无不异彩纷呈，深受观众的喜爱与行家的好评，做到了真正的雅俗共赏，故而被誉为"文人相声""文人曲艺"。

他的作品有四篇收入《中国新文学大系》，《女队长》被法国某大学选为教材，可见其文学层次、文学品位之高。而它们又是绝对好演的作品，国内有十几位知名的相声表演艺术家，包括侯宝林、马三立、马季等均演过他的相声……这样的成就，在我国曲艺界又有几人能够望其项背？

他取得了巨大的成功，而探讨他取得成功的原因，无疑是件很有意义的事情。

首先，我要谈他的敬业精神，他对事业那种超乎常人的艰苦卓绝的追求。

雨田从小爱曲艺，这是与他从小在北方长大并受到乃父的同窗挚友老舍先生的影响有关的。在大学曲艺队时，他就攥着两块小竹板，说合辙押韵的小快板，也说相声。但我万万没有想到他毕业后会真的当相声演员，干上了专业。因为他才华横溢，政治条件又好，可供他选择的道路实在十分宽广，而他偏偏选择了曲艺，调到了武汉市说唱团。当时说唱团什么条件？清芬剧院楼上那层楼梯摇摇晃晃，地板龇牙咧嘴，从地板缝可以看到楼下的破楼，创作室在哪儿？常常就在楼梯上，在剧院的后台，在演出的路程中，可他乐在其中，怡然自得，为了一个新作品，一个好"包袱"，他简直达到如痴如醉、"走火入魔"的地步！

作为一位痴迷事业的艺术家，他是真心实意不想当"官"的，可他最终还是服从了组织的安排做了一个好官、清官。就在走上领导岗位之后，没想到他还保存了与他相随相伴多年的演出服装，有机会还要上台演出。在他心目中，他自己还是一个作家，一名演员。特别是在他住院几年之中，在生命受到极大威胁、身体十分痛楚的情况下，竟然创作了二十万字的曲艺作品！《借电话》《归国记》等一批佳作均产生在病榻之上。这该需要多么坚强的毅力、多大的政治热情、多么执着的敬业精神呢！

仅有极大的热情，也不一定能取得成功。雨田还有一个一般曲艺作家所不具备的条件。这个条件是他登上新相声创作高峰的基础。那就是他有很高的文学素养、深厚的艺术功底。

在大学时，他就爱写诗，也发表过不少诗歌，如果不是"误入歧途"投身曲艺事业，也许他早已在中国诗坛取得了一席之地。写诗的经历给他的曲艺作品带来了诗的意境、诗的神韵、诗的气派。二十世纪七十年代他写了个唱词叫《风雨送药》，写一个身患绝症的女军医冒雨为一位患病的老人送药的故事。这个作品的第一个读者就是他的妻子。她当时是哭着读完的。在上演时，台上情深意切，台下一片唏嘘，场场如此。我当时在后台想：这不就是一首极动人的叙事诗吗？类似诗意盎然的唱词很多，在他的一些相声里，同样可以体会到那种诗的节奏与韵味，在许多"贯口"里，常可感受那种激情澎湃、一泻千里的气势。

他的作品，大大提高了曲艺的文学品位，给曲艺创作注入了新的生命力。正因为如此，当年《人民日报》发表《女队长》，法国某大学选它作为教材就不难理解了。亿万观众，无论国家领导、专家教授、工人农民都那么喜欢他的相声也就是极其自然的事了。

他的许多曲艺佳作，同时也是文学佳作。因此，它们便可以理所当然地"走进"《中国新文学大系》了。

如果说，高度的敬业精神、超于常人的对事业的执着追求是他成功的第一"秘诀"，高度的文化素养、艺术功底是他成功的第二"秘诀"的话，那么，把创作和表演完美地结合于自身便是他成功的第三大"法宝"。由于他长期坚持自编自演，边演边改，使得他的作品在实践中日臻完美。在他身上不存在创作员与演员看法不一、认识相左的矛盾，也不必为有佳作无人上演而苦恼。因此，他的作品成活率极高。作为演员，他从来不曾为无节目可演而烦恼——他完全可以"自产自销"保证供应。等他自己把节目演活了，演火了，自然就会有人求上门来，"出口转外销"了。

在国内，像他这样既是相声作家又是相声表演艺术家的恐怕为数不多吧！

雨田取得成功，还因他有一个重要的优势，那就是他的知识面广、兴趣非常广泛。文学、曲艺、戏剧、天文、地理、历史、医疗卫生、时事政治无一不感兴趣。他还是一个"铁杆儿"的体育迷，不管多忙，只要不演出，在武汉的重要比赛他总要到现场观战。他曾是大学的乒乓球男单冠军。有一次许绍发带领国家乒乓球队来汉，他还曾向某女子世界冠军讨教、过招呢。

兴趣广泛，知识渊博，使他的创作视野格外广阔，题材丰富多彩，写什么像什么，真实自然，亲切可信。

他尊重传统，注意从传统相声中吸取营养；但他又不拘泥于传统，不受传统的束缚。有的相声作者的作品，内行一看便知它是从哪一段传统节目变化而来的，从结构、从"包袱"手法的运用皆可清楚地看出学习、借鉴的痕迹；而雨田的许多作品用传统用得丝毫不露痕迹，这便是他高明之处。

另一方面，他不只从传统借鉴。他不仅熟悉许多姊妹艺术的创作规律，还曾熟读许多风趣幽默的世界名著。"他山之石可以攻玉"，他可以"拿来"为他所用。这样，也就极大地丰富了他的创作技巧，他的作品也就妙趣横生，具有非凡的艺术魅力了。

要谈还可以谈出几条，但主要是这四个方面。

这些年人们都在谈论相声不景气的问题，确实，相声出了不少，但能给人深刻的印象，并且在全国流传开来的又的确不多，在此期间，雨田又写了《归国记》这样从内容到形式都令人耳目一新的佳作。可见，也不能笼而统之地说不景气。我觉得在雨田这里，总是生机盎然，迭出佳篇，景气得很呢！但愿人们能够认真地研究"夏雨田现象"，研究他的创作，研究他取得成功的原因，并找出差距，加倍努力，多出夏雨田、张雨田、李雨田和其他个性鲜明的曲艺作家，那么，相声的繁荣将指日可待。让更多的真善美、更多的笑声装点这充满希望的改革开放时代吧！

（本文是《夏雨田作品论文集》论文之一，由武汉出版社出版）

给相声不景气开个药方

相声是最受群众欢迎的文艺形式之一。特别是中央电视台有了春节联欢晚会后，相声与小品就像一对可爱的孪生兄弟，成为人们的宠儿。可是，虽然人人都爱听相声，却又都不满足。这些年来，广大观众、听众和圈子里的人都在议论"相声不景气""相声走入了低谷"。这是什么道理？我看主要是被群众和行家公认的好相声太少，品位高、耐人寻味、能够称之为传世精品而又能传之久远的佳作简直凤毛麟角。当然，还有表演方面庸俗落套、趣味低下的问题。正因为如此，相声观众看是要看的，听是要听的，牢骚也是要发的，娘也是要骂的。

依我看，相声不景气，首先是好作品太少，好作品少的原因是能够写出好作品的高水平的相声作家太少。没有一支很强的创作队伍，佳作能从天上掉下来吗？

据说，偌大一个十一亿人口的中国，专业相声作家，有名有姓的不过五六人而已，绝对没超过十个！就算是有十个吧，每一亿人口才能摊上一位。这样一支小得可怜的不够一个建制班的创作队伍，纵然他们个个玩命地写，每年区区数十段而已，这里面能出几个有生命力的佳作？当然，业余作者的队伍相当可观，广种薄收之下，也可能发现"希望之星"和有苗头的作品。但业余毕竟是业余，他们有一个提高的过程，不能操之过急，不能拔苗助长。

为了解决创作问题，我提以下几点具体建议：

一、积极而又慎重地扩大专业创作队伍，有条件的曲艺团可在业余作者中选拔那些文化层次、艺术品位高而又热爱相声、熟悉相声的充任相声创作员，让他们全身心地投入、献身相声事业。如果我们的相声专业作家比目前翻上几番，有一个排（不敢奢望有一个连），情况就会大不相同。

二、中国曲协和各省市成立相声研究机构（或不定期地召开相声研讨会），请相声理论家、作家和演员一起来研讨相声的现状，肯定成绩，找出差距，不断提高。如果能坚持做下去，假以时日定有成效。

三、中国曲协选几段好相声，如夏雨田的《归国记》，姜昆、梁左的《虎口遐想》，牛群的《威胁》等办一个研讨班，研究、学习他们的创作经验，写出中肯的文章，推广他们的经验。

四、创办一家相声专业期刊为当务之急。自从各省群众艺术馆刊物转向通俗文学后，相声的发表园地只剩下《曲艺》一家。《曲艺》为综合性刊物，不仅留给相声的版面不多，而且亦不可能专门研究相声问题。可见，相声的发展呼唤专业期刊的问世。

第二个问题就是改变布局的问题。

相声是北方曲种，过去甚至认为是北京、天津的土特产，只有北京人才能说好相声，也只有北京人、天津人听相声。现在情况有了很大的变化，相声的根据地从北京扩大到了东北，且大有向华中、华南扩展之势。比如在武汉，就有许多老先生和相声新秀聚集在有"南天一柱"之誉的夏雨田身旁，形成了一个好的小气候，多年来成果令人瞩目。在广州，据说粤语相声深受当地和港澳观众欢迎。由此可见，在南方乃至全国发展相声，不仅是可能的，而且成为必然趋势。因此，我建议中国曲协对南方相声的发展给予更多的关注与扶持。有了更广泛的群众基础，我国相声将会出现不同流派风格异彩纷呈的局面。北方相声不能以"老大""正宗"自居，更不能歧视"地方部队"。因为各自产生的基础与"土壤"不同，各地的相声必然有不同的特点，应尊重各自发展的特点。广东人不是既爱听京味儿相声，也爱听广味儿相声吗？

最后，我想谈谈如何对待传统和如何借鉴姊妹艺术与外来艺术的问题。

我们的前人为相声宝库提供了一份丰厚的遗产。从内容上看有许多民主性的精华，从艺术上看则有更多值得学习借鉴的东西。我主张认真地学习掌握这份财宝，弃之不顾犹如守着金银财宝而去沿门乞讨。但我又极不赞成简单的抄袭、搬用。有的作品人们一看便知是从哪一段传统节目变化而来，不仅结构技巧，就连"包袱"手法也照搬不误，鹦鹉学舌是没有出息的表现。学传统应学得不露声色，不露痕迹才为上乘。对于姊妹艺术甚至外国文艺不但不能以强调"相声必须姓相"为由而加以拒绝，而且要认真学习研究，于发展新相声有用的东西都可以大胆地"拿来"；但我也反对生硬拼贴，弄得不伦不类。这个问题解决好了，不但可以极大地丰富相声的艺术表现力，而且有利于提高相声的品位和艺术魅力。

我为相声不景气开的药方就是这么几味药：

一曰充实创作队伍；

二曰加强组织领导；

三曰加速"北水南调"；

四曰继承吸收。

但愿我不是一名庸医。

(1991年4月2日在中国曲艺家协会相声研讨会上的发言)

谈通俗文学的特点

当人们谈论通俗文学时，常会不约而同地提到以下一些作品：中国古典名著《水浒传》《西游记》《三国演义》；我国现代小说《林海雪原》《烈火金刚》《铁道游击队》，大仲马的《基督山恩仇记》，等等。看来是有一定道理的。因为，这些作品确实集中体现了通俗文学（主要指通俗小说）的一些主要特点。

那么，通俗文学究竟有哪些区别于"纯文学"的特点呢？

一、首先是对题材、内容的选择性。并非任何题材、内容都适合写通俗文学作品，这正如不是每一种款式、颜色的衣服都适合每个人穿一样。通俗文学作者常把自己的注意力集中在那些为人民群众所关切的、易于理解的题材上，热衷于写那些人们特别感兴趣的新奇的生活，塑造那些有传奇色彩的人物。这种题材、内容的选择性是显而易见的。《西游记》唐玄奘率领众徒赴西域取经的故事，理所当然地受到人们的关切。那些神魔鬼怪设置的诸般磨难虽然是离奇的、生活中不可能存在的，但那是些拟人化了的神魔鬼怪，他们与唐僧师徒之间的斗争，无非是正义与邪恶的斗争，因此，也就极易为人们所理解了。《西游记》中展示的生活画面是十分新奇的，而孙悟空等无异是非常有传奇色彩的人物了。这也就是千百年来为老少妇孺所津津乐道的原因之一了。

写战争的现代小说《林海雪原》和写爱情的评弹《真情假意》被改编成各种文艺形式在广大群众中流传，其原因之一，也在于此。

二、故事完整，情节曲折。通俗文学写故事且讲究有头有尾，线条清晰，写情节务求其起伏跌宕，波澜起伏，是其另一重要特点。《小二黑结婚》写二黑与小芹的爱情，先说其缘起，接着写来自各方的阻挠、破坏，最后有情人终成眷属，团圆美满，皆大欢喜。它的故事是极其精巧而连贯完整的。《西游记》写八十一难，虽然人物、场景迭换，故事各有其相对的独立性，但始终以唐僧师徒取经贯穿，犹如金线穿玉珠，所以整个故事仍不失其完整。

张贤亮的《绿化树》是一部写得很深刻的"纯文学"小说。它的情节故事是极为简单,甚至是并不连贯完整的。人们只用寥寥数语便可说完。拿这篇作品与一般通俗文学比较,便可见二者在这一点上的区别。

有人说,写故事就不能使作品成为深刻、高雅的上乘艺术品。我以为这种看法未免失之偏颇。持有这种看法的同志又怎样理解《水浒传》等世界名著呢?!

事实上,曲折的情节、复杂的故事是可以为鲜明的人物形象和深刻的主题提供用武之地的。

在这里我要指出:当前通俗文学创作中往往没有解决好人物与情节之间的关系。情节常常"淹没"了人物,对人物刻画下功夫不够,大多缺乏个性而流于"类型化"。张飞与牛皋只有姓名与穿着打扮不同,而无性格上的区别。作品中有情节的开展却无性格的发展,人物是平面的、静止的。这是当前通俗文学创作要着力解决的课题。

三、扣人心弦的悬念。所谓悬念,就是读者对作品中人物命运的关切。中国历代说书艺人对悬念(扣子)的设置是十分讲究的。全书有总悬念(总扣子),各个回目还要层层设扣,叫你一经开卷就欲罢不能,真个是扣人心弦!

下面随便举几个例子:

《东方美人窟》中,自洋教士劫走中国少女慕容楚,人们就不可能不关心她的生死;《林海雪原》中,从杨子荣化装身入虎穴,人们就不得不惦念他的安危、歼敌计划之成败;《基度山恩仇记》中,自打主人公遭情敌陷害之后,谁不为他的命运担忧呢?

通俗的传奇小说,无一不是设置了种种悬念,深深地吸引住读者后,从容不迫地叙述故事、刻画人物的。故此,有"听书听扣"之说。

四、语言通俗、生动、明快。通俗文学作者善于采用经过提炼加工的人民群众生动活泼的口语进行写作。这类作品看来顺畅,读来上口。不使用艰深晦涩的文言词语和意思朦胧的外来词语,不搞形容词的堆砌而力求明快、生动。当然通俗不等于俚俗,也不排斥文采,相反,它对语言选择运用的要求是很高的。赵树理、老舍是现代通俗文学创作的大师,他们作品中的语言是十分通俗的。试问有谁能怀疑他们语言运用上的造诣?又有谁能无视他们在文学创作民族化上所取得的成就呢?

最后附带说几句,现代通俗文学与古典通俗文学不同,后者是长期口头流传后由文人加工成书的,而前者则是一开始就吸引了大批文化人,他们中虽然较少第一流的作家,却也并不乏相当创作能力的作家和作者。他们有的甚至是涉猎过多种文学样式的创作,只是为了中低文化层的读者而努力从事通俗文学的创作。他们有的虽然起步较晚,但虚心好学,很少保守,认真在继承传统的基础上兼收并蓄,探索新的创作规律。我相信,经过若干年的努力,定会竖立起无愧于我们伟大时代的通俗文学丰碑的。

(湖南《文艺评论集》1982年2月)

着力于针砭时弊

《猪言难尽》是一段立意好、着力于针砭时弊的相声。它讽刺、鞭挞了用公款吃喝的腐败现象。这种现象,近年愈演愈烈,每年被挥霍掉的公款竟以数百亿计,这对于我们这个家底儿薄的发展中国家来说,简直是一个令人瞠目的天文数字!

由于极尽浪费之能事,猪的泔水桶简直成了聚宝盆、百宝箱:整鸡整鸭、海参、涮羊肉比比皆是;烤乳猪、烤全羊亦是屡见不鲜。于是乎,猪身上肥膘猛长,上市后顾客嫌肥挑瘦,出口无人问津,猪儿们怨声载道……

作品对胡吃海喝的败家子的心态作了准确的揭露:"大吃大喝不是犯罪。"

"滥吃滥喝也不会下台。"

"谁不吃公家宴谁是假正经。"

"谁不喝公家酒谁是大傻瓜儿。"

作品警告说:"总有一天,珍奇动物都会让你吃绝。""总有一天,江河湖海都会让你喝干。"到那时候,"你们喝西北风去吧!"

在公款吃喝风仍未平息的今天,听一听这段相声,是不无裨益的。

《猪言难尽》在艺术构思上也值得一提。它采用了拟人与夸张的手法,借用两头猪之口,聊天儿比阔气来依次揭示内容,形象,生动,有趣。好的相声必须有好的构思。而好的构思就如同一棵生机盎然、摇曳多姿的藤蔓。"包袱"则是长在这根藤上的大大小小的瓜果,瓜果因长在藤上而成为其有机组成部分,自然,紧凑。有这根藤和没这根藤是大不相同的。藤之不存,瓜将焉附?

《猪言难尽》是有一根藤的。它没有直接去揭露公款吃喝的丑恶与危害,而是用"猪言"来形象地表现它。这样就有了喜剧因素,构成了一段较好的相声。

创作一段相声应找到富于喜剧性的题材。有了好的题材,还得精心地构思,设计一个足以淋漓尽致地表现这个题材的结构。解决了结构,设计"包袱"就容易多了，《猪言难尽》是较好的地解决了结构问题的，所以，从立意、从结构讲，它都是值得肯定的。

当然，《猪言难尽》也有不足之处。从思想内容看，作品对公款吃喝进行了揭露，对食客们的心态作了准确的揭示；但对产生公款吃喝的原因并未进行必要的剖析，因而影响了作品的深度。从艺术上看，构成"包袱"的手法比较单一，缺少几个令人捧腹且有新意的"包袱"，恐难产生强烈的演出效果。

（发表于《曲艺》杂志）

笑 的 赞 歌

——谈相声《农老九翻身记》的艺术成就

相声《农老九翻身记》（以下简称"翻身记"）是著名曲艺作家夏雨田同志近年来的佳作之一。它以新颖的构思、深刻的思想内容与别致的"包袱"吸引了广大的读者和听众。去年三月参加在苏州举行的全国曲艺优秀节目（南方片）观摩演出大会，荣获创作和表演一等奖。

"农老九"是谁？他是位立志于改造农村落后面貌而毕业于农学院的大学生。他满怀信心地来到最贫穷落后而又多年无法改变面貌的"无法县"。可是，在那知识分子被统称为"臭老九"的年代，有谁赏识他的理想与抱负？有谁理睬他的技术专长？于是，他决定自己办起科学种田训练班，然而当时的农村"大锅饭"政策，"田种好种坏责任差不多，地里收多收少分配差不多，农业技术用不用效果差不多"，科学种田有什么吸引力呢？他的训练班八个人报名，一个人听课，后来，这位对土壤化肥有研究、深得教授赞赏的优秀化肥人才，"今天代理会计，明天帮忙统计。站过柜台，修过水利，干过采购，教过体育；辅导过宣传队，教唱过样板戏；写过总结材料，管过结婚登记。"他终于忍无可忍，愤然回城当了炊事员！在那"文化大革命"的年代，"农老九"的遭遇，正是千千万万知识分子的遭遇，这是时代的悲剧！

可是，"农老九"事业上的悲剧是和他爱情生活上的甜蜜紧紧地联系在一起的。他科学种田训练班唯一的学员，唯一的化肥知音梅花姑娘，成了他的终身伴侣。他们的结合简直不可思议："我是农业技术员，她是普通社员；我是大学毕业，她小学三年；我脑力劳动，她体力种田；我居城市，她住乡间；我每月工资五十九元，她一年才四十八块钱。"不仅如此，他们的兴趣爱好也大相径庭，这种差别是城乡的差别，脑力劳动和体力劳动的差别。这些差别并没有妨碍他们的结合，二人相爱甚笃。梅花用她独特的方式关怀体贴着丈夫。但"农老九"对事业的幻想破灭，违心地离开爱妻进城去当炊事员。自此，牛郎织女一十三载。他走后，梅花的日子更加艰难，农村状况依然如故，又添了双胞胎，这对"弹簧夫妻"如牛负重。为了偿清债务，"农老九"自三中全会以来，三年没有回家。到家前心怀忐忑，回家后目瞪口呆：蓬屋陋室焕然一新。过去家里只喂过老母鸡，如今竟有了电视机。"过去吃'大锅饭'，科学不吃香；现在责任制，抢着学科学。"他那化肥知音梅花，从他那里学去了半肚子化肥，也要到处讲学，应接不暇！"过去梅花是小学程度，现在达到了专科；过去她听我讲课，现在她登台演说；过去她一年才分四十八块，现在一年分八百还多。"三中全会的春风吹绿了祖国大地，责任制迎来了富裕和欢乐，也迎来了科学的春天，迎来了千千万万"农老九"梦寐以求的献身祖国的时机。于是，这位可爱的"农老九"忘记了十三年的屈辱与艰辛，放弃了好不容易盼来的调梅花进城的机会，毅然决然再回农村，和梅花一道完成他向往的事业。这就是作品的基本内容情节。《农老九翻身记》生动地反映了一个时代的悲欢，一代知识分子的悲欢。它是党的颂歌、党的政策的颂歌、社会主义的颂歌，是新中国忍辱负重、积极乐观的知识分子的颂歌！从这个意义上讲，它同电影《人到中年》是有异曲同工之妙的。

作品构思巧妙而严谨。它是把"农老九"的事业与爱情两条线索紧紧地联系在一起的。如果没有这条爱情线，作品将显得单薄、干巴，更主要的无法设计那么多妙趣横生的"包袱"。主人公与梅花的爱情生活，是作品的"包袱线"，是全文的喜剧效果、各种笑料产生的基础。

文学是人学，许多相声，常常只注意挖空心思找"包袱"，却不注意刻画人物。雨田同志的作品着力于刻画人物，注意人物性格，从人物之间的矛盾中挖掘合乎逻辑的"包袱"。这种"肉里噱"的"包袱"耐人寻味，使人经久难忘，和人物形象的刻画相得益彰。作品着力刻画了两个人物："农老九"与梅花。作品开头描写"我"与梅花的距离：

甲：连说话都有距离。
乙：说话有什么距离？
甲：我是知识分子腔调，她说土语方言。
乙：这没什么妨碍。
甲：不协调啊。比如我喊她："梅花！"
乙：你爱人叫梅花。

甲：如果她清脆地回答："哎！我听见你的呼唤，立刻飞到你的身边，有事吗？亲爱的！"

乙：嗐！酸不酸哪！

甲：她不会这套。

乙：她怎么回答？

甲："梅花"她回答一笑：（方言）"搞么家？"（做什么？）

乙：啊？！搞么家？

甲：我用手一扶她肩膀："梅花，看，今晚的月亮多像个玉盘。"

乙：嘿！还抒情哪！

甲：她不习惯这种抒情，我用手扶她肩膀，她胳膊拐我小肚子（动作）："莫这样，搞得蛮吓人！"

请看，几句对话，就把不同身份、不同教养的一对恋人刻画得既准确而又生动。

还有一段刻画另一个城里的姑娘：

甲：过去人家给我介绍过一位城里的姑娘，我自我介绍："我是农学院毕业生，学土壤化肥，我研究化肥热爱化肥，誓把青春贡献给化肥。"

乙：化肥迷。

甲：姑娘听了嘴一笑："我们家不缺化肥。"

乙：啊？！

甲："我也不爱化肥，一朵鲜花不能插在化肥上。再见吧，密斯特土化肥！"

这段话出自一个城市姑娘之口也是极自然的。与"农老九"志同道合的梅花对爱情的态度是非常鲜明泼辣的。

甲：有人讽刺她，说她是棉裤招亲，叫她化肥夫人、化肥堂客。梅花说："化肥堂客怎么样？将来我还要生两个小化肥，气死你！"

"生两个小化肥"生动地表达了她对丈夫爱情与事业的无限忠贞！

作品运用了多种"包袱"手法，如对比、比喻、贯口等。

对比：城乡前后的对比，城里姑娘与梅花的对比，梅花进城先后的对比，事业冷热的对比，使作品犹如蛛网纵横，结构紧密。

比喻手法的运用给人印象鲜明深刻：

甲：夫妻两地十三年，一年一度相见难，离愁别恨知多少，千里姻缘弹簧牵。

乙：那叫千里姻缘一线牵。

甲：不，弹簧牵。

乙：怎么叫弹簧牵？

甲：一年就一回探亲假，时间短，见面的时间好比后头绷着弹簧，还没有来得及说几句悄悄话，假期满，时间到，啪啪把我又弹回去了。

乙：这么个弹簧牵哪！

甲：这就叫弹簧夫妻，猴皮筋伴侣，松紧带儿两口子。

贯口的确是雨田同志常用的手法。本作品中几处都写得很精彩。读来音韵铿锵，朗朗上口。

甲：我爱《大雷雨》，她爱《百日缘》；我爱小提琴独奏，她爱大鼓、单弦；我欣赏交响乐，她喜欢采莲船；我说英国芭蕾舞最精湛，她说街上耍猴挺好看。

还有一段：

甲：过去农村缺粮多、超支多、借债多，现在是余粮多、存款多、新房多、高档商品多；过去家里只有暖水瓶，现在用上了高压锅；过去天黑就睡觉，现在晚上收看电视转播；过去农村妇女围着锅台转，现在乡下老太太会骑自行车；过去回乡儿子管我叫爸爸，现在回乡儿子管我叫大哥。

当然《农老九翻身记》的思想内容和艺术特色是比较突出的，但也并非完美无缺，依我管见，前半部甚为精彩，而后半部略有逊色，尽管如此，从全篇看仍不失为上乘之佳作。

（发表于《雨湖文艺》1983年第4期）

让美好的心灵闪光

——写作《奇缘记》的几点体会

（一）左难右难，只好乱谈

《雨湖文艺》编辑部嘱我写篇短文，谈谈长沙弹词《奇缘记》的写作体会。我感到很为难，因为这个作品虽然在参加全国曲艺优秀节目观摩演出时得了创作一等奖，但由于我对长沙弹词这种形式不很熟悉（过去以写作相声和湖北地方曲艺为主，这是我学着写长沙弹词的第三个作品），因此，很难说有什么成功的经验，勉强要谈，不过是班门弄斧，对于学习曲艺创作的同志，不见得有什么益处。不谈吧，又盛情难却，真是左难右难，只好乱谈几句，以就教于同行与读者同志了。

（二）写个深沉点的节目

过去，某些专业曲艺团体，对于演出效果常持片面的理解，似乎效果就是笑料的同义语，"包袱"可以代替一切艺术表现手法。写相声自不待说，唱词也得靠笑料过日子，都得让观众捧腹大笑。为了达到这个目的，于是挖空心思地杜撰情节，千方百计地搜集笑料，甚至无所不用其极。其结果必然是形式不伦不类，人物不尴不尬，主题不明不白。观众看演出，当时哈哈大笑，出场后莫名其妙。也许作者也没有想到会有这样的"效果"吧！

我赞成曲艺作品要生动活泼，幽默风趣，为群众喜闻乐见，也不反对唱词借鉴相声的某些艺术手法。我只是反对把作品的艺术效果片面地理解为只是为了笑。作品要不要观众笑，要依其主题、题材、人物、情节而定。如果写张志新英勇献身，作者设计了许多笑料，那观众就真是哭笑不得了！

我认为使读者（观众）健康地笑固然是好的艺术效果，让读者（观众）激动地哭，也是甚至是更好的艺术效果。因为，它往往感人至深，叫人们经久难忘！

写作《奇缘记》时，我就想把它写得深沉一些，写成个比较感人的作品。作品演出和发表后，许多同志对我说：他们为主人公美好的心灵而感动了。演员们也说：每当演到动情的地方，眼泪就在眼眶里转。在全国曲艺优秀节目观摩演出的评论会上，著名曲艺作家朱光斗同志也说："这节目深切动人，入情入理，盲人玉林身残心美，确实感动了病女惠琴。表现了新人、新情操，展示了社会主义国家的新的精神面貌，使人听了心里热乎乎的。"看来，我所期待的艺术效果，是基本达到了。

（三）生活、激情、技巧

《奇缘记》里的人物、情节不是关在屋子里凭空杜撰出来的，而是有真人真事作为基础。一九七五年，我在武汉工作，听到了一个这样的故事：一个漂亮的姑娘突然全身瘫痪，被一位好心的按摩医生治好。这位按摩医生，每天送医上门，风雨无阻，一年如一日，终于使姑娘恢复了健康，她主动地提出好人不该没有爱情的温暖与慰藉，由谁给他呢？作品没有正面挑明。第三个层次是作品的高潮，也是故事的结尾。这部分也是采用详写，把人物放在一个特殊环境里：隆冬季节里最寒冷的一天，往常惠琴天天盼他来，而这一天，姑娘却是怕他要按时来了。刺骨的寒风，漫天的大雪，他在路上该会出什么事啊！这里写了一段唱词，尽情地抒发她对陈玉林疼爱、担忧的心情。这种感情上的波涛，在她得知玉林为给她买梅花而摔伤后，就一泻千里，奔腾澎湃了！她终于主动地扑到玉林怀里，向他表达了自己的爱意。这时，她不是出于感激、出于报恩，而是实实在在地爱上这个像梅花一样美好、纯洁、芳香的盲人青年了！

我这样写，算不算合情合理？这两个人物是否可信可亲，我说了不算，同行和读者们最有发言权。请你们做出评论吧！

在本文结束的时候，再讲一句：让我们虚心向生活学习，塑造众多美好的心灵，为"四化"而闪光吧！

（发表于《雨湖文艺》1982年第3期）

由马三立先生仙逝所想到的

相声泰斗马三立先生离我们而去了。他是和侯宝林大师齐名的、中国相声史上的两颗光芒四射的笑坛巨星。他们生在旧社会，而在新中国大放异彩。

在旧社会，相声是记问之学，学相声全靠师傅带徒弟，"口传心授"。那时的艺人，由于从小学艺，多数文化程度不高。唯独马老以一名中学生的身份学习相声，并以此为终生职业，可谓"凤毛麟角"。正因为他文化程度较高，在学习、承传先辈艺术之时，并不照本宣科，亦步亦趋，往往有自己独到的见解与创新，同是一段传统节目，到了他的嘴里，便马味儿十足，生出许多耐人寻味、越琢磨越可乐的"包袱"来。

马老在相声老艺人中算是个文化人，对作品独具慧眼，他演出的节目自有他严格的选材标准。如当年何迟先生写的那段《买猴》，起初许多演员并不看好，认为"包袱"不多，很难有好的演出效果。但马老却欣然接了过来，精雕细刻，演出后轰动全国，成为解放初与《夜行记》齐名的新相声经典。可见，他是以深刻的思想内涵、极高的艺术品位为首要标准的，并不把笑作为唯一的追求目标，所以能产生优秀相声珍品。

马老在其晚年非常关心相声事业的发展，常为相声事业面临的困境而忧虑。中国相声不景气，不仅是业内人士，也是广大相声爱好者的共识。但为何不景气，什么是制约相声发展的主要因素？依我的愚见，关键还在创作。从事相声创作的高水平作家太少。再加之脱离生活，胡编乱造，东拼西凑，没有严格的选材、精巧的构思、严谨的结构便仓促成篇，乍听热热闹闹，听后不知所云。我们应学习马老对艺术的执着与严谨，热切地呼唤新时期的《买猴》《开会迷》《夜行记》，也期待风靡全国的《女队长》《公社鸭郎》与《昨天》。到那个时候，我相信马老也就含笑九泉了。

（发表于《湖南广播电视报》2003年2月19日）